Antes de que
lleguen las nubes

Mari Jungstedt (Estocolmo, 1962), es una de las escritoras más populares de novela negra nórdica. Al éxito de la Serie Gotland, protagonizada por los inspectores Anders Knutas y Karin Jacobsson, se suma el de la Serie Málaga, con el inspector Héctor Correa y la traductora sueca Lisa Hagel como investigadores. *Antes de que lleguen las nubes*, la primera novela de esta serie ambientada en la Costa del Sol, conquistó a los lectores de nuestro país. *En el lado oscuro de la luna* es la segunda entrega de esta exitosa serie.

www.marijungstedt.es

Si tienes un club de lectura o quieres organizar uno, en nuestra web encontrarás guías de lectura de algunos de nuestros libros. **www.maeva.es/guias-lectura**

Este libro se ha elaborado con papel procedente de bosques gestionados de forma sostenible, reciclado y de fuentes controladas, avalado por el sello de PEFC, la asociación más importante del mundo para la sostenibilidad forestal.

EMBOLSILLO apuesta para frenar la crisis climática y desea contribuir al esfuerzo colectivo y permanente de proteger y preservar el medio ambiente y nuestros bosques con el compromiso de producir nuestros libros con materiales sostenibles.

MARI JUNG STEDT

Antes de que lleguen las nubes

Traducción:
CARMEN MONTES CANO

EM BOLSILLO

Título original:
INNAN MOLNEN KOMMER

© Mari Jungstedt, 2020
    Originalmente publicado por Albert Bonniers Förlag, Estocolmo, Suecia
    Publicado por acuerdo con Bonnier Rights, Estocolmo, Suecia, y con Casanovas & Lynch Literary Agency
© de la traducción: Carmen Montes Cano, 2022
© de esta edición EMBOLSILLO, 2024
    Benito Castro, 6
    28028 MADRID
    www.maeva.es

ISBN: 978-84-18185-63-2
Depósito legal: M-402-2024

Diseño de cubierta: © Sofia Scheutz Design, Estocolmo
Fotografía de la autora: © Sarah Saverstam
Imágenes y adaptación de cubierta: Sylvia Sans Bassat
Impreso por CPI Black Print (Barcelona)
Impreso en España / Printed in Spain

*A mi queridísima amiga,
la espléndida Lilian Andersson Tjäder,
mil gracias por cuarenta años de amistad.*

Los escenarios de la novela

MÁLAGA

Plaza
de la Merced

El Limonar

Museo
del Flamenco

Bodega bar
El Pimpi

La Alcazaba

Playa
de la Malagueta

El Palo

Cinema
Los Reyes

Mar Mediterráneo

Puerto

Prólogo

MIENTRAS CONDUCÍA POR el camino de grava divisó a lo lejos la casa solariega, que se alzaba majestuosa al fondo del paseo de abedules y, desde ese instante, empezó a sentir la misma presión de siempre en el pecho. Era a última hora del día, casi al atardecer, y el sol había empezado a teñir el cielo de rojo.

La vivienda se veía imponente en la cima de la colina y conducía a un canal que desembocaba en el mar. A simple vista tenía un aspecto idílico. Era amarilla, con las esquinas pintadas de blanco y las ventanas cuarteadas; tenía una explanada de grava en perfecto estado y una cabaña de aperos del siglo XVIII en una pendiente que descendía hasta el canal. Recordaba con cariño muchas cosas de la casa de su infancia en Suecia, entre ellas el huerto de manzanos, con el muelle junto al lago donde podían salir en canoa y surcar el canal con la lancha motora para ir a pescar a las islas del archipiélago.

Dirigió la vista hacia el añoso roble de nudosas ramas, donde de niño se construyó un chamizo para esconderse de sus padres y sus hermanas mayores cuando quería que lo dejaran tranquilo. La vieja cabaña de aperos, en la que podía encerrarse como si estuviera estudiando cuando en realidad solo quería estar solo. La criada, con el delantal blanco y una pañoleta estampada de flores en el pelo, que tocaba con estridencia la oxidada campanilla de la cocina para avisar de que era la hora de comer. Los recuerdos acudían a él, iban pasando por su memoria como una película antigua.

En cuanto entró en el vestíbulo, sintió que le costaba respirar. Era como si el tiempo se hubiera detenido. La misma atmósfera, el mismo olor. Llegó incluso a creer que aún notaba un leve aroma al humo de la eterna pipa de su padre impregnado en el papel con motivos en verde de las paredes. Se mezclaba con el vago toque de humedad de las vigas de madera y el jabón usado en las constantes tareas de limpieza de la casa. Su madre siempre fue una maniática: la casa tenía que estar bien ordenada, los niños tenían que ser educados e ir debidamente peinados, impecables y limpios, perfectos y bien vestidos. Justo igual que ella y su padre, cuyo aspecto era siempre impecable.

Y, en el interior de la casa llena de robustos muebles antiguos, relojes de péndulo, estufas de cerámica en cada habitación, el papel de estampado floral de las paredes, las arañas de cristal, el estuco del techo, las gruesas alfombras, todo se encontraba perfectamente colocado. Suponía que a su madre le infundía cierta seguridad que todo estuviera en orden, que no se produjeran imprevistos; todo debía planificarse y meditarse. En aquella casa no había cabida para la espontaneidad o la expresión de los sentimientos. Ella había construido su existencia en torno a la predictibilidad.

Dentro siempre hacía fresco, entraba algo de corriente de los altos ventanales, que solían tintinear cuando el viento soplaba con violencia. Recordaba que, durante los años que estuvieron viviendo allí, siempre pasaba un poco de frío. Nunca se acostumbró del todo al frío.

La puerta del despacho de su padre estaba entreabierta y se imaginó su figura allí dentro, con la consabida chaqueta marrón de botones semiesféricos y coderas de piel. Revisando archivadores y pilas de documentos. A veces hablaba por teléfono, mantenía largas conversaciones en voz baja. En alguna que otra ocasión recibía visita. Hombres trajeados que apenas saludaban y que pasaban largas horas allí sentados tras la puerta cerrada. De qué hablaban o qué hacía exactamente su padre desde que se mudaron a Suecia era algo que en realidad nunca había llegado a averiguar. Cuando su padre falleció, seguía siendo un extraño para él.

Se quitó la chaqueta, pero no los zapatos. No pensaba quedarse más de lo necesario. Se encaminó resuelto a la amplia cocina cuya puerta de servicio daba al jardín.

Por urgente que fuera el motivo de su presencia allí, y por deseoso que estuviera de resolverlo cuanto antes, no pudo evitar detenerse a echar una rápida ojeada a su antiguo cuarto infantil. Al bajar el picaporte notó la tensión en la mandíbula. La cama seguía donde siempre. La misma colcha azul de cuando cumplió trece años. Por lo general, sus padres siempre le regalaban cosas útiles. Todo lo demás eran, según ellos, paparruchas innecesarias. La mesa gastada bajo la ventana, con su cartapacio de plástico verde descolorido por el sol, que siempre estuvo allí.

Habían dejado un único juguete en el cuarto, el osito que sus abuelos maternos le habían regalado cuando cumplió siete años, y con el que dormía de pequeño por las noches. Le faltaba un ojo. Casi daba miedo que siguiera allí como si nada hubiera ocurrido en todo ese tiempo. De pronto volvió a sentirse como un niño, aunque habían transcurrido casi treinta años desde que se mudó de casa.

Cerró la puerta enseguida y se dirigió resuelto al despacho de su padre. Al llegar al umbral se detuvo de pronto. El escritorio inglés del siglo XIX de estilo rústico y en madera de caoba ocupaba la mayor parte de la habitación; el viejo sillón giratorio de piel marrón se encontraba detrás.

Las paredes estaban cubiertas de estanterías, y olía a piel y un poco a tabaco. Se sentó en el sillón, que rechinó un poco bajo su peso. Abrió uno de los cajones del escritorio, rebuscó entre el contenido. No encontró nada interesante y continuó metódico con el siguiente. Muy a conciencia repasó un cajón tras otro, pero la mayoría de lo que encontraba era basura: sobres vacíos, recibos antiguos, facturas pagadas y otros documentos que ya no tenían

11

validez. Por fin llegó al último y encontró la caja en la que su padre guardaba las pipas. Las habían dejado allí, al igual que el tabaco, que estaba en la bolsita de terciopelo. Sabía que su madre no había querido deshacerse de nada después de que su padre falleciera, de modo que seguían conservando la mayoría de sus cosas, a pesar de que hacía ya diez años de su muerte.

Sacó una de las pipas y la cargó mientras pensaba en el siguiente paso. ¿Dónde podría buscar ahora?

Enseguida encontró una caja de cerillas, se llevó la pipa a los labios y la encendió. Dio unas caladas. Sabía diferente, pero bastante bien. Sobre todo, le recordaba al olor de su padre.

De pronto vio una cómoda que había en un lateral. Tenía varios cajones pequeños y algunos más grandes. Apoyó la pipa en el cenicero y se puso a buscar. Encontró una carpeta con su nombre. Contenía viejos libros de calificaciones, fotografías escolares y documentación de reconocimientos médicos. No tardó en descubrir un sobre abierto que contenía una carta. La habían devuelto al remitente.

Empezó a leer y, una vez que tuvo claro el contexto, se le quedó la mente en blanco. Acababa de ver confirmados sus peores temores. Con el corazón latiéndole acelerado en el pecho, retrocedió hasta el sillón y se desplomó en él con la mirada clavada en la carta.

En ese instante, se convirtió en otra persona.

EL COCHE SERPENTEABA por la empinada carretera de los montes andaluces, cuyas fértiles laderas se extendían salpicadas de pueblecitos blancos como terrones de azúcar. Ahora, en primavera, todo estaba verde y frondoso, y al fondo se divisaban las altas cumbres de la Serranía de Ronda.

Y allí se dirigían los cuatro amigos, a Ronda, situada a poco más de cien kilómetros de Málaga, un auténtico tesoro cultural y una de las ciudades más antiguas de España. Hacía mucho que tenían planeado ese viaje de fin de semana.

Florián Vega, que iba al volante, era el único español del grupo. Había nacido y se había criado en la provincia malagueña, y tenía fama de ser un fiscal muy combativo. Estaba casado con una sueca, Marianne, a la que había conocido en un vuelo entre su ciudad y Las Palmas hacía más de treinta años, cuando ella era azafata. Fue un flechazo, y Florián se le declaró seis meses después. Primero estuvieron viviendo un tiempo en Suecia, pero cuando él decidió que quería estudiar Derecho, se mudaron a España. Marianne aceptó la idea de irse a vivir a Málaga y tuvieron tres hijos bastante seguidos. Todos ellos eran ya adultos y se habían independizado.

De ahí que, en el amplio chalet de principios de siglo de El Limonar, un barrio próspero de las afueras de Málaga, resonara el eco del vacío, pero eso a Florián no le preocupaba demasiado. Tenía más que de sobra con su vida, tanto en lo laboral, por su trabajo de fiscal, como en lo personal. Al contrario, para él era un alivio que sus hijos se hubieran emancipado. Eso implicaba que a él le quedaría más tiempo para sus aficiones, para su vida futura. Llevaba varios años sintiendo la necesidad imperiosa de romper con la rutina de siempre. Al principio pensó que tal vez fuera la edad, una crisis pasajera propia de los cincuenta. Lo de hacerse viejo resultaba estresante: el pelo, que se iba cayendo, la panza, que iba creciendo, y el miedo a perder vigor y al cáncer de próstata. De las mujeres y sus problemas con la menopausia sí que hablaban sin parar, pero nadie pensaba en las obsesiones y los achaques que la edad causaba en los hombres.

Sin embargo, una serie de acontecimientos totalmente inesperados habían cambiado su visión de la vida en los últimos tiempos. Ya no pensaba que se tratara de una crisis, sino más bien de una evolución; una nueva fase interesantísima, otra oportunidad. La segunda mitad de la vida había hecho su entrada a bombo y platillo, y él la esperaba entusiasmado con alegría y confianza.

Miró de reojo a Marianne, que iba a su lado en el coche. También a ella empezaban a notársele los años. Florián se había percatado de que le habían aparecido nuevas arrugas alrededor de la boca y en el cuello. Y también el pelo, teñido de henna roja, se veía ahora más escaso.

Iba mirando por la ventanilla con las gafas de gruesa montura redonda, y se preguntó en qué estaría pensando. La relación entre los dos estaba algo tensa. Él esperaba que no se notase. Era muy consciente de que a Eva y Peter, sus amigos suecos, les hacía mucha ilusión pasar un fin de semana con ellos y divertirse. Nunca habían estado en Ronda, y él esperaba que el viaje transcurriera sin riñas ni contratiempos entre su mujer y él. Sus amigos habían vendido la empresa de decoración de interiores que tenían en Suecia y se habían mudado hacía un año, de modo que aún eran bastante novatos en Málaga y les faltaba mucho por ver y por disfrutar. Vivían junto al mar en un apartamento de Pedregalejo, que fue en su día un pueblo de pescadores y que en la actualidad se había convertido en un barrio de Málaga lleno de vida, y dedicaban la mayor parte de su tiempo a jugar al golf y a salir con los amigos.

Eva y Peter iban en el asiento trasero y el silencio empezaba a hacerse molesto en el coche. Para aligerar el ambiente, Florián subió el volumen de la radio y, con unos gritos entusiastas, consiguió que todos se pusieran a cantar el último éxito latino mientras continuaban el ascenso por la carretera llena de curvas.

Finalmente llegaron a una espléndida meseta desde la que pudieron contemplar la ciudad, inexpugnable en apariencia, desplegada sobre una escarpada montaña de empinadas lomas que daban al vertiginoso panorama de una sierra atestada de mesetas y montes. Aunque estaba un poco nublado, la vista era espectacular.

—¡Oh, qué maravilla! —exclamó Eva desde el asiento trasero cuando ya entraban en la ciudad—. ¿Veis ahí el famoso puente? Es tan sobrecogedor como en las fotos. ¿No podemos parar unos minutos?

—Por supuesto que podemos —dijo Florián.

Aparcó en el arcén para que todos pudieran salir y disfrutar de una primera impresión. El Puente Nuevo se construyó en el siglo XVIII sobre un barranco con la intención de comunicar el núcleo antiguo de Ronda con la parte nueva. El puente de piedra, con sus tres bellos arcos de estilo oriental, era testimonio de la influencia árabe en Andalucía.

En el fondo del barranco, a ciento veinte metros de profundidad, fluía el río Guadalevín. Eva se apartó el pelo de la cara y le puso a Marianne la mano en el hombro con delicadeza.

—Fíjate, es pura magia —le dijo emocionada al tiempo que hacía un amplio gesto señalando con el brazo—. Resulta tan enigmático cuando las laderas caen en picado en la hondonada, con el puente entre la niebla… —continuó soñadora—. Como sacado de *El señor de los anillos* o algo así.

—Ya… —respondió su amiga un tanto ausente mientras miraba angustiada a Florián, que se había apartado a una distancia prudencial y hablaba por el móvil de espaldas a ellos.

—Venga, vamos al puente —dijo tirando de Marianne—. Quiero ver qué se siente.

Se acercaron al viaducto junto con Peter y, una vez allí, sintieron vértigo al mirar a las profundidades del barranco. Por encima de las paredes verticales de la montaña, las casas encaladas que bordeaban el filo de la roca a ambos lados del puente parecían a punto de caer al fondo del precipicio en cualquier momento.

FLORIÁN HABÍA TERMINADO de hablar y se unió a los demás. Había estado en Ronda muchas veces y les iba explicando todo lo que veían. Después de varios años viviendo en Suecia, hablaba sueco con soltura, lo cual era perfecto, puesto que Eva y Peter solo sabían unas pocas frases en español.

—Desde aquí no se ve, pero en los cimientos, debajo de la pasarela, hay celdas donde antes encerraban a los condenados a muerte —comenzó—. Que sepáis que aquí han sucedido cosas terribles a lo largo de los años. Seguro que el arquitecto que diseñó esta obra maestra ignoraba que terminaría siendo su muerte. Un día de mucho viento se le voló el sombrero, y al alargar el brazo para recuperarlo cayó al vacío y se mató.

—¡Madre mía, qué espanto! —exclamó Eva con cara de horror.

—Pues espera, que hay más —se animó Florián con cierta satisfacción en la voz—. Durante la guerra civil española, a los partidarios de Franco los arrojaban ahí. El mismísimo Ernest Hemingway lo contó en uno de sus libros, no recuerdo cuál. Él pasó mucho tiempo en Ronda, le encantaba esta ciudad.

—Qué pasada —dijo Peter—. No tenía ni idea.

—Por si fuera poco —continuó Florián visiblemente entusiasmado con su papel de guía turístico—, el mismo arquitecto que diseñó la estructura fue también el autor de la célebre plaza de toros de Ronda, que es la más antigua de España. Antes arrojaban desde aquí arriba a los caballos heridos en la plaza, los lanzaban desde los acantilados al fondo del barranco.

—Anda ya, ¿en serio? —Eva miró horrorizada a las profundidades y Marianne puso cara de espanto.

Era espeluznante pensar que hubieran ocurrido semejantes barbaridades allí mismo, justo donde ellos se encontraban.

Florián señaló hacia las montañas.

—Allí se ven la sierra de las Nieves y la sierra de Grazalema, casi dos mil metros sobre el nivel del mar. Aún hay nieve en las cumbres. Pero parece que va a empeorar el tiempo —observó mirando al cielo—. Yo diría que se acerca un banco de nubes.

—¿Hay algún lugar desde el que pueda verse el puente de lejos? —preguntó Eva—. Me gustaría tomar algunas fotos a distancia.

—Claro. —Florián echó a andar de nuevo hacia el coche—. Cuando estemos instalados en el hotel os enseñaré un sitio con unas vistas preciosas. Pero hay que darse prisa, antes de que lleguen las nubes.

Lisa Hagel siempre sentía el mismo agobio cuando llegaba el momento de subir a bordo. En cuanto ponía un pie en la máquina de volar, ya era demasiado tarde para arrepentirse, demasiado tarde para bajarse. Como de costumbre, echó una ojeada a la cabina y atisbó el complejo panel de control, y a los pilotos, con sus camisas blancas recién planchadas, que ya se preparaban junto a los mandos. En esos momentos, siempre le venía a la cabeza la misma idea: «¿Y si esta fuera la última vez, la despedida, el final? ¿Y si nos estrellamos contra el suelo y morimos todos? Y, cuando eso suceda, ya sabemos que no hay nada que podamos hacer. Nada».

Si el avión empezaba a dar bandazos, perdía velocidad, y ese cuerpo de acero de proporciones gigantescas caía por el aire, no servirían de nada ni los rezos ni los chalecos de debajo del asiento ni las máscaras de gas. Un pensamiento le pasó por la cabeza como un rayo. Quizá fuera mejor que todo terminara ahora. Quizá ya había disfrutado en la vida de la porción de felicidad que le correspondía, esa felicidad que tan brutalmente le habían arrebatado y que hizo que su existencia entera se tambaleara en unos minutos. Sencillamente, quizá hubiera llegado el momento.

Lisa sintió un escalofrío y trató de borrar aquellos pensamientos tan lúgubres. ¡Venga ya! No se había venido abajo ni había caído en ninguna depresión, a pesar de que acababa de vivir una experiencia que había puesto toda su vida patas arriba.

Ella y Axel, ahora ya su exmarido, habían vendido la casa de Gamla Enskede, a las afueras de Estocolmo, en tiempo récord. Así consiguió el dinero suficiente para atreverse a dejar el trabajo de profesora de sueco y de español y hacer realidad su viejo sueño de comprarse una casa en Andalucía. Estaba para reformar, desde luego, pero se encontraba en un sitio precioso a las afueras del soñoliento pueblecito de Benagalbón. A un cuarto de hora en coche del centro de Málaga. A Lisa siempre le había encantado España, un país que visitaba a menudo desde la adolescencia.

Tenía pensado ganarse la vida dando clases de español por internet, haciendo traducciones y encargos de interpretación, si le surgía alguno, ya que también había estudiado Interpretación. Con el tiempo, tal vez pudiera incluso buscar trabajo en el Colegio Sueco de Fuengirola. Se las arreglaría. Además, ahora mismo haría cualquier cosa por alejarse de todo. Tenía que dejar atrás toda la historia, todos los recuerdos, todo lo que le trajera a la memoria la vida compartida con Axel. Simplemente, no tenía otra salida; de lo contrario, sería su perdición. Claro que echaría de menos a sus hijos, pero ellos eran adultos, habían volado del nido y tenían su propia vida. Podrían verse, era sencillo volar entre Estocolmo y Málaga, y tampoco resultaba demasiado caro. Annie, su mejor amiga, vivía a las afueras de la ciudad y, gracias a que la había visitado innumerables veces a lo largo de los años, conocía a bastante gente en la zona. Le iría bien.

Lisa metió las gafas en el bolsillo del asiento de delante junto con la novela que a aquellas alturas ya se habría leído media Suecia, todos menos ella: *Aquí hay algo que no encaja*, de Martina Haag.

Trataba de una mujer que descubre que su marido le es infiel y la deja después de veinte años de convivencia y cuatro hijos, y de cómo ese descubrimiento la pilla por sorpresa. Y eso era exactamente lo que le había ocurrido a ella.

Su marido era profesor de la Universidad de Estocolmo y tenía bastante carga lectiva en el extranjero. De un tiempo a esta parte, iba y venía para trabajar todas las semanas en una de las universidades de Londres. Llegaba a casa los viernes por la noche, y dado que Lisa siempre terminaba pronto ese día, era ella la que solía preparar la cena.

Por lo general, él se duchaba y se ponía ropa cómoda cuando llegaba, luego ambos disfrutaban de una buena cena con unas copas de vino delante de la chimenea. A Lisa le encantaban aquellos momentos, los dos sentados en el sofá, en su casa de toda la vida en Gamla Enskede. Ella se acurrucaba en su regazo mientras conversaban sobre cómo les había ido la semana. Le encantaban sus brazos musculosos, la aspereza de la mejilla, el pelo rizado aún abundante y casi sin canas, pese a que había cumplido ya cincuenta y siete años. Para ella seguía siendo el hombre más guapo del mundo y se sentía privilegiada por poder pasar la vida con él.

Y entonces llegó aquel viernes, y las cosas cambiaron por completo. Aquel viernes que le destrozó la vida, que le mató las ilusiones. Treinta años quedaron pulverizados en unos minutos. Todo lo que habían compartido, todo lo que habían construido juntos durante toda una vida adulta. Como si no hubiera significado nada.

Aquel viernes en el que todo se fue al cuerno.

Colocó la mochila con el ordenador y unos libros en el portaequipajes que tenía sobre el asiento y se dejó caer en su sitio, junto a la ventana. El avión estaba bastante vacío, quizá el efecto Greta Thunberg se notara también en eso.

Por el momento, nadie se había sentado en la fila donde iba ella, y esperaba que siguiera siendo así. Lisa necesitaba estar tranquila para darle vueltas a sus pensamientos y no quería que le tocara al lado un extraño que, en el peor de los casos, tuviera incluso ganas de conversación.

Se puso el cinturón de seguridad y miró por la ventanilla. Ya estaba en camino, lejos de la vida en casa, lejos de los hijos, lejos de los amigos, del trabajo, de todos los círculos que se había ido construyendo a lo largo de los años.

Precisamente en ese momento Axel y ella debían recoger los frutos de toda una vida llena de sacrificios. Sus hijos, Victor y Olivia, tenían más de veinticinco años y se las arreglaban solos. Ahora era cuando iban a poder viajar, darse el lujo de comer fuera entre semana, tomarse una copa de vino e ir al Museo Moderno un miércoles cualquiera. Pasar un puente en París. Eso era lo que habían acordado, lo que esperaban hacer juntos. Tendrían tiempo de pensar en sí mismos, y también el uno en el otro.

En cambio, allí estaba, sentada en un avión rumbo a una nueva vida. Y Axel había conocido a otra. Todo había sucedido tan rápido que la pilló completamente desprevenida. A él, en cambio, lo vio muy resuelto. Al parecer llevaba tiempo madurándolo sin que ella hubiera advertido nada.

A través de las ventanillas del avión vio que iban cargando el equipaje. El sol brillaba y el cielo era de un azul intenso que solo puede tener a finales de abril. Con esa luz fresca tan añorada después de un invierno largo y oscuro. Los jardines se veían verdes, ya empezaban a asomar las hojas de los abedules y el magnolio no tardaría en florecer en la parcela de su antigua casa.

Lisa había decidido celebrar la Pascua con sus hijos antes de marcharse, y así lo hizo. Celebraron la cena en el apartamento de Olivia, en Södermalm. Victor fue con su novia. Pintaron huevos y disfrutaron del bufé de arenques, salmón, diversos platos preparados con huevo y cordero.

Habían escondido los típicos huevos llenos de dulces por la casa, y después de comer cada uno se puso a buscar el suyo. Lisa no tenía ni idea de cómo celebraría la Pascua Axel.

La azafata, que, con los brazos delgados y rectos, y unas uñas perfectamente pintadas, iba indicando dónde se encontraban las salidas de emergencia, tenía una figura bonita y seguro que no más de treinta años. Con la cara lisa bien maquillada, perfilador de ojos negro y un rojo sensual en los labios. Morena, con un moño en la nuca. ¿Sería así la joven pareja de su exmarido?

Lisa no lo sabía. Su nuevo amor vivía en Inglaterra y él no había querido decirle cómo se apellidaba. Lisa la buscó en Facebook y en Instagram, pero no encontró nada.

En el instante en que el avión empezó a acelerar por la pista de despegue, notó el ardor de las lágrimas bajo los párpados. Con la cantidad de años que pasó insistiéndole a Axel para que compraran una casa en el sur de España… Pero él siempre se negó. Decía que hacía demasiado calor en verano y que prefería tener una cabaña en Åre. Ella había tratado de persuadirlo con la posibilidad de ir a esquiar a Sierra Nevada, pero todo resultó inútil.

Así que allí estaba ahora, una mujer sola en pleno climaterio con alguna que otra cana y gafas para vista cansada. Se sentía sin atractivo, consumida.

Los motores empezaron a acelerar y Lisa notó que el avión se separaba del suelo. «Venga, mujer. Tranquila. Llevas veinte años queriendo tener una casa en España, y ahora ese sueño se ha hecho realidad.»

«Ahora puede ocurrir cualquier cosa.»

Después de registrarse y dejar las maletas en el encantador Hotel Palacio de Hemingway, situado justo en el estribo del puente de Ronda, los cuatro amigos salieron a buscar una meseta en particular desde la que, según Florián, la vista del puente era insuperable.

Eran cerca de las seis de la tarde. Las calles estaban prácticamente desiertas y solo se cruzaron con algún que otro lugareño. Según parecía, ese tiempo tan desapacible asustaba a la gente; el termómetro indicaba solo catorce grados.

Pronto alcanzarían la zona verde de la que arrancaba el sendero que descendía hasta la meseta. Parecía desierto y la lluvia se sentía en el aire. Marianne tiritaba de frío a pesar de la cazadora, se había abrigado a conciencia con los vaqueros y un jersey, pero, aun así, estaba helada.

—Tenemos que recorrer un trecho sendero abajo —dijo Florián—. Es empinado, pero no os preocupéis. La verdad es que hace bastante desde la última vez que estuve aquí, pero lo voy a encontrar, tranquilos.

—Si estuviste en Ronda hace unos quince días —observó su mujer—. En el congreso de juristas de todo el país que se celebró en fin de semana, y al que no podían asistir las parejas. Aunque a ti eso no te importó mucho que digamos —añadió mordaz y se le dibujó en los labios una expresión severa.

Eva y Peter se miraron incómodos.

—Claro que sí —respondió él con una risa forzada—. Pero entonces no estuve por ahí paseando. Me dediqué a trabajar, no había tiempo para excursiones.

Caminaban con sumo cuidado por el estrecho sendero. A un lado caían las rocas en el barranco como una pared, a muchos metros de profundidad. Unos velos de nubes envolvían el valle y se movían despacio, como suaves cascadas ondulantes por la cresta de las montañas. La niebla blanquecina se abría paso silenciosa entre los arbustos y los árboles, mientras el reducido grupo continuaba avanzando.

A medida que las nubes se hacían cada vez más densas, la vista del terreno se iba haciendo cada vez más difícil, y el precioso valle que quedaba a su lado desaparecía poco a poco. El aire era cada vez más frío y húmedo, y el silencio empezaba a resultar desagradable. Ahora solo veían unos cuantos metros por delante. Florián, que iba el primero, se volvió hacia los demás.

—Id con cuidado por aquí, dentro de poco el sendero se estrechará más aún. Como es de tierra, la orilla no es muy firme. Además, hoy ha estado lloviendo, así que estará húmedo y fangoso. Puede resultar traicionero, procurad no saliros del camino. No hay barandillas. Pegaos a la montaña tanto como podáis.

—¿No deberíamos volver? —preguntó Eva angustiada—. Me parece bastante arriesgado.

Iba avanzando despacio con los ojos clavados en la pendiente para controlar bien dónde ponía los pies.

—Qué va, no pasa nada —Florián trató de tranquilizarla—. Tú ve con cuidado y ya está.

La espesa capa de niebla impenetrable envolvía todos los sonidos, no había el menor rastro de vida. Como si se encontraran en un mundo totalmente aparte, lejos de la realidad. En un vacío silencioso y húmedo.

Florián se detuvo en el sendero e intentó calmar a los demás.

—Con el banco de nubes resulta más fastidioso, claro. Pero, si tenemos suerte, se disiparán, aunque solo sea unos minutos. A veces pasa, se desvanecen en un abrir y cerrar de ojos y de pronto tienes una vista totalmente despejada. Es como el telón de un teatro, que sube y baja. Es una experiencia extraordinaria —añadió entusiasta—. Así que tened un poco de paciencia, vale la pena, os lo aseguro.

—Ya, pero ¿tú crees que vamos a tener esa suerte? —preguntó Peter con voz dudosa—. A mí me parece que las nubes son cada vez más espesas. Yo diría que lo mejor es volver al hotel y sentarnos delante de la chimenea a tomarnos una copa.

—¡Venga ya! —exclamó Florián—. ¡Esto es una forma de sentir que estás vivo! ¿No oís el silencio? Experimentad la magia de la naturaleza, es como si estuviéramos en un mundo aparte. ¡Disfrutad, hombre!

Sin esperar respuesta, se dio media vuelta.

—No seáis tan cobardicas, demostrad de lo que sois capaces —les gritó mientras seguía avanzando entusiasmado.

—Oye, relájate un poco —le respondió Marianne—. Ve más despacio. No podemos perder el contacto visual entre nosotros, entonces sí que nos vamos a perder. El sendero se ha dividido varias veces y tú conocerás el camino, pero nosotros no.

—Procurad ir en fila y no perder de vista la espalda del que tenéis delante, y todo irá de maravilla —respondió su marido a voces, haciendo caso omiso del tono disgustado de Marianne—. No creo que falte mucho.

Al cabo de un rato seguía sin haber ni rastro de las vistas.

—Vamos, nos damos la vuelta ya —dijo Marianne preocupada sin dejar de mirar las nubes que crecían sin cesar—. Así no hay manera.

Lanzó a su marido una mirada furiosa.

—Sí, bueno, puede que tengas razón. Siempre podemos intentarlo mañana otra vez, claro —dijo Eva conciliadora, como si quisiera aplacar la irritación que se respiraba entre la pareja de amigos—. Quizá haga mejor tiempo.

Levantó la vista hacia los precipicios.

—Fijaos, las casas de la cima que hay al otro lado ya apenas se distinguen.

—Yo también opino que es mejor volver mañana —aseguró Peter—. Venga, vamos al hotel. Esto es misión imposible.

—Id vosotros —dijo Florián—. Yo pienso continuar. Quiero ver si consigo hacer una foto del puente. Si las nubes se apartaran un instante… sería una preciosidad. No me esperéis, id al hotel, nos vemos allí.

—Anda, vamos. Volvemos mañana —insistió Marianne.

—Que no —respondió Florián, subrayando la negativa con un gesto de la mano—. Que quiero intentarlo, de verdad. Puede quedar una foto maravillosa.

Peter rodeó a su mujer con el brazo. Se notaba que empezaba a sentirse incómodo.

—Bueno, pues nosotros nos vamos. Luego nos vemos.

Se dieron la vuelta y empezaron a regresar por el mismo camino. Florián les dijo adiós, les dio la espalda y continuó adentrándose en la niebla.

—Oye, esperad un poco —les gritó Marianne a los amigos, y se apresuró a alcanzar a su marido.

Peter y Eva aminoraron la marcha.

—¿Qué hacemos? —dijo Peter—. Parecen cabreadísimos el uno con el otro.

—Desde luego —dijo Eva.

—Si lo llegamos a saber… Más nos habría valido quedarnos en casa.

Se quedaron esperando allí unos minutos. Justo cuando empezaban a pensar en irse, apareció Marianne de entre las nubes. Estaba pálida y los miraba serena.

—No hay forma, es muy testarudo. Se ha empeñado en quedarse un rato más.

—Pues nada —dijo Eva—. Habrá que dejar que haga lo que quiera. Será lo mejor.

—Bueno, él siempre hace lo que quiere —respondió Marianne enfadada—. Y no creas que siempre es lo mejor. Al contrario.

Eva notó que su amiga estaba a punto de llorar. Le dio un apretón de ánimo en el brazo y siguió los pasos de Peter, que iba justo delante de ella. Con mucho cuidado fueron desandando el camino por el estrecho sendero mientras las nubes se volvían cada vez más espesas a su alrededor.

HÉCTOR CORREA ESTABA encantado en el piso de principios de siglo de la plaza de la Merced, en el corazón mismo del casco antiguo de Málaga. Era un lugar de reunión festivo y popular, rodeado de restaurantes y bares que permanecían abiertos de la mañana a la noche. Allí acudían músicos callejeros, gente que paseaba a su perro, niños que correteaban y jugaban al fútbol, jóvenes con el patinete cruzándose entre los grupos de turistas que, procedentes de los diferentes cruceros que atracaban en la ciudad, corrían ansiosos para poder hacerse la foto junto a la estatua de Picasso. El célebre artista había nacido allí y habían convertido en museo la casa de su infancia.

Los mayores se sentaban en los bancos, a la sombra, y se tomaban un respiro junto con los visitantes que necesitaban descansar los pies después de una tarde de compras.

En esa época del año, la plaza tenía una belleza extraordinaria; a finales de abril florecía el jacarandá en intensos tonos lila con oleosos pétalos color caramelo oscuro; y la mimosa, más pequeña, con sus flores como plumas entre rosa y amarillo, ya estaba a punto. Héctor tenía un balcón donde acostumbraba a sentarse y ver pasar a la gente. Llevaba viviendo allí cerca de treinta años, y desde las ventanas que daban a la plaza había sido testigo de cómo se iba transformando la ciudad. Cuando Carmen y él compraron el piso en su juventud, todo era distinto. También el precio, por supuesto, entonces les costó una mínima parte de su valor actual. Hoy no podrían permitirse mudarse allí de ninguna manera, el sueldo de policía era demasiado bajo.

Héctor Correa era uno de los ocho investigadores de Homicidios de la Comisaría Provincial de Málaga, y le gustaba lo que hacía. De no ser por el trabajo y por sus dos hijos, se habría derrumbado cuando a Carmen le detectaron un cáncer y falleció en el transcurso de unos meses. Se habían casado cuando los dos tenían dieciocho años, y desde ese día él nunca se fijó en ninguna otra mujer. Carmen lo era todo para él, y cuando ella murió la existencia se convirtió en una sombra. Ni siquiera se alegró con la llegada de su primer nieto, que nació ese mismo año. Aún sentía remordimientos por ello y trataba de compensar a José Luis como podía, llevándolo a las actividades, comprándole un helado de vez en cuando y jugando con él a los encierros cada vez que tenía ocasión. Era con lo que más disfrutaba el travieso José Luis a sus cinco años. Héctor tenía que ser el torero y él, el toro bravo.

«Cinco años», pensó con un hondo suspiro, ya habían pasado cinco años desde que Carmen murió y él la echaba de menos a diario a pesar de todo. Tenía su retrato colgado en la pared, sobre un aparador en el que conservaba sus candelabros favoritos. Eran bastante altos, con una forma muy elegante y hechos de hormigón gris. Los compraron un verano en un viaje que hicieron a Suecia. Tomaron el barco en tierra firme y cruzaron al paraíso estival que era la isla de Gotland, donde vieron los candelabros en un taller de cerámica que visitaron en la campiña. Carmen se fijó en ellos enseguida, y al volver a casa decidió que eran los que quería poner en la mesa. A partir de ese día, nunca usó otros. Era como si aquellos encerraran para ella algo mágico.

Héctor acababa de volver del trabajo. Era viernes y no terminaba de decidir si se prepararía una cena sencilla en casa o si se animaría a salir a cenar fuera. Podría ir al Picasso, el bar de siempre, que se encontraba justo al lado de su portal. Le haría bien relacionarse con gente. Antes, cuando Carmen vivía, todo era sencillísimo. Entonces estaban los dos juntos y él sabía siempre qué hacer. Ahora tenía que decidir cómo cenar y con quién. Ya no podía dar nada por supuesto.

De todos modos, antes de decidirse quería descansar un rato. Se tumbó en el sofá del salón y cerró los ojos. Al otro lado de la ventana la vida se desarrollaba como de costumbre, como siempre a lo largo de los años. Oía las voces, el ruido de los restaurantes, los gritos y las risas de la plaza.

Al cabo de un rato paseó la mirada por el apartamento. Los techos altos, el ambiente, la limpieza y la sencillez. En realidad, la nueva decoración resultaba un poco minimalista, pero después de la muerte de Carmen sintió que necesitaba un cambio. No quería conservar nada de lo anterior. Algo inusual en él, que era una persona de costumbres. Le gustaban las rutinas y las tradiciones, que las cosas fueran como siempre. Encontraba en ello cierta seguridad. En el fondo a él le disgustaban los cambios, pero no fue capaz de seguir viendo todo aquello que su mujer había ido comprando y cuidando durante años. Así que se pasó una semana desechando muebles, cuadros, objetos de decoración y plantas, todo, salvo los candelabros. Ni siquiera conservó las fotografías ampliadas de sus hijos que tenían colgadas en la pared. Una semana entera se dedicó a clasificar, limpiar y retirar casi todo lo que había. Al final, lo que quería conservar acabó en el trastero que Marisol, su hija, tenía en la casa del pueblo. El resto acabó en la basura. Por suerte, Adrián y Marisol lo comprendían a la perfección y, en lugar de protestar, le ayudaron con la limpieza.

Se pasó varios meses reformando el piso con la colaboración de un puñado de buenos amigos. Lo pintaron de gris y blanco, los baños y la cocina los renovaron por completo. Era un alivio poder dedicarse a algo manual para distraer la mente. Además, Héctor pensaba que sería más fácil soportar el dolor si no se veía constantemente rodeado de cosas que le recordaban a su difunta esposa.

Cuando terminó la reforma y se vio sentado en un taburete en medio de un apartamento amplio, luminoso y vacío, se sintió triste y aliviado a la vez. No le quedaba más remedio que seguir viviendo sin Carmen, aunque no imaginaba cómo podría conseguirlo. Le costaba hacerse a otras costumbres, aficiones y tradiciones.

Sus hijos habían sido un gran apoyo. Iban a verlo con sus respectivas familias cada domingo, y a las tres de la tarde comían juntos después de haber preparado el almuerzo entre todos en la amplia cocina. La sobremesa duraba varias horas, y por lo general terminaban bajando a la plaza a tomar café mientras los niños correteaban y jugaban con los demás críos del barrio. Ese tipo de rutinas le ayudaban a recuperarse del duelo.

Carmen falleció tan solo unos días después de su cincuenta cumpleaños. Tres meses antes le habían diagnosticado un cáncer de hígado, y le comunicaron que no se podía operar. Súbitamente, de la noche a la mañana, tenía los días contados.

Y no hubo nada que él pudiera hacer para salvarla.

CUANDO MARIANNE, PETER y Eva entraron en el bar del hotel, lo encontraron lleno de gente sentada en los sofás y los sillones de piel, delante de la amplia chimenea que se encontraba en el centro de la sala. El Hotel Palacio de Hemingway conservaba el espíritu del gran escritor, que tanto había amado Andalucía y que había pasado gran parte de su vida en España, precisamente en Ronda, entre otros lugares, como corresponsal de la guerra civil española.

Una araña de cristal enorme colgaba del techo del bar, decorado con robustos muebles oscuros de caoba, esculturas de guerreros africanos, cabezas de caballo y ninfas griegas, apliques y cabezas de toro en las paredes como símbolo de la fiesta del toreo, que Hemingway tanto apreciaba y que consideraba una forma de expresión artística.

Los tres amigos pidieron una copa, aliviados de estar a cubierto y abrigados después de la desagradable excursión. Se terminaron las bebidas y Florián seguía sin aparecer.

—Pues hemos reservado mesa para las nueve —anunció Marianne—. Yo tendría que darme una ducha y cambiarme.

—Y yo —aseguró Eva.

Algo irritada, Marianne marcó el número de su marido.

—Tiene el móvil apagado —dijo con desconcierto.

—Yo puedo ir a buscarlo —se ofreció Peter.

—Pero ¿de verdad que vas a volver allí? —protestó Eva.

—Debería ir a ver, figúrate que se ha caído y se ha roto un pie o se ha lastimado.

Marianne lo miró con gratitud cuando vio que se disponía a marcharse.

—Nosotras iremos a la habitación a arreglarnos mientras tanto —dijo Eva—. Ojalá lo encuentres.

Las dos mujeres se fueron agarradas del brazo por el pasillo.

DE VUELTA EN el hotel, Peter se encontró con Marianne, que esperaba impaciente en la recepción.

—¿Qué tal? —preguntó.

Peter meneó la cabeza.

—He ido tan lejos como he podido, pero nada, no lo he visto por ninguna parte. A saber dónde se habrá metido, es inexplicable. Y el móvil sigue apagado.

Ya era la hora de la cena y, sin saber muy bien qué hacer, decidieron ir paseando al restaurante, que se encontraba muy cerca de allí. Florián podía unírseles después. Sabía adónde iban, puesto que fue él quien hizo la reserva.

El restaurante Bardal era un establecimiento distinguido y elegante, que contaba con dos estrellas Michelin. El jefe de sala los recibió con una amable sonrisa, pero cuando Marianne le dijo a qué nombre tenían la reserva, el hombre los miró extrañado.

—Bienvenidos, pero ¿dónde se encuentra mi buen amigo Florián? —preguntó el jefe de sala con una voz aguda que casi rozaba el falsete—. No me digan que se le ha presentado un imprevisto. Con las ganas que tenía de volver a verlo. La última vez que estuvo aquí fue estupendo, venía con su adorable y joven esposa. ¡Qué preciosidad de mujer! —exclamó con una risita de satisfacción—. Un monumento. ¿Son amigos suyos?

Marianne se quedó helada, pero permaneció en silencio. Peter y Eva no habían entendido lo que el hombre acababa de decir y lo miraban extrañados. Cuando advirtió la expresión de Marianne, cayó en la cuenta de su metedura de pata de inmediato. Observó la alianza que llevaba en el dedo y trató de arreglarlo.

—Claro que seguramente fuera una compañera de trabajo, ahora que lo pienso, sí, vino por trabajo. ¿Qué sé yo? —preguntó con cierto dramatismo encogiéndose de hombros—. A veces damos por hecho cosas que están lejos de ser verdad.

Dejó el parloteo y los acompañó a la mesa. Se notaba que el restaurante se había puesto de moda. Les entregaron la carta y pidieron el vino. Eva se dirigió a Marianne, estaba claro que a su amiga no le habían sentado bien las palabras del hombre.

—¿Qué es lo que ha dicho? —le preguntó.

Marianne les contó lo que el hombre había afirmado acerca de Florián y la bella joven que lo acompañaba, y que él había tomado por su mujer. Los dos amigos la miraban comprensivos.

—Pero ¿no sería una compañera de trabajo? —dijo Peter—. ¿Alguien que había venido al congreso?

—Sí, claro —respondió Marianne con sarcasmo—. Y, por supuesto, se trataba de una joven y, además, extraordinariamente guapa. Qué casualidad.

—Vamos, mujer, no le des más vueltas —intervino Eva tratando de consolarla—. Seguro que no es nada. El señor se confundió, está claro. Lo más probable es que se tratara de una compañera de trabajo.

Eva intercambió una mirada fugaz con su marido. Se pusieron a leer la carta antes de pedir, y Peter alzó la copa y miró alentador a las damas.

—Venga, seamos positivos.

Señaló la entrada del restaurante.

—Se presentará aquí en cualquier momento, ya veréis, y todo volverá a la normalidad. Salud.

Tanto él como Eva se esforzaron por tranquilizar a Marianne y por crear un buen ambiente durante la cena. La presentación de los platos era de una elegancia impecable y la comida, excelente, si bien la preocupación por Florián empañó la experiencia. Por más que lo intentaban, les resultaba difícil mantener una conversación con naturalidad. Cuando les sirvieron el café, Marianne volvió sobre las palabras del jefe de sala.

—¿Y por qué iba a salir a cenar él solo con esa mujer? Una mujer guapísima... «Un monumento» —dijo imitando la voz aguda del hombre y agitando la corta melena.

Guardó silencio y, de pronto, la cara le cambió de color.

—¿Y si es de aquí? ¿Y si está con ella en estos momentos?

Sus amigos la miraron desconcertados, pero no dijeron nada. Tal vez fuera así de sencillo: Florián puso la excusa de que quería hacer fotos cuando lo que en realidad pensaba hacer era verse con una amante. Pero Peter meneó la cabeza.

—Venga ya, Marianne, tú sabes que él jamás haría algo así —dijo con tono convincente—. Si quisiera verse en secreto con otra mujer, habría sido lo bastante listo como para elegir otro momento. Imagínate que le ha ocurrido algo grave y nosotros aquí, acusándolo.

—Tienes razón —reconoció Marianne con un hilo de voz.

Lo miró preocupada.

—¿No se habrá caído? Quizá se haya roto algo y no pueda subir. Además, a estas horas de la noche empieza a hacer frío.

—Vámonos.

Peter llamó al camarero y pagó la cuenta.

—Ya son las once y sigue con el móvil apagado.

—O sea que lleva cinco horas desaparecido —dijo Eva algo nerviosa—. Si no está de vuelta en el hotel, llamamos a la policía.

Lisa miró por la ventanilla del avión. Apenas habían transcurrido dos horas y supuso que en ese momento estarían sobrevolando Holanda. El cielo estaba despejado y allá abajo se veían cientos de aerogeneradores girando en alta mar. Sus brazos blancos de acero se movían en círculos, de forma mecánica e imparable. «Como la vida misma —se dijo—. Gira y gira sin parar, pero ¿para qué? Vamos acelerados en un círculo vicioso, vivimos al día, tenemos hijos, construimos un hogar, trabajamos, hacemos la compra y la limpieza, les sonamos la nariz a los niños, les ayudamos en los estudios y los criamos para luego verlos desaparecer. Los amigos dejan de llamar, el marido se marcha y de pronto te ves ahí, después de toda una vida de trabajo, y resulta que no tienes nada. Tan solo unas manos envejecidas y el corazón vacío. Nadie te necesita, nadie te ve atractiva, estás de más y te ves desechada como un libro viejo y desgastado que nadie quiere leer.»

Apoyó la cara en el fresco cristal de la ventanilla y volvió con el pensamiento a la tarde de aquel viernes de unos meses atrás.

Advirtió que algo pasaba en cuanto Axel entró por la puerta. Se quitó el abrigo y la bufanda de cuadros que ella le había regalado la Navidad anterior con movimientos bruscos y forzados. Estaba pálido y le dio un abrazo breve y frío. Sin el beso de siempre. Dijo que tenía que ir al baño.

Ella notó en el acto que algo pasaba, pero pensó que estaría más cansado de lo habitual o que habría tenido algún contratiempo en el trabajo.

Se fue a la cocina a remover el guiso persa de cordero que hervía en el fogón. Tomó un sorbo del Barolo que acababa de servir en las copas y metió el pan de ajo en el horno precalentado. Se quemó el dedo y soltó un grito: ya la había puesto nerviosa. Lo miró angustiada cuando vio que se acercaba a la cocina y se quedaba en el umbral.

—¿No vas a ducharte y a cambiarte de ropa? —le preguntó.

Era lo que hacía siempre.

—No —dijo él, y se retorció incómodo—. Da igual.

—Vaya —respondió ella al tiempo que le ofrecía una copa de vino.

Una presión en el pecho… Todo en él indicaba que algo no iba bien.

—La comida está casi lista —comentó Lisa para rebajar la tensión—. He preparado guiso persa de cordero con berenjena, lima y canela. Una de las recetas de Zeina Mourtada, ya sabes, esa cocinera tan buena de TV4. Me pareció algo diferente y apetitoso. Y está bien probar cosas nuevas.

Ella misma era consciente de lo forzado de su tono. Como si quisiera convencer a su marido de que todo seguía como siempre.

—Sí, mmm… Huele bien —dijo él ausente, dirigiéndose al comedor para poner más leña en la chimenea.

Lisa vio por la abertura de la puerta que dejaba la copa de vino en la mesa. Puso en la mesa la olla con el guiso, el cuenco del arroz, la ensalada y el agua mineral. Se sentó donde siempre y empezó a servirse. No paraba de darle vueltas a la cabeza. ¿Qué le pasaría a Axel?

—Bueno, pues salud —dijo vacilante, y alzó la copa cuando los dos ya se habían servido.

Trataba de interpretar la expresión de la cara de su marido. No se atrevía a preguntar qué le pasaba, como si presintiera que no iba a gustarle la respuesta. El cambio con respecto a su personalidad habitual resultaba incómodo y la asustaba.

—Salud —dijo él levantando la copa, pero volvió a dejarla en la mesa sin probar el vino.

Luego clavó la vista en el plato y empezó a remover la comida con desinterés. Allí estaba, sentado aún con la camisa y la americana del trabajo.

Lisa sintió que empezaba a embargarla el pánico, aunque no dijo nada. Probó un bocado del guiso humeante, pero no fue capaz de apreciar el sabor. Tomó tres tragos breves de vino y se quedó mirando fijamente el fuego que crepitaba en la chimenea y que tan agradable le resultaba en condiciones normales. ¿Qué estaría pasando? Sintió una amenazante sensación de estar cayendo en el abismo, hasta que él carraspeó un poco y la miró. Seguía sin haber probado ni la comida ni el vino.

Y entonces pronunció esas palabras. Unas palabras que iban a destruirla.

—Lisa, verás, tengo que contarte una cosa. He conocido a una persona… Bueno, a otra mujer.

Él guardó silencio y bajó la vista. Ella se quedó como paralizada en la silla, mientras la habitación empezaba a dar vueltas a su alrededor.

—No es que yo lo buscara —continuó Axel—. Simplemente, sucedió sin más.

—¿Y cómo fue? —preguntó ella con frialdad—. ¿Cómo es que sucedió sin más?

Entonces, por fin, él tomó un trago de vino y se encogió de hombros.

—Pues no sé cómo ocurrió, la verdad. Empezamos a hablar un día en la universidad, hace un tiempo, y una cosa llevó a la otra…

—¿Cómo? ¿Es profesora? ¿Te has enamorado de una colega?

—No, no es profesora…

En ese momento le cambió el color de la cara y se ruborizó hasta las orejas.

—No me digas que me has engañado con una alumna —replicó Lisa—. No me digas una cosa así.

—Pues sí —atinó a decir él, que volvió a bajar la mirada—. Es alumna mía.

Lisa se lo quedó mirando sin comprender. Era como si le hubieran golpeado la cabeza con un objeto contundente. Se le nubló la vista.

—¿Eh? —le soltó—. ¿Es eso lo que me estás diciendo?

—Lo siento, Lisa. No puedo hacer nada… Fue inevitable.

—¿Qué quieres decir? —preguntó ella—. Una estudiante… ¿Cuántos años tiene?

—Mujer, eso es lo de menos.

—¿Cuántos años tiene?

—Se llama Elaine, tiene veintiocho.

—¡Madre mía!

«Veintiocho», pensó Lisa. Veintinueve años más joven que él y veintisiete más joven que ella. Se miró las manos, se apreciaba en ellas la edad, ya no era joven, no. La alumna tenía la misma edad que Olivia, su hija.

—Por nada del mundo querría hacerte daño —afirmó Axel—. Pero lo hecho, hecho está. No puedo cambiarlo. Lo siento de verdad, Lisa.

—Pero… Pero ¿y eso qué implica? —balbució al tiempo que sentía que se mareaba.

Él suspiró, se miró las manos y luego volvió a dirigir la mirada hacia ella.

—La cosa entre Elaine y yo va en serio. Quiero el divorcio.

Le costaba respirar. Sintió que aumentaba la presión en el pecho. No podía creer que aquello estuviera pasando de verdad. Que fuera su Axel el que, sentado frente a ella al otro lado de la mesa, hubiera pronunciado aquellas palabras como si fuera un extraño, como un juez. El hombre al que ella quería, el padre de sus hijos, su marido desde hacía más de treinta años; su Axel, el gran amor de su vida. Su seguridad y su alegría. Y ella que pensaba que estaban bien juntos…

—¿Estás seguro? —le preguntó con frialdad.

Le costaba pronunciar las palabras, como si se le hubiera dormido la cara. Apenas podía mover los labios.

El tiempo se detuvo. Ya no oía el crepitar de la chimenea ni la suave música de fondo. Todo quedó mudo dentro de su cabeza, y fuera también.

—Sí, me temo que sí. Lo siento.

Axel trató de rozarle la mano, pero ella la apartó enseguida. Él dejó escapar un suspiro y la miró con tristeza.

—Bueno, supongo que no tiene sentido que me quede aquí ahora. Te dejo tranquila.

Se levantó de la silla. Ella no era capaz de pronunciar palabra. ¿Dejarla tranquila? ¿Tranquila? La dejaba desesperada, aniquilada, de todo menos tranquila. Por Dios santo. Lo que estaba ocurriendo no podía ser verdad. No estaba ocurriendo de verdad. Tenía que ser un sueño.

Se quedó como paralizada, mientras las lágrimas le caían en el regazo. Él le dio un apretón en el hombro antes de dirigirse al vestíbulo.

Lisa oyó que se ponía el abrigo y cerraba la puerta al salir. Y así fue como dejó el hogar, puso punto final a su vida juntos.

Jamás olvidaría el sonido de la puerta al cerrarse cuando él se fue.

El sonido del desastre, el sonido que le destrozó la vida.

AL AMANECER DEL sábado las nubes se habían dispersado y el campesino Ramón García se despertó cuando el sol entró por la ventana. «¿Tan tarde es?», pensó sorprendido. Era hora de levantarse, tenía que recoger las últimas aceitunas del año. La cosecha solía acabar a finales de febrero, pero ese año el fruto había madurado más tarde a causa de que habían tenido una primavera más fría de lo normal.

El tiempo estaba loco, se dijo Ramón mientras se tomaba un café sin sentarse siquiera antes de salir a preparar los caballos. Los sacó del cercado, les colocó el ronzal y los arreos con las cestas donde iría poniendo las aceitunas. Solo le quedaba la última media hectárea por recoger, con unos cincuenta olivos que crecían en las lomas que daban al río. Y ya era más que hora. Si esperaban, sería demasiado tarde.

El agricultor llevaba uno de los caballos y los otros dos animales lo seguían dóciles, eran fiables y fuertes y, dado que algunos de los olivares se encontraban en zonas pendientes y de difícil acceso, no era posible ir en coche por los estrechos y sinuosos senderos. Mientras él llenaba las cestas, los caballos podían pastar tranquilos la hierba de medio metro de altura que impedía que se secara la tierra. Ramón levantó la vista hacia el cielo de Ronda.

Qué diferente del tiempo que había hecho el día anterior. Ahora brillaba el sol y el cielo estaba despejado, no había ni una nube. Dirigió la vista al puente que unía las paredes del barranco. Aquella ruina de puente que todo el mundo iba a contemplar, como si fuera una maravilla. Solo porque era viejo. Él también era viejo y no por eso acudían los turistas a su finca para verlo.

Cuando llegó al olivar empezó a varear las aceitunas de los árboles con una vara pequeña, con cuidado, iba peinando las ramas para no dañar ni el árbol ni el fruto, y las aceitunas iban cayendo al suelo. Allí había colocado una lona para poder recogerlas más fácilmente. Era muy cuidadoso con aquellos árboles, llevaban en pie más de cincuenta años y ya daban el máximo de fruto.

Después de haber recogido unos veinte árboles, tuvo que parar para descansar. Era un trabajo duro y monótono. Además, tenía hambre y sed. Sacó el almuerzo y se sentó en una loma sobre una piedra. Y desde allí se puso a contemplar el río mientras se comía el bocadillo.

De pronto vio algo en el agua y se levantó todo lo que pudo. Enseguida se le aceleró el corazón. ¿Qué demonios era aquello? Entornó los ojos para enfocar mejor, ya no tenía tan buena vista como antes. Parecía un hombre atascado entre dos piedras. Pero ¡madre mía! ¿Qué habría ocurrido? ¿Estaría vivo?

Ramón se incorporó en el acto y bajó al río corriendo tan rápido como se lo permitían las piernas. Fieles a la costumbre, los caballos fueron tras él. Cuando se acercó un poco vio que se trataba de un hombre totalmente vestido que yacía de espaldas a él, con la cara en el agua. Sintió que un escalofrío le recorría la columna vertebral. Entró en la corriente y se acercó al hombre, se agachó y comprendió enseguida que estaba muerto. Ramón gritó horrorizado y retrocedió con tal ímpetu que estuvo a punto de resbalar y caer sobre las piedras.

Era un espectáculo aterrador. El cadáver estaba totalmente destrozado, las extremidades torcidas cada una en una dirección y los huesos asomaban a través de la carne. El hombre tenía la cabeza ensangrentada y destrozada. La ropa se veía rasgada y también manchada de sangre.

Ramón miró a lo alto del despeñadero que estaba al otro lado y se estremeció. ¿Habría caído desde allí? De pronto, los montes que lo rodeaban se le antojaron amenazadores, los caballos empezaron a relinchar y a arañar el suelo con las patas delanteras. Era como si ellos también sintieran que algo terrible había sucedido.

Con la mano temblorosa, Ramón sacó el móvil del bolsillo y avisó a la policía.

Ya en la carretera de entrada a Ronda se notaba que algo grave había sucedido. En el arcén se veían aparcados varios coches de policía y abajo, en el barranco, habían acordonado la zona.

El coche de la forense ya estaba allí y abajo, en el fondo, Héctor Correa divisó la lona blanca de la tienda que habían levantado sobre el cadáver para protegerlo de las miradas de la gente. En efecto, un grupo de curiosos se había reunido al otro lado de la zona acordonada, y al parecer ya habían acudido al lugar varios medios de comunicación. Era obvio que se había difundido la noticia de que el hombre cuyo cadáver habían hallado en el río bajo el famoso puente era el conocido fiscal Florián Vega.

Héctor oyó el nombre circulando entre la gente cuando cruzó el cordón. Despachó con un gesto de la mano a un periodista local que quería hacerle unas preguntas. Primero tenía que ver con sus propios ojos lo que había ocurrido.

Tuvo que descender un buen tramo por el escabroso terreno para llegar al lugar donde se encontraba la víctima. Bajo la lona tensa de la tienda estaba la forense agachada sobre el hombre muerto. La saludó. Era una mujer de unos cuarenta años, bajita y delgada, con gafas y el pelo corto, a la que no había visto antes.

—Hola —dijo ella saludándolo sin levantarse—. Soy Elena Muñoz.

—Héctor Correa, inspector de Homicidios. ¿Qué me dices de esto?

—El cadáver está gravemente dañado, como puede ver. Se ha roto un buen número de huesos en la caída.

Héctor se puso en cuclillas al otro lado del maltrecho cadáver. La víctima estaba boca arriba, con la cara a la vista. Tenía los ojos abiertos y vidriosos clavados en el techo de la tienda. Héctor reconoció al fiscal en el acto. Lo habían entrevistado en las noticas de la televisión hacía tan solo unos días. Le resultaba irreal verlo allí ahora, totalmente destrozado.

—¿Qué puede contarme de las lesiones? —preguntó Héctor.

—El cadáver está muy perjudicado, por decirlo de alguna manera —respondió serena la forense—. Ya lo ve usted mismo, se ha roto todos los huesos del cuerpo y tiene el tórax hundido. El cráneo parece aplastado por completo y presenta heridas muy profundas, moretones y pústulas, todo ello provocado seguramente durante la caída.

Hizo una pausa y levantó la vista hacia el escarpado borde de la roca, al otro lado del barranco.

—Podría tratarse de un accidente, claro está, que haya perdido el equilibrio y se haya caído por el despeñadero. Son cosas que pueden pasar, gran parte de los senderos que hay en las inmediaciones del puente no tiene barandilla, y ayer estaba nublado y hacía mal tiempo.

—Entonces, ¿murió ayer? —preguntó Héctor.

—Así lo indica el proceso de rigidez cadavérica, que está plenamente culminado, así como la lividez y la temperatura del cadáver. Diría que murió en algún momento entre las seis de la tarde y las diez de la noche de ayer.

—¿Podría tratarse de un suicidio? Cada año tenemos varios casos de gente que salta del puente al despeñadero —aseguró Héctor.

—Claro —respondió Elena Muñoz—. Por supuesto, todo es posible, aunque la imagen que yo tengo de Florián Vega es la de un fiscal luchador y carismático en la cima de su carrera. Claro que no lo sabemos todo de la gente, pero… yo me inclinaría por un accidente o por un homicidio. Vega tenía muchos enemigos.

Héctor miró a la forense, sorprendido por su franqueza. No estaba acostumbrado a que los profesionales de ese campo se expresaran con tanta seguridad.

—Pero no tenemos ni idea de lo que se escondía tras la fachada —objetó él—. Puede que fuera un hombre profundamente desgraciado y que lograra ocultarlo a la perfección.

—Desde luego —dijo Elena—. Solo que yo no lo creo. Ya veremos qué nos dice la autopsia. Es bueno que se encuentre usted aquí, por cierto. Quería decírselo —añadió, y acompañó sus palabras de una mirada de aprobación—. No todos los investigadores se hubieran tomado la molestia de bajar hasta este punto sin saber un poco más.

El precipicio resultaba espantoso y amenazador.

—Es de vital importancia que localicemos el lugar desde el que cayó —continuó Héctor—. ¿Quiénes estaban con él?

—Al parecer, unos amigos y su mujer. Están en el hotel.

—Bien —dijo Héctor muy serio—. Tengo que hablar con ellos, y tendremos que traer perros para el rastreo de objetos. Puede que el homicida, si lo hay, haya dejado algún rastro.

—O la homicida —respondió Elena Muñoz.

Octubre de 1972

EL SOL ESTABA alto en el cielo, a pesar de que eran más de las seis de la tarde y hacía veinticinco grados de temperatura ambiente. Por lo general, en octubre no hacía tanto calor. El mar se extendía ante ella enorme y resplandeciente. La temperatura del agua todavía era agradable y la playa seguía llena de gente tomando el sol.

El sencillo restaurante se encontraba en un extremo de la franja costera de playas que se iban sucediendo hasta llegar a Málaga. La costa se extendía ribeteada de chiringuitos donde servían pescado y tapas. Habían inaugurado el restaurante hacía seis meses y Rafaela Molina era una de las afortunadas a las que habían hecho un contrato. El propietario no tenía ni idea de que la joven estaba embarazada cuando la contrató, aunque en realidad ella tampoco lo sabía.

El local, cuyo curioso nombre era Canta el Gallo, atrajo al público desde el día de su inauguración, y se convirtió enseguida en el chiringuito más famoso de todo el barrio de El Palo. A pesar de hallarse en una zona pobre, en uno de los barrios más descuidados de la ciudad, acudían hasta allí clientes desde el centro de la ciudad.

Santiago, el propietario, estaba convencido de que se debía en parte a que servían las mejores sardinas asadas y el gazpacho andaluz más sabroso de la zona, que su mujer preparaba según una antigua receta familiar secreta. Y la localización, junto a la amplia playa con vistas al mar y a las ardientes puestas de sol, también ayudaban.

Rafaela trabajaba de camarera y, gracias a su eficacia, su espíritu de servicio y su personalidad desenvuelta, no tardó en cobrar fama entre los clientes. Ganaba más en propinas que con el salario, y le iba de perlas. Su familia no nadaba en la abundancia. Vivía en casa de sus padres, a un tiro de piedra del restaurante. Su madre era ama de casa y su padre trabajaba en el puerto en la carga y descarga de mercancías, y el salario era escaso. Las pocas pesetas que le sobraban las invertía en imprimir panfletos, en ayudar a las familias necesitadas de compañeros contrarios al régimen encarcelados y en difundir propaganda contra el dictador, el general Franco.

Rafaela siempre estaba nerviosa ante la idea de que el régimen descubriera a qué se dedicaba su padre. Circulaban muchas historias de personas que desaparecían sin más porque formaban parte de alguna organización sindical o solo porque tenían un ciclostil en casa. En la mayoría de las ocasiones no regresaban jamás.

Su novio, Antonio, estaba haciendo el servicio militar en la ciudad española de Ceuta, en el norte de África. Habían planeado prometerse y alquilar un piso cuando él volviera a casa. A Antonio lo esperaba ya un puesto de trabajo en el taller de coches de su padre, situado a las afueras de El Palo.

Cuando se despidieron en el puerto, ninguno de los dos sabía que Rafaela estaba embarazada. La joven lo descubrió un mes más tarde y enseguida escribió a Antonio. En cuanto recibió la carta, la llamó a través de una línea telefónica llena de interferencias. Para alivio de Rafaela, él se alegró de la noticia y le aseguró que pensaba cuidar de ella y del niño, y que se casarían en cuanto fuera posible.

Más adelante, cuando supieron que estaba embarazada de gemelos, Antonio no cabía en sí de felicidad. Siempre había querido tener gemelos, decía. A pesar de que a Antonio no le dieron permiso para ir a casa y estar presente durante el parto, ella se sentía tranquila.

Rafaela tenía la barriga más grande y más pesada cada día, y el trabajo del restaurante empezaba a resultarle demasiado duro. Sus tareas se redujeron básicamente a estar en la caja, donde los clientes presentaban la cuenta para efectuar el pago. Aun así, empezaba a dolerle la espalda después de unas horas, de modo que ya solo trabajaba media jornada.

Hoy ya había terminado, así que se quitó el delantal, se soltó el pelo y se despidió de sus compañeros. Luego fue dando un paseo, se paró y se sentó en un banco a contemplar el mar antes de continuar el breve trecho hasta su casa. Se miró la barriga. Se puso las manos a los lados. Los notaba perfectamente a los dos ahí dentro.

Algo le decía que eran niños, aunque no lo podía saber con certeza, claro está. Simplemente, lo presentía. Uno tenía la cabeza hacia arriba y el otro la tenía hacia abajo. Ya les había puesto nombre, Mateo y Agustín. Y sabía con exactitud quién era quién. Si se presionaba un poco la barriga, ellos se removían de inmediato, y de ese modo sentía que los tres estaban en contacto. Le resultaba del todo irreal pensar que pronto tendría no ya un hijo, sino que sería madre a la vez de dos nuevas vidas en la tierra. Era una bendición de Dios.

Y Antonio no tardaría en volver a casa. Mientras tanto, ella viviría con sus padres y los recién nacidos. Le habían cedido su cuarto a Rafaela y ellos dormían en el sofá cama del cuarto de estar. Aunque estuvieran estrechos, ella se alegraba de poder vivir en casa de sus padres, puesto que al principio estaría sola con los gemelos. Su padre había hecho dos cunas idénticas de madera, que cabían a un lado de la cama cada una, y un cambiador para los dos niños. Su madre ayudaría a preparar la comida, a lavar la ropa y con todo lo demás.

Cuando Antonio volviera, los cuatro vivirían con los padres de él, que tenían una casa más amplia, mientras ellos buscaban un piso propio. Rafaela no se sentía cómoda con la solución, pero resultaría más práctico cuando estuvieran los cuatro juntos. Allí podrían disponer incluso de un baño aparte. Con un poco de suerte, no tardarían mucho en poder mudarse a su propio hogar. El padre de Antonio tenía algunos contactos que quizá pudieran ayudarles a encontrar vivienda.

Una patadita interrumpió los pensamientos de Rafaela. Dos criaturas que esperaban, dos personas totalmente nuevas que pronto estarían en el mundo. La mitad, de ella; la otra mitad, del hombre al que ella quería. Se acarició la barriga despacio y contempló el mar. El futuro se presentaba halagüeño, era feliz, se sentía como si tuviera todo lo que se podía desear.

Solo faltaba que Antonio volviera a casa.

Al principio Lisa no sabía muy bien dónde se encontraba cuando abrió los ojos la mañana del sábado. No reconocía ni los olores ni el calor que hacía ni los sonidos procedentes del exterior. Oía el canto de los pájaros, niños jugando y una mujer que gritaba algo, pero ella no entendió lo que decía. Hacía calor en la habitación, un calor húmedo que procedía del exterior y no directamente de un aparato eléctrico. El techo era blanco, tenía resquebrajaduras aquí y allá y la pintura se había desconchado por varios sitios. El sol entraba por la ventana. Poco a poco fueron aclarándosele las ideas.

Se encontraba en la casa que tenía en España, había dormido allí esa noche por primera vez. Bostezó y se estiró en la estrecha cama. Se sentía rara, no dormía en una cama individual desde que vivió en su piso de estudiante.

Se quedó un rato tumbada haciéndose a la idea. Allí iba a vivir y a residir a partir de entonces. Sintió cierto vértigo en el estómago al pensarlo. En el fondo resultaba incomprensible que lo hubiera dejado todo de verdad y se hubiera mudado aquí. Si se paraba a pensarlo, le sorprendía el mero hecho de haberse atrevido. De haberse despedido de un puesto de profesora que le gustaba, de haber dejado Suecia, a sus hijos y sus amigos. En lugar de comprarse un piso en Estocolmo, había preferido mudarse a una casa en un pueblecito español. Sin embargo, aquí tenía a Annie, su mejor amiga, a la que conocía desde el instituto.

Y precisamente por esa amistad había buscado casa en la zona de Málaga.

En cambio, en el pueblo de Benagalbón aún no conocía a nadie, y por el momento solo había saludado de pasada a algún vecino y a la gente de la tienda. Cuando decidió mudarse allí, Annie y ella estuvieron recorriéndolo todo, y el pueblo la cautivó. Le encantó desde el primer momento.

La casa también le gustó enseguida. Tenía amplitud, los techos altos y unas vistas preciosas. Claro que necesitaba algunos arreglos, y ella no tenía ingresos fijos. Por otro lado, ¿qué opciones tenía? No le apetecía quedarse en Suecia. Le daba escalofríos la sola idea de que Axel y su joven pareja se mudaran a Estocolmo y empezaran a ver a sus antiguos amigos comunes, salir a cenar en pareja, celebrar la fiesta del cangrejo y el solsticio juntos... Tal como Axel y ella habían hecho durante años y años. El riesgo de cruzarse con ellos en el centro o, peor aún, en casa de alguno de sus hijos. La idea le resultaba tan irreal como repulsiva, como si se tambaleara toda su vida anterior.

¿Habrían sido los últimos años una mentira, una quimera? ¿Cuánto tiempo llevaba engañada pensando que Axel y ella estaban bien? ¿Habría tenido ya otras relaciones durante su matrimonio sin que ella se hubiera enterado? Se sentía como una idiota. Ya no sabía qué pensar de nada. Ambos habían compartido cama, mesa, vida cotidiana e hijos. Creía que estaban tan unidos que se lo contaban todo, pero, bien mirado, ¿qué sabía ella de él? Nunca fue celosa, nunca husmeó en sus cosas ni miró en su teléfono ni tampoco le leyó el correo. Siempre creyó que los dos eran una pareja.

Lisa se sentía, por lo general, segura de sí misma, era pragmática y se centraba en buscar soluciones. Cuando se le pasó la conmoción, pensó que quizá estuvieran en medio de una crisis, que la superarían si se ayudaban mutuamente. Habían pasado tantas cosas juntos que también superarían aquella tormenta. Podrían ir a terapia de pareja, realizar un viaje juntos, encontrarse de nuevo. Quizá últimamente hubieran pasado demasiado tiempo inmersos cada uno en su vida, dando por supuesta la existencia del otro. Era fácil que ocurriera con las relaciones de muchos años, sería fácil solucionarlo. Se sobrepondrían a aquello también, se decía Lisa al principio. Que, en el fondo, él no pensaba lo que le dijo, y que sería un enamoramiento pasajero. Que quizá incluso él mismo quisiera que todo volviera a ser como siempre y que ella podría ayudarle a conseguirlo. Pero no. Axel se mantuvo firme en su decisión, se mostró inamovible. Para él todo se había terminado. Ya iba camino de otra fase.

Y después, todo sucedió a la velocidad del rayo. Pusieron en venta la casa, enviaron la solicitud de divorcio y Axel dormía en un hotel cuando estaba en Estocolmo. Cuando Lisa comprendió que no tenía ningún sentido intentarlo, que él no cambiaría de opinión, no tuvo más remedio que tomar las riendas de su vida.

Varios compradores pujaron por la casa, así que la vendieron por una buena suma. Tanto que, después de encontrar la casa de Málaga en internet y de haber ido a verla en persona, la compró enseguida. No podía permitirse una vivienda junto al mar, pero el dinero le bastó para una casa a reformar en la sierra. Dado que tenía formación de intérprete, que era profesora de español y que le había quedado algo de dinero después de la compra, se atrevió a dejar el trabajo. En España había posibilidades de conseguir algunos ingresos y sabía cómo vivir sin gastar mucho.

Los últimos meses había volado a Málaga en varias ocasiones para preparar la mudanza. Casi siempre se quedaba en casa de Annie, que tenía un piso en Pedregalejo, junto al mar, a las afueras de la ciudad, y su amiga le ayudó con casi todo. Lisa compró un viejo Citroën por cuatro cuartos, encontró a unos albañiles que le dieron consejos para la reforma de la casa y compró el material necesario para ponerse en marcha con los arreglos que pudiera hacer ella misma. Annie le echó una mano con toda la documentación que había que presentar.

Lisa había hecho todo lo posible por tomar las riendas de su vida después de aquella traición. Era su manera de seguir adelante. De haberse quedado parada sin reaccionar, se habría hundido.

Se había sentido como una idiota. Qué tonta fue al pensar que todo iba bien. ¿Cómo no le notó nada a Axel? Rebuscó en la memoria alguna situación a la que hubiera debido reaccionar, algún comportamiento que debiera haber despertado la sospecha de que había otra mujer, de que la estaba engañando. Sí, claro que siempre llevaba el teléfono encima a todas partes. Ni siquiera era capaz de darse una ducha rápida sin tener el teléfono en el baño e incluso en casa lo llevaba siempre en el bolsillo de los vaqueros. Era como si no quisiera dejarlo por ahí. Para que ella no se diera cuenta si recibía un mensaje. O para que ella no oyera el tono de llamada si era la otra y él no quería responder. De pronto le pareció tan obvio que se sintió más tonta todavía. Tantas idas y venidas los fines de semana cuando él estaba en casa. Tenía que salir en busca de algo que se había olvidado en el coche o a comprar el periódico o a arreglar algo en el garaje. Todos esos recados. Naturalmente, salía para llamar a Elaine. Solo de pensarlo se ponía roja de indignación.

Irritada, apartó el edredón y salió de la cama, e hizo una mueca cuando puso los pies en el frío suelo. Fue corriendo al baño con la cabeza llena de pensamientos oscuros y turbios. No, no quería pensar en él y en todas sus mentiras. Lo único que conseguía con ello era sentirse mal. Se metió en la ducha y dejó que el agua le corriera por la cara. Se enjabonó bien todo el cuerpo, quería eliminar el rastro que quedara de él, quería eliminar todo el dolor que le había causado los últimos meses. Quería dejar de ser parte de esa historia. Quería borrarlo de su conciencia, erradicarlo de su banco de recuerdos. Hacer como si él nunca hubiera existido.

Lisa salió del baño con un albornoz que había sacado a toda prisa de la maleta y se estremeció de frío al cruzar la casa en el frescor de la mañana. Se puso un par de zapatillas de piel de oveja que se había traído de Suecia.

Al contemplar la vista del valle desde la ventana del salón se sintió un poco mejor. No malgastaría más tiempo pensando en él. Se dedicaría a hacer los arreglos que necesitaba la casa y a salir y a conocer gente. Quería ir de fiesta y a bailar, sentarse en los bares y beber vino, ligar con desconocidos. Encendió la radio y enseguida sonaron éxitos nacionales, abrió las puertas de la terraza a las vistas del valle, fue a la cocina y se puso una taza de café. Pensó con gratitud en Annie, que le había dejado una bolsa con comida y un par de botellas de agua mineral.

Salió a la terraza. El sol le calentaba la cara. Empezaría una nueva vida. Pensó en distintas formas de hacer ejercicio, tenía que hacer algo que le gustara. Lisa detestaba encerrarse en un gimnasio y, desde luego, tampoco era de las que salían a correr.

Algo más abajo en el valle se veían cercados con caballos pertenecientes a un establo que había en la pendiente. De joven estuvo montando un tiempo, y le gustaría retomarlo, y con el establo tan cerca tal vez fuera posible. ¿Estaría empezando una de esas etapas? ¿Iría a retomar viejos sueños a los cincuenta y cinco? ¿Se dedicaría a hacer cosas que llevaba tiempo queriendo hacer, antes de que fuera demasiado tarde?

Ahora que había cruzado la línea de los cincuenta, la percepción del tiempo era distinta. Pensaba más en el hecho de que la vida es finita, que no tenemos todo el tiempo del mundo para hacer lo que queremos, que hay que aprovechar antes de que nos detenga la vejez. Por ahora se sentía llena de vida y más o menos animada, pero tal vez esa sensación no fuera a durar mucho tiempo. Dejó escapar un suspiro. Aunque, en realidad, no habría iniciado ese nuevo capítulo en la vida si no la hubieran abandonado de forma súbita y desconsiderada. Trataba de utilizar el argumento de la edad para explicarse a sí misma aquella nueva elección de forma de vida, cuando en el fondo no eran más que excusas. Lo cierto es que no había tenido más remedio.

Así era, ni más ni menos.

EL VESTÍBULO DEL Hotel Palacio de Hemingway estaba lleno de vida y movimiento. Huéspedes inquietos se mezclaban con policías, con curiosos que habían oído hablar de lo ocurrido y con periodistas que trataban de conseguir que cualquiera que pudieran encontrar les concediera una entrevista. Se había difundido rápidamente la noticia de que el conocido y polémico fiscal Florián Vega, que acababa de llegar al hotel, era el hombre que habían hallado muerto en el despeñadero, debajo del famoso puente. Llenaba el aire una suave ola de especulaciones y rumores según los cuales había muerto asesinado. Y, según esos rumores, el asesino seguía suelto y bien podía encontrarse en aquellos momentos allí mismo, entre ellos.

Por los amigos suecos del fiscal, Héctor Correa supo aproximadamente dónde había desaparecido y en qué meseta debería haberse apostado para fotografiar las vistas del puente. Enseguida acordonaron una amplia zona, y los técnicos criminalistas, bajo la dirección de Daniel Torres, ya estaban buscando, entre otras cosas, rastros del móvil de la víctima, que había desaparecido. También habían enviado una patrulla canina.

Pusieron a disposición de la policía unas cuantas habitaciones en las que realizarían los primeros interrogatorios. Ante todo se trataba de los amigos suecos, los huéspedes del hotel y los testigos que andaban por la zona. Unos cuantos policías habían salido ya para efectuar una ronda de interrogatorios de puerta en puerta por los barrios más próximos al hotel y al puente. Héctor también quería hablar con la mujer de Florián Vega, aunque comprendía que debía de estar conmocionada.

Marianne Vega había accedido a que la interrogaran, o más bien no tuvo fuerzas para oponerse cuando una agente de la policía le pidió que la acompañara a ver al jefe de la investigación. En esos momentos acababan de comunicarle que el que había sido su esposo durante treinta años estaba muerto.

Le pidieron que identificara a Florián allí mismo. La forense hizo lo que pudo por ahorrarle a la mujer la visión de los graves daños que presentaba el cadáver en tronco y extremidades cubriéndolo con una lona y dejando al descubierto solo el rostro, que, aunque lleno de arañazos y moratones, había permanecido más o menos intacto.

Por el momento, nadie sabía cómo había podido caer por el despeñadero y desplomarse los cien metros hasta el fondo del barranco. ¿Habría sido un accidente? ¿Habría querido quitarse la vida? ¿Se habría cruzado su camino con el de un asesino a sangre fría?

Cuando Héctor entró en la improvisada sala de interrogatorios miró con compasión a la mujer que tenía sentada enfrente. Era consciente de que no podía resultarle tarea fácil.

Marianne Vega parecía estar al límite. Llevaba una túnica arrugada y el pelo corto teñido de rojo, que no paraba de alisarse con la mano. Estaba sudando y se quitaba continuamente las gafas de sol para limpiar los cristales con el bajo de la túnica, como si eso pudiera ayudarle a ver las cosas más claras o a entender lo sucedido. Tenía la piel muy fina y los ojos enrojecidos por el llanto y marcados por el desasosiego. Alargó la mano en busca de una servilleta de papel del paquete que alguien, muy atinadamente, había dejado encima de la mesa junto con una jarra de agua y dos vasos. Marianne Vega retorcía nerviosa la servilleta entre los dedos.

—Ante todo quisiera decir que lamento lo ocurrido —comenzó Héctor, y cerró la puerta al entrar antes de sentarse a la mesa—. Lo que ha ocurrido es terrible. Aún no sabemos nada de cómo pudo suceder y, mientras no tengamos una idea clara, en la policía debemos tratarlo como una investigación de homicidio. Por eso quiero hacerle unas preguntas. Espero que lo comprenda.

La mujer respondió afirmativamente con un leve gesto.

—¿Cuándo fue la última vez que vio a su marido?

—Ayer, en el sendero del barranco, cuando desapareció adentrándose en las nubes.

Se le apagó la voz y sollozó escondiendo la cara entre las manos.

—¿Eso a qué hora fue?

—Pues… no sé. Las seis o las seis y media más o menos.

—Y las personas que los acompañaban, sus amigos de Suecia, ¿también viven en Málaga?

—Sí.

—¿Qué hicieron al llegar a Ronda?

—Fuimos a ver el puente.

La mirada de Marianne Vega se perdió en el infinito.

—¿Antes de facturar en el hotel?

Ella miró a Héctor desconcertada.

—Sí, nos paramos a mirar. Luego fuimos al hotel, facturamos y volvimos a salir. Florián quería ver la panorámica. Estaba tan animado y tan contento…

La mujer que tenía enfrente estalló en un llanto desconsolado. Le llevó unos minutos recobrar la serenidad.

Héctor se inclinó y le llenó el vaso de agua.

—Entonces, Florián se quedó allí, ¿no?

61

—Sí, era muy tozudo. Dijo que solo iba a echar un vistazo y que luego volvería.

Héctor la miraba con suma atención.

—¿Se cruzaron con alguien por el camino? ¿O vieron a alguien más por allí?

—No.

—¿Notó algo raro en él? ¿Algo fuera de lo normal?

Una sombra fugaz cubrió el rostro de la mujer y un tic le provocó un movimiento en el párpado.

—No, nada.

—¿Qué hicieron cuando se separaron?

—Volvimos al hotel, luego Peter fue a buscar a Florián, pero no consiguió encontrarlo.

Guardó silencio y se llevó una mano a la boca. Se quedó mirando a Héctor con expresión desesperada.

—Para entonces seguramente ya estaba… ya estaría muerto, mientras nosotros comíamos en el restaurante…

—¿En el restaurante? —repitió Héctor—. ¿Qué restaurante?

—No recuerdo cómo se llamaba —susurró Marianne.

Una vez más, un temblor le recorrió la cara. Héctor tuvo la sensación de que algo la incomodaba, algo entre ella y su marido. Lo mejor sería ir al grano.

—¿Cómo era la relación entre su marido y usted?

—¿Cómo?

—Es pura curiosidad, ¿tenían algún problema o iba todo bien?

—¿A qué se refiere? No entiendo, estábamos bien, claro.

Se le volvieron a llenar los ojos de lágrimas y parecía estar a punto de venirse abajo en cualquier momento. Héctor no quiso seguir presionando a la pobre mujer, que acababa de quedarse viuda, después de que hubieran hallado muerto a su marido.

No tenía ningún sentido continuar con el interrogatorio, estaba tan conmocionada que seguramente no lograría sacarle ninguna información de utilidad.

Sin embargo, tenía la sensación de que bajo la superficie había mucho más.

Lisa había ido a comprar comida y pan recién hecho a la panadería, y estuvo charlando con los lugareños, que le dieron la bienvenida. Eran amables y solícitos, y parecía que les encantaba la idea de tener a una sueca por vecina.

Puso la cafetera y se preparó un sándwich mientras escuchaba el exagerado entusiasmo de las voces de la radio entre ansiosas baladas de amor. Al menos ya había adquirido los enseres domésticos más perentorios, aunque apenas tenía muebles todavía. Y una cafetera, que era imprescindible. Además de un viejo transistor que encajaba muy bien allí.

Cuando el café estuvo listo se sirvió una taza y empezó a recorrer la casa para hacerse a ella y ver qué reformas había que acometer. Levantó la vista al techo encalado, observó las paredes desnudas. Entró y salió de los dos dormitorios, el lamentable cuarto de baño con ventanas al valle y el aseo de invitados. Había que alicatarlo y renovarlo todo, y era preciso cambiar la decoración. Pero una satisfacción enorme la invadió por dentro. Aquella casa era suya, solo suya. Muy despacio, fue recorriendo el salón con su chimenea y con una serie de ventanas que daban a los montes, al valle y al reluciente mar que se divisaba a lo lejos. Los techos altos otorgaban aire, luz y espacio al salón. Quedaría todo precioso.

Lisa volvió a la cocina, pequeña y bastante oscura. Pensaba derribar la pared de en medio para así tener una cocina grande y luminosa, integrada en el salón. Antes de comprar la casa se había informado de que no se trataba de un muro de carga, así que podía eliminarlo sin problema.

Los españoles tenían una idea de cómo decorar una casa distinta a la de los suecos. En el sur las ventanas se cerraban en verano para que no entraran el calor ni la luz del sol, y las casas antiguas tenían habitaciones pequeñas atestadas de muebles, lo contrario de la concepción escandinava: luminosa, sencilla y minimalista.

Annie le había propuesto que fuera a su casa, pero Lisa le dijo que no. El primer día prefería pasarlo a solas. Quería empezar con la reforma de la casa, adaptarse a ella tranquilamente en soledad antes de recibir visitas. Sabía exactamente por dónde empezar.

Cuando terminó con el tardío desayuno examinó la pared que separaba la cocina del salón.

Eran más de las doce y fuera estaban a veintidós grados, pero en el interior de la casa hacía algo más de fresco. Tenía muchísimo que hacer, de modo que no tenía sentido esperar. Se cambió de ropa rápidamente y se puso un fino mono de trabajo que había comprado en una ferretería, se recogió el pelo y empezó a extender sábanas sobre la encimera y el banco de la cocina para protegerlo todo del polvo. Cubrió el suelo con unas placas de aglomerado para que las piedras no rompieran las losetas al caer.

Después de comprar la casa y firmar el contrato, Lisa recorrió varias tiendas de construcción y compró lo que necesitaba para empezar la reforma. No logró encontrar ninguna máquina con la que derribar la pared, de modo que tendría que hacerlo a mano con un mazo de diez kilos. Con el mango de madera maciza en una mano sopesó el mazo cuadrado de hierro en la otra. Si atizaba con fuerza, debería funcionar.

Antes de ponerse manos a la obra se envolvió la cabeza con un pañuelo, se calzó un par de zapatos de trabajo con puntera de acero y se puso una mascarilla de fieltro que se ató en la nuca.

Finalmente, se enfundó los guantes estampados de jardín y se encajó las gafas protectoras. Había dejado preparada por allí cerca una botella grande de agua fría, porque sospechaba que le daría sed. Sin haber empezado todavía, ya estaba empapada de sudor.

Una vez equipada de pies a cabeza se plantó delante del espejo que, a petición suya, había dejado el vendedor de la casa, y se hizo una foto. No podía perder la oportunidad. Soltó una risita detrás de la mascarilla, tenía una pinta de lo más estrambótica, desde luego, parecía un extraterrestre o un zombi que hubiera quedado errabundo en la tierra después del apocalipsis.

El mazo no le parecía tan pesado, ¿funcionaría de verdad? Le habían recomendado que empezara por la parte inferior del centro de la pared y que fuera subiendo a partir de ahí. La idea era practicar un agujero e ir golpeando para hacerlo cada vez más grande, como una rata que fuera royendo para abrir una vía de acceso.

Nunca había hecho nada parecido ella sola, pero más valía sola que mal acompañada, se dijo para intentar animarse. Lisa tenía que hacer por su cuenta cuanto fuera posible, no podía permitirse contratar a alguien para hacer todo el trabajo. Y alguna vez tenía que ser la primera, pensó preparándose para el primer golpe. Lo descargó con todas sus fuerzas, y aun así no quedó más que una marca en la blanca pared de ladrillo. «Mierda —protestó para sus adentros—. Venga, vamos.» Estampó el mazo en la pared una vez más, y entonces sí que se soltó un trozo de cemento y de ladrillo, mira por dónde. Se animó y volvió a golpear una y otra vez. Era duro, hacía calor y estaba sudando.

Se le vino a la memoria la cara de Axel. En brazos de la joven alumna, con ella en la cama, desayunando, en el supermercado... Hablando, riendo, acostándose. Estaba con ella. Ahora ella era su todo. Elaine, veintiocho años. Elaine, nacida el mismo año que Olivia, la hija de Axel y Lisa. Joder, habrían podido ser amigas.

La rabia le subió por el cuerpo y sintió que se le renovaban las fuerzas. Descargó el mazo contra la pared con todas sus fuerzas. Cerdo asqueroso. Mentiroso de mierda. Lo que golpeaba en realidad era la cara de Axel. Su odiosa jeta. Recordaba ese gesto suyo de levantar una ceja, inclinarse hacia delante y mirarla con cara de superioridad cuando quería enmendarle la plana por algún motivo. Cómo conseguía irritarla aquella cara de tirano a lo largo de los años...

Sudaba sin parar mientras golpeaba la pared, tanto que incluso le goteaba en los ojos. A pesar de que llevaba las gafas protectoras, le estaba entrando el polvo y empezaban a escocerle. A causa de la mascarilla sentía un calor insufrible en la nariz y en la boca, era como si el aire que exhalaba le viniera de vuelta y se quedara en la mascarilla.

En todo caso, ya había conseguido abrir un agujero a través del cual podía ver perfectamente, y eso le dio más ánimos aún. Continuó golpeando a Axel y también a la mema de la alumna hasta que los dejó pulverizados; a esas alturas, el agujero era más o menos del tamaño de un balón de fútbol. Entonces pasó a apuntar con el mazo por encima del orificio. La rabia le hervía por dentro, y cada vez más a cada segundo que pasaba. Se le disparaba, iba al galope, se le desbocaba de un modo incontenible.

Golpear a más altura también resultaba más difícil, más duro. El mazo le pesaba tanto que de pronto empezó a sentir agujetas en los brazos, pero al mismo tiempo estaba tan enfadada que eso carecía de importancia. Axel había empezado su vida con otra. Y a esa otra la puso en el lugar de Lisa.

Siguió aporreando y golpeando la dichosa pared con tal fuerza que el polvo se arremolinaba, las piedras salpicaban aquí y allá y el cemento volaba en pedazos en todas direcciones. Varios trozos grandes de pared empezaron a soltarse por encima del agujero. Hacía un calor infernal y la cantidad de polvo era insufrible. Continuó subiendo y, cuanto más grande iba siendo el agujero, más rápido caía la pared.

De pronto se percató de que empezaba a resultar difícil moverse allí dentro y paró unos minutos para echar un vistazo. El sudor le chorreaba por todo el cuerpo. Aquello parecía una zona de guerra: se encontraba en medio de una densa nube de polvo gris. Piedras apiladas, restos de hormigón y cemento se veían esparcidos a su alrededor. Tenía la garganta totalmente seca, necesitaba beber un poco de agua.

La rabia se le pasó de forma inesperada y de pronto empezó a ser más racional. Había que retirar el cascote para poder seguir adelante. Dejó el mazo, se notaba los brazos como de gelatina y se sentía extenuada.

Se quitó las gafas y la mascarilla y alargó el brazo en busca de la botella de agua. Se bebió la mitad de golpe, fue en busca de la carretilla que había dejado fuera y la llenó de ladrillos y fragmentos de mortero. Tenía previsto soltar la carga en una zona bastante pendiente de la parcela. Tenía pensado construir allí otra terraza, y utilizaría el cascote como material de relleno.

Tuvo que cargar la carretilla varias veces antes de seguir adelante. Miró el reloj, llevaba trabajando poco más de una hora y estaba agotada. Tenía que descansar un rato.

Después de cuatro horas se dio por vencida, arrojó la última carga y recogió con el cepillo la mayor parte del cascote del suelo. Retiró el plástico de la cocina y limpió la encimera, la tostadora, la cafetera y otras cosas que había fuera de los muebles. Todo había quedado cubierto de un polvo fino que apenas se apreciaba, e incluso había logrado penetrar hasta el interior de la despensa. Exhausta, se dirigió por fin al cuarto de baño y se dio una buena ducha, se enjabonó a conciencia y se lavó el pelo varias veces.

Salió del baño totalmente extenuada, pero tenía hambre y no iba a ser capaz de ponerse a cocinar. No le quedaba más remedio que salir.

Le dolía todo el cuerpo, estaba hecha polvo. Aun así, se vistió y se paró un momento a contemplar su obra. El agujero era tan grande que podía cruzarlo y pasar al otro lado. La luz ya entraba a raudales en la cocina y desde allí se divisaba una parte de las maravillosas vistas.

Estaba satisfecha con su trabajo. Lo había conseguido, había derribado una parte de la pared y conseguiría derribar el resto también. Solo que iba a llevarle mucho más tiempo del que había calculado. No había echado abajo más que una cuarta parte, como mucho; seguramente tardaría otros tres o cuatro días en terminar. Pero daba igual.

Se sentía tranquila, liberada, en cierto modo. Como si la rabia que le burbujeaba por dentro mientras golpeaba la pared le hubiera sido de ayuda. Tal vez se hubiera desprendido de parte del sentimiento de frustración.

Tal vez hubiera avanzado un poco en su empeño de ser libre.

Héctor Correa acababa de volver a la comisaría después de haber estado en Ronda, en el lugar del hallazgo del cadáver, y se sentó delante del escritorio de su despacho.

Lo primero que quería comprobar era en qué casos aún abiertos había estado trabajando el fiscal últimamente.

Antes de ponerse a trabajar, echó una ojeada por la ventana. El despacho daba a la Avenida de Andalucía y al ruidoso tráfico de entrada y salida de la ciudad. Ya había comenzado la temporada alta, lo que se notaba en la intensidad. A pesar de que Málaga era una gran ciudad muy dinámica durante todo el año, se notaba la diferencia después de Semana Santa, cuando empezaba la gran invasión turística que se prolongaba hasta el mes de octubre. La comisaría se encontraba justo en la frontera con el núcleo urbano, cerca del precioso parque de Picasso.

Héctor solo llevaba unos minutos examinando el caso de Florián Vega cuando Andrea Cuadros, jefa de los ocho investigadores de Homicidios de la comisaría, asomó la cabeza por la puerta entreabierta con dos tazas de café.

—Solo quería que me contaras qué tal ha ido la cosa en Ronda y lo que hayas averiguado hasta el momento, antes de convocar la reunión para organizar el trabajo. ¿Te va bien ahora?

—Por supuesto —dijo, e interrumpió lo que estaba haciendo—. Pasa.

—He traído café. ¿Te apetece?

—Sí, gracias.

Héctor le sonrió agradecido.

—Siéntate —le dijo al tiempo que señalaba el sofá.

El sofá de Héctor tenía fama de ser el más cómodo de la comisaría. Sus colegas entraban y salían a todas horas para pasar un rato charlando y poder probar lo relajante que era hundirse en aquel desgastado pero agradable sofá de piel. Alguno que otro incluso se había dormido en él mientras Héctor atendía una llamada telefónica.

—Cuéntame —le dijo su jefa—. ¿Qué has visto allí?

Andrea era quince años más joven que él, ambiciosa, competente y, a pesar de no tener más de cuarenta años, llevaba casi veinte trabajando en la policía. Era una persona segura de sí misma, lo cual le resultaba útil en el trabajo, en particular a la hora de tratar con otros colegas de más edad y más conservadores, que veían con escepticismo el que los dirigiera una mujer. Sobre todo porque en muchos casos era bastante más joven que ellos. Pero Andrea era resuelta y no se dejaba apabullar.

Héctor le refirió brevemente lo ocurrido.

—¿Y no hay por ahora ningún testimonio interesante? —preguntó Andrea, y tomó un sorbo de café.

—Pues no, por desgracia —respondió Héctor—. Los agentes aún siguen haciendo la ronda de puerta en puerta entre los vecinos de la zona e interrogando a los huéspedes y al personal del hotel. De todos modos, a causa del mal tiempo apenas había gente fuera, y mucho menos por los senderos del barranco.

»En todo caso, no fue un robo con homicidio, porque llevaba encima el Rolex y la cartera. El móvil no lo hemos encontrado, pero puede haberlo perdido al caer por el precipicio. Según su mujer, quería hacer fotos del puente, y cabe la posibilidad de que estuviera haciendo eso precisamente cuando perdió el equilibrio y cayó al vacío. De ser así, el móvil se le escapó de entre las manos en la caída, de modo que puede encontrarse lejos del lugar donde hallaron el cadáver. Iban a enviar una patrulla canina, es posible que el animal lo encuentre, si no ha ido a parar a demasiada profundidad. En todo caso, existe la posibilidad de que lo hayan asesinado —continuó—. Florián Vega era una persona controvertida por más de un motivo. Supongo que conoces el gran negocio inmobiliario en el que estuvo involucrado, ¿no?

—Ah, sí, claro, lo de los pisos del casco antiguo. Recuérdame los detalles.

—Ya hace varios años —continuó Héctor—. Vega estaba estudiando un caso de corrupción en el que había implicados varios inversores extranjeros que querían reformar unos apartamentos en el centro de Málaga, y acusaron a la constructora de intentar sobornar a los responsables de urbanismo del ayuntamiento para conseguir la licencia de obra, pero Vega decidió no seguir adelante con la investigación preliminar. Se rumoreaba que aceptó dinero a cambio de abandonar el caso.

—Sí, ya lo recuerdo —aseguró Andrea—. Pero ¿en qué quedó aquel asunto al final?

Héctor se encogió de hombros.

—En nada, que yo sepa. Yo creo que el caso «se archivó», como suelen decir.

—Entiendo —dijo Andrea—. ¿Qué más sabes de él?

—Ha sido fiscal en varios asuntos de tráfico de drogas y delitos de bandas, y como es lógico revisaremos los casos de investigación que haya tenido sobre la mesa últimamente. Pero también puede haber algún móvil que guarde relación con su vida privada.

Andrea miró a Héctor con interés.

—Ya, porque estaba casado y tenía hijos, claro —dijo la agente—. La familia vive en uno de esos barrios elegantes llenos de chalés. ¿No era en El Limonar?

—Eso es cara a la galería —respondió Héctor secamente—. Quién sabe lo que se esconde bajo la superficie. Además, no hay que olvidar sus filias políticas —continuó—. Dicen que su padre era falangista y muy próximo a Franco. Y que Vega tuvo relación con círculos fascistas, pero en eso tendremos que indagar más a fondo.

—Puede ser una pista interesante. ¿Y la mujer?

—He estado hablando allí con ella unos minutos, pero lógicamente estaba conmocionada, destrozada. Pienso ir a su casa mañana para interrogarla bien y con calma.

—¿Has hablado con el matrimonio que los acompañaba en Ronda?

—No, todavía no. Apenas hablan español, así que necesitaremos un intérprete. Es un testimonio crucial y no quiero conformarme con alguien que chapurree el inglés. Como te decía, no sabemos lo que hay detrás de todo esto. No podemos descartar que se trate de un asesinato, y uno de los amigos puede estar involucrado. O los dos.

—Tenemos que empezar por investigar a la familia, los compañeros de trabajo, el círculo de conocidos y demás, aparte de revisar los casos que ha estado llevando y ver si recibió alguna amenaza relacionada con alguno de ellos —aseguró Andrea.

—Por supuesto —respondió Héctor—. Y comprobar su vida privada. Ya te digo, ahí puede que encontremos algo.

Octubre de 1972

Esa tarde de octubre, Rafaela Molina pensaba volver a casa dando un paseo, como de costumbre, después de acabar su turno en el restaurante. Volvió la cara al mar y se llenó los pulmones aspirando el aire aún tibio de finales de verano. Le dolía la columna y tenía contracciones inequívocas que hacían que se le tensara al máximo la oronda barriga.

Rafaela se sentó pesadamente en uno de los bancos que había bajo los árboles mirando al mar. Apretó los dientes y cerró los ojos al sol. Y entonces sintió un dolor que la golpeó con toda su fuerza. Empezó a respirar de forma acelerada y con intensidad. El dolor se prolongaba un minuto o dos para luego ir disminuyendo gradualmente. Rafaela respiró aliviada y se reclinó en el banco. Apenas había alcanzado a recobrar el aliento cuando sintió que venía implacable la siguiente oleada. Se mareó y casi perdió el conocimiento un instante. Era un dolor tan fuerte que no sabía cómo afrontarlo. Se retorció entre sollozos y soltó un grito al tiempo que trataba de concentrarse en la respiración.

Un hombre mayor se acercó diligente al banco en el que estaba sentada.

—¿Cómo estás? —preguntó visiblemente preocupado, al tiempo que sacaba un pañuelo del bolsillo interior de la americana.

Rafaela no alcanzó a responder antes de que el siguiente dolor la atravesara y se adueñara de todo su cuerpo. Se sentía completamente impotente, no le quedaba más que intentar pasarlo como pudiera. Se oía jadear agotada al mismo tiempo que el hombre se lamentaba y le secaba el sudor de la frente. En medio del dolor notó un chasquido entre las piernas y un chorro de agua cayó al suelo. El hombre se asustó y empezó a pedir ayuda, y al cabo de unos instantes se les unieron varias personas. Alguien echó a correr para avisar al hospital. El hombre que le había ayudado se ofreció a llevarla al hospital de Málaga. Entre varias personas la acomodaron con dificultad en el asiento trasero.

En el coche hacía calor, ella sudaba y gritaba de dolor. Lloraba, chillaba e hiperventilaba sin cesar.

Tras una eternidad entre filas de coches, atascos de tráfico y semáforos en rojo llegaron por fin al Hospital Civil. Una vez allí, acudieron enseguida los celadores con una camilla en la que acomodaron a Rafaela antes de trasladarla al paritorio. Había dilatado casi por completo, y después de ponerle el camisón del hospital y de lavarla bien, la colocaron en una camilla de partos y le pusieron una mascarilla. En ese momento apareció un médico acompañado de una matrona y, borrosamente, entre las lágrimas, Rafaela intuyó la presencia de un grupo de enfermeras vestidas de blanco y una monja que se movían por el quirófano. Una de las enfermeras le tomó el pulso y la tensión. Rafaela habría querido darle la mano, pero no se atrevió. De pronto sintió una presión enorme, todo el cuerpo empezó a temblarle convulsamente, le ajustaron la mascarilla de oxígeno, ella trataba de prestar atención a las instrucciones de cuándo debía empujar y cuándo parar.

Al cabo de unos instantes cambió el tono de la matrona, comentarios de preocupación, otro médico, alguien le agarró bien el brazo, luego, una punzada, y todo se volvió negro.

Cuando Rafaela empezó a volver en sí, no sabía cuánto tiempo había transcurrido. Antes incluso de abrir los ojos se llevó las manos a la barriga y sintió un pánico repentino al notar que estaba lisa y totalmente vendada. Sus hijos no estaban allí. «¿Por qué ya no estoy embarazada? —pensó—. ¿Dónde están mis hijos?»

Abrió los ojos y miró a su alrededor. La habitación estaba silenciosa y oscura, solo la lamparita de la cama arrojaba una luz débil. Se encontraba sola. Se sentía el cuerpo totalmente diferente, tenía la cabeza embotada y la boca seca. La enorme barriga con la que llegó al hospital había desaparecido, estaba totalmente vacía por dentro. Las dos vidas que crecían allí la habían abandonado.

¿Qué habría ocurrido? ¿Dónde estarían los niños?

HÉCTOR OPTÓ POR volver a casa paseando desde la comisaría después de un día de trabajo tan intenso. Por lo general, era una forma excelente de despejar las ideas. Cuando salió, el aire estaba caliente y ya había caído la noche.

La actividad había sido tan intensa en la comisaría que no tuvo tiempo ni de mirar el reloj. La misteriosa muerte de Florián Vega había provocado un gran revuelo, en los medios de comunicación y en muchos otros ámbitos. La policía empezó a recibir llamadas de periodistas, clientes de la víctima, colegas, amigos, familia y conocidos de Vega. A juzgar por la cantidad de ellas, el fiscal fallecido contaba con un amplio círculo de amistades muy implicado, y al tiempo que parecía no ser muy apreciado en ciertos ambientes, se veía que en otros gozaba de gran popularidad.

Los jefes de policía habían mantenido varias reuniones para acordar cuántos recursos debían poner al servicio del caso, teniendo en cuenta que, por el momento, nada inducía a pensar que se hubiera cometido ningún delito. No habían visto a ninguna persona en las inmediaciones del lugar en el que desapareció Florián Vega, tampoco disponían hasta ahora de ningún testimonio que apuntara a que lo hubieran asesinado. Por otro lado, habían encontrado el cadáver esa mañana, de modo que era harto probable que la autopsia aportara alguna pista. Una circunstancia que despertó el interés de Héctor era que el perro policía había encontrado un rastro en el sendero, lo siguió hacia la carretera y de ahí a una zona de aparcamiento, donde se terminaba, lo que podía apuntar a un posible agresor que abandonó el lugar del crimen y luego se marchó en coche.

En cambio, el animal no había localizado el teléfono móvil, que seguían sin encontrar.

Claro que, si de verdad se trataba de un asesinato, ¿por qué iba el asesino a elegir un lugar y una ocasión tan insólitos?, pensó Héctor. ¿Por qué tomarse la molestia de seguir a Vega hasta Ronda, cuando le habría resultado mucho más sencillo atacarle en Málaga, donde trabajaba y donde discurría su vida cotidiana? Que el fiscal se quedara solo durante la excursión fue pura casualidad. Teniendo en cuenta esas circunstancias, podía pensarse que el supuesto atacante sería de Ronda o tendría alguna relación con la ciudad. ¿Qué papel desempeñaba el lugar en sí? Tal vez Florián Vega tuviera alguna conexión con la pintoresca ciudad. Otra opción era, naturalmente, que la mujer o los dos amigos estuvieran implicados. Durante la breve conversación que había mantenido con Marianne Vega tuvo la sensación de que le estaba ocultando algo.

Héctor miró a su alrededor, observó a las personas que veía por la amplia acera de la Avenida de Andalucía, que iban en dirección al centro en busca de la diversión de la noche del sábado. Muchos iban elegantemente vestidos, hablaban y reían con desenfado, dispuestos a disfrutar de todo lo que la ciudad tenía que ofrecerles. Eso era algo que echaba de menos de tener pareja, ir paseando por las calles sin rumbo, sin un objetivo concreto. Tener compañía era suficiente. Podían estar juntos y compartir espacio en una misma habitación sin necesidad de prestarse atención mutua sin cesar. El mero hecho de saber que la otra persona estaba cerca era suficiente.

Sin embargo, él se había visto obligado a acostumbrarse a la soledad. Siempre echaría de menos a Carmen, pero lo cierto era que últimamente pensaba menos en ella. El dolor estaba más atenuado, ya no la recordaba con la misma frecuencia. Las imágenes de ella, la evocación de sus aromas, su pelo y sus rasgos se iban volviendo cada vez más difusos.

Como le gustaba bailar, sus hijos le habían regalado un curso de baile flamenco por su cumpleaños. Adrián y Marisol reconocieron sin problema que la idea era que se animara a salir y que conociera a otras mujeres. Ya era hora, en su opinión. Ya había cubierto con creces el tiempo de duelo por su madre, decían.

Tras la muerte de Carmen, Héctor se metió en una burbuja, como si se hubiera cerrado a todos los sentimientos relacionados con el amor, las relaciones sexuales y la atracción. Simplemente, desconectó de todo eso, como si las mujeres no existieran, no en ese sentido. En los últimos tiempos, sin embargo, había empezado a echar de menos tener a alguien a quien abrazar, a quien querer, con quien compartir lo cotidiano. Aunque le costara reconocerlo, había empezado a añorar la compañía de una mujer, el aroma, la suavidad, en un plano puramente físico.

Y todo eso tal vez fuera indicio de buena salud.

LISA SALIÓ DE casa, saludó a la vecina, que estaba recogiendo la colada, y echó un vistazo a las casitas blanqueadas que se apiñaban en la cima donde vivía ella. Bajó paseando por la estrecha calle empedrada hasta llegar a la plaza mientras disfrutaba del aire tibio de la tarde.

Eran casi las nueve de la noche del sábado, y por todas partes había gente cenando en las terrazas de los restaurantes.

Los niños correteaban por allí y, en la plaza de la Iglesia, unos chavales jugaban al fútbol. Todo estaba muy decorado, había banderolas colgadas entre los edificios, maceteros de barro con flores de un rojo intenso se alineaban en el alféizar de las ventanas y, en las paredes de las casas, pequeños cuadros de porcelana que decoraban el blanco de las fachadas con imágenes de la Virgen o de santos. Hacía más de seis meses que no veía tanto colorido.

El restaurante Candelaria, situado en la plaza de las Flores, en el centro de Benagalbón, era agradable y parecía tener buena comida. En el interior del establecimiento había varias mesas libres, pero después de haber pasado el día encerrada, optó por una de las pocas mesas vacías de la terraza. Agotada, se sentó en la silla. El camarero no tardó en aparecer para dejarle la carta, y Lisa pidió un vino y agua.

A pesar de haberse duchado y haberse lavado a conciencia, le daba la sensación de que aún tenía todo el cuerpo cubierto de polvo. Se le había metido por todas partes, por dentro de los calcetines, en el pelo, en las orejas, en la nuca, entre los pechos…

Contempló la terraza del restaurante y a las personas que había allí sentadas. Todos eran españoles y había familias, parejas jóvenes y personas mayores. Pidió un buen filete de carne con patatas fritas y salsa de pimienta. Le vendría bien, después de los esfuerzos del día. Tomó un trago de vino y se quedó allí sentada mirando embobada a la gente. Se encontraba tan cansada que ni siquiera tenía ganas de hojear el periódico que se había llevado al salir.

No sabía cuánto tiempo llevaba esperando cuando apareció el camarero con la comida. La devoró con avidez y se tomó otra copa de vino. Poco a poco sintió que iba recobrando las fuerzas y, cuando llegó el café, empezó a hojear el periódico *Málaga Hoy* y a echar un vistazo a las noticias. En esos momentos estaba demasiado cansada para prestar atención a los sucesos de la actualidad. Finalmente, cuando llegó a las páginas de cultura y ocio, reaccionó enseguida.

Detuvo su mirada en un anuncio que decía «Aprende a bailar flamenco». Era el Museo del Flamenco, situado en el casco antiguo de Málaga, el que organizaba el curso. Empezaría ese mismo domingo por la tarde. Al parecer, no estaba completo, así que podría asistir incluso aunque no estuviera matriculada de antemano.

«¿Por qué no?», se dijo. ¿Por qué no entregarse finalmente al flamenco, con lo que le gustaba bailar? Se divirtió pensando en lo que habría opinado Axel de un curso de baile así… Él, que nunca había comprendido bien su pasión por el flamenco y todo lo español. De todos modos, al día siguiente iba a almorzar con Annie y otra amiga, y el restaurante donde habían quedado se encontraba cerca del Museo del Flamenco, así que podría ir allí después.

Tal como se notaba el cuerpo en ese momento, no iba a poder trabajar con la pared mañana. Seguramente, tendría unas agujetas terribles, sobre todo, en los brazos. Pero seguro que podría dar unos pasos de flamenco, y era probable que el primer día los profesores empezaran por explicar lo básico y por enseñar qué había que hacer. ¿Y a qué iba a esperar? Precisamente, se había mudado a España para empezar una nueva vida.

Se tomó el café y pidió la cuenta. Bostezó, se sentía cansada pero satisfecha con la jornada. Y, además, la idea del curso de flamenco la había animado un poco. Sería estupendo asistir y conocer gente. «¿Quién sabe? —pensó—. A lo mejor conozco a alguien simpático con quien pasarlo bien.»

La plaza de la Merced se veía muy animada, como siempre. En una noche de sábado cálida como la de ese día estaba repleta de terrazas que abarcaban todo el tramo en el que vivía Héctor, hasta la esquina del edificio en el que Pablo Picasso nació y vivió de niño. Al otro lado de la plaza, que se encontraba en el corazón del casco antiguo, se veía la iglesia en la que bautizaron al artista y por allí se encontraban tanto el Museo Picasso como el instituto del mismo nombre. No era de extrañar que el bar que se encontraba justo al lado del portal de Héctor también se llamara Picasso.

Cuando no tenía ganas de prepararse la comida, algo que le sucedía bastante a menudo, solía comer a base de tapas en aquel bar. Allí sabían exactamente lo que quería, no tenía ni que pedir. Siempre era lo mismo: gambas al ajillo, pimientos de padrón y jamón serrano.

Se tomaba un botellín de Cruzcampo, su cerveza favorita.

En las mesas de la terraza no cabía un alfiler, pero de todos modos, él prefería sentarse en la barra. Tan pronto como entraba uno en el bar se advertía la huella del gran pintor malagueño. Tenían colgada una copia del *Guernica*, uno de los cuadros más célebres de Picasso, con motivos de esa ciudad vasca bombardeada durante la Guerra Civil por los aliados del general Franco.

Héctor saludó a los camareros, les dijo que quería comer y se sentó en su lugar de siempre, enfrente de la barra. Junto a una mesa, en el interior del local, había dos mujeres tomándose un vino. Las observó con disimulo. Parecían totalmente enfrascadas en la conversación. De buenas a primeras, una de ellas levantó la vista y lo miró a la cara. Héctor se sonrojó, se sentía descubierto. Como si hubiera estado observándolas a escondidas.

Tomó un trago de cerveza y fingió que le interesaba el televisor que había sobre la barra y que siempre estaba encendido. Siempre se sentía un poco torpe en presencia de mujeres fuera del trabajo. A veces pensaba en cómo sería conocer a otra mujer. Solo salir, encontrar nuevas costumbres, desayunar juntos, ir a la compra, hacer cosas en el centro… Adaptarse a otra persona que tal vez tuviera una forma totalmente distinta de vivir, una persona que tuviera opiniones distintas a las suyas hasta el punto de que terminaran discutiendo.

A Héctor le resultaban incómodos los conflictos y prefería evitarlos, pero solo en la vida privada. En el trabajo no tenía problema. En el trabajo casi todo era distinto, como si se convirtiera en otra persona en cuanto cruzaba las puertas de cristal de la sede principal de la comisaría. Allí se mostraba seguro de sí mismo, hablador y directo. Tenía una idea clara de cómo debían hacerse las cosas, era experimentado, comprometido y entregado, y no tenía miedo al debate. Era cierto que a veces podía parecer un tanto brusco, pero él sabía que era un colega muy apreciado y que sus compañeros se sentían seguros con él cuando trabajaban juntos, y tenía buenas relaciones con los técnicos criminalistas, con los forenses y con los fiscales, después de tantos años de colaboración.

Le sirvieron la comida, charló un poco con la camarera, pidió otra cerveza y se puso a comer con fruición. Volvió a fijarse en las dos mujeres de la mesa del fondo. Una de ellas había ido al servicio, y la otra, que era bastante guapa y seguramente unos años más joven que él, lo observaba con interés. Héctor sintió que se ruborizaba y bajó la vista hacia las gambas, que aún hervían en el aceite.

El timbre del teléfono reclamó su atención. Era Daniel Torres, el jefe de los técnicos de Criminalística, que estaban buscando rastros en Ronda, en el lugar del hallazgo. No tenía más de cuarenta y pocos, pero era un técnico extraordinario y muy creativo, con lo que casi siempre llegaba más lejos que los demás.

—Hola, siento molestar. ¿Está cenando fuera?

—Sí, pero no importa. Estoy solo. ¿Qué pasa?

—Hemos peinado las inmediaciones del lugar donde apareció el cadáver de Florián Vega. Todavía no hemos localizado el móvil, pero en un arbusto situado justo encima de la meseta desde la que probablemente cayó hemos encontrado varias colillas amontonadas que no llevaban ahí mucho tiempo. Ayer estuvo lloviendo a intervalos en Ronda durante casi todo el día, pero las colillas estaban secas. Lo que quiere decir que alguien estuvo allí fumando entre las seis de la tarde, cuando cesó la lluvia, y las once de la mañana, hora a la que acordonamos la zona.

—Ya veo —dijo Héctor, que sintió que se le aceleraba el pulso—. ¿Qué marca de tabaco era?

—Ducados, no muy común hoy en día, ¿no? —dijo Daniel—. El tabaco negro está como pasado de moda.

—Sí. ¿Cuánto tardaremos en obtener el ADN?

—Unos días, en el mejor de los casos. Trataré de acelerarlo para tener una respuesta lo antes posible. Junto a las colillas había también unas pisadas, la tierra estaba muy húmeda, así que se veían con toda claridad. Unas deportivas de la marca Nike, número cuarenta y dos. Y unas pisadas iguales se hallaron también cerca de la meseta desde la que es harto probable que Florián Vega se pusiera a hacer fotos. Ahora estoy comprobando modelos para ver de qué calzado se trata exactamente.

Terminaron la conversación y Héctor colgó. Si resultaba que Florián Vega había muerto asesinado, aquellos hallazgos tendrían el máximo interés.

Cabía la posibilidad de que alguien lo hubiera estado esperando agazapado junto a aquel arbusto.

EL MODESTO HOTEL se encontraba en un callejón oscuro en pleno casco antiguo de Málaga y, aun así, tan alejado de las calles y avenidas más turísticas y comerciales que resultaba relativamente tranquilo. Fuera apenas pasaba nadie, no había bares ni negocios ni restaurantes. Era un lugar bastante anónimo. Había reservado habitación a través de internet y solo tuvo contacto telefónico con el arrendador. No había recepción, la llave se recogía a la entrada de un buzón que se abría con un código, y la habitación solo se limpiaba una vez a la semana, así que tampoco se veía al personal de limpieza. Y allí estaba ahora, tumbado en el duro colchón, mirando atentamente el rellano de la escalera por una rendija de las cortinas. La penumbrosa habitación no tenía vistas. Tanto mejor. Lo que él quería era aislarse del mundo, dejarlo apartado. Al menos por un tiempo.

Se había pasado así la noche entera, tumbado en la cama mirando la oscuridad con los ojos resecos. Se notaba el cuerpo rígido, como helado. Como si hubiera entrado en un mundo propio claustrofóbico donde no tenía capacidad de moverse y del que no podía salir. Permanecería allí hasta haber superado ese estado espasmódico, hasta que fuera capaz de moverse otra vez. Tenía que pensar, tenía que estar tranquilo.

Sus planes se habían arruinado por completo. No tendría que haber salido así. Aún estaba conmocionado por lo que había hecho. Al mismo tiempo, tal vez fuera lo mejor que podía suceder. Ya era tarde para arrepentirse. La bola ya había echado a rodar y no había vuelta atrás.

Alternaba entre el sentimiento casi eufórico de ser invencible y la sensación de que el desastre se avecinaba. Iba saltando entre la luz y la oscuridad, entre la esperanza y la desesperación, entre la convicción y el absurdo. Pasaba de tener clarísimo qué era lo correcto y lo acertado a sufrir el tormento de la duda. ¿Cómo afectarían en adelante aquellos sucesos a él y a su vida? ¿Podía considerarse condenado o liberado?

Ahora mismo no encontraba respuesta a ninguna de estas cuestiones, y seguramente tampoco tuviera importancia. Podía dejar que los pensamientos vagaran por su cabeza, que trataran torpemente de agarrarse unos a otros para formar algo que tuviera sentido. Por el momento, lo único que podía hacer era quedarse ahí. Luego debería seguir adelante. Como fuera.

Era la única certeza que tenía.

Héctor estaba sentado a la mesa del comedor, en la que acababa de disponer un buen desayuno dominical consistente en tortilla de patatas, pan tostado y café. Y ya estaba a punto de empezar a disfrutarlo mientras revisaba lo que decía la prensa de la muerte que se había producido en Ronda cuando lo llamó la forense.

—Hola —dijo su colega—. Soy Elena Muñoz. Ya he terminado la autopsia y puedo darle por teléfono un resultado preliminar. El informe escrito se lo mandaré más tarde.

—Cuénteme.

—La víctima falleció el viernes sobre las siete de la tarde, hora arriba, hora abajo. Como sabe, el cadáver estaba muy dañado.

—¿Podría describir las lesiones?

—Tórax deprimido, fractura de varios huesos en brazos y piernas, magulladuras, costillas rotas que dañaron algunos órganos internos como el hígado y los pulmones, por ejemplo. Imagínese, caer de una altura de ciento veinte metros… es un salto extremo.

—¿Algo en particular que llame la atención?

—Aparte de las tibias, me han llamado la atención dos cosas.

Héctor hizo una mueca de desagrado. La mujer menuda y flaca que era la forense tenía una forma particular de expresarse. Parecía mucho más dura y curtida de lo que el amistoso aspecto que tenía pudiera dar a entender.

—Una circunstancia notable es que presenta en el cuerpo ciertas heridas infligidas con anterioridad al momento de la caída —continuó.

—¿Cómo?

—Tiene el cuerpo entero plagado de heridas, claro, pero descubrí unas lesiones en el cuello que me desconcertaron. Unas magulladuras que no encajaban. Además, la costra había empezado a desprenderse por los bordes con un color blancuzco. Las cubrí, puesto que era evidente que esas lesiones tenían de dos a tres días. Y encontré también lesiones en los brazos, dos moretones rojo amarillento un tanto difusos y en forma de dos medias lunas encaradas. En varias zonas. Es decir, mordeduras que también sufrió con anterioridad a la caída.

—Vaya —dijo Héctor sorprendido—. Qué interesante.

—Parece el tipo de herida que una mujer podría hacerle a un hombre.

—Entonces, ¿cree que se vio envuelto en una pelea con una mujer?

—Bueno, no sabemos qué pudo hacerle él, si es que hizo algo. Puede que le causaran las heridas sin que él devolviera los golpes.

—Ya. Bueno, pues tendremos que comprobarlo —dijo Héctor resuelto—. Ante todo, con su mujer. ¿Qué más?

—Pues sí, hay otro aspecto más llamativo todavía, podríamos decir.

Héctor escuchaba atento.

—¿Ajá?

La forense carraspeó un poco.

—Florián Vega tenía un tumor considerable en el intestino grueso. Hemos tomado varias muestras de tejido que analizaremos. Los resultados deberían estar listos dentro de unos días. Con un poco de suerte, podremos establecer de qué se trata.

—Ya, comprendo. ¿Y si resulta que es maligno?

—En ese caso, habría muerto de todos modos en el plazo de un año. Es el pronóstico que suele darse en casos de cáncer extendido en el intestino grueso. Lo que vi en la autopsia apunta claramente a un tumor maligno e imposible de operar, pero no es seguro. Podría ser benigno.

—Ya, pero lo que quiere decir es que si fuera maligno habría muerto de todos modos, ¿no?

—Exacto.

—¿Y eso qué puede implicar?

—Bueno, naturalmente, la teoría del suicidio resulta así más verosímil, he de reconocer —aseguró la forense—. Eso es incuestionable. Teniendo en cuenta las consecuencias que ese tipo de cáncer: náuseas, dolor intenso, pérdida de peso, los órganos vitales van quedando fuera de combate poco a poco hasta que uno termina apagándose. Y en esos casos no resulta raro optar por librarse del sufrimiento poniendo fin a la propia vida.

Héctor se masajeaba las sienes.

—Ya. Entonces, tal vez fue eso lo que ocurrió, al fin y al cabo. Que Florián Vega decidió quitarse la vida.

Octubre de 1972

RAFAELA DEJÓ ESCAPAR un sollozo. ¿Qué habría ocurrido? ¿Por qué no estaban sus recién nacidos en la cuna, junto a la cama? ¿Por qué no estaban con ella? De un cable colgaba un timbre de color rojo, lo pulsó y muy poco después una enfermera abrió la puerta.

—¿Cómo te encuentras? —le preguntó, sonriendo con amabilidad—. ¿Necesitas analgésicos?

—¿Qué ha pasado? ¿Dónde están mis hijos? —se apresuró a preguntar Rafaela.

—No te preocupes, están bien atendidos. Queríamos esperar a que te despertaras. Tuvieron que anestesiarte, fue realmente difícil conseguir que salieran los dos pequeñuelos.

La enfermera fue disolviendo unos polvos en un vaso mientras hablaba y después se lo ofreció a Rafaela.

—¿Por qué me anestesiaron? —preguntó preocupada llevándose la mano a la barriga en un acto reflejo.

—Pues no sé si yo soy quién para responder —dijo la enfermera evasiva—. Será mejor que hables con el médico. Vendrá mañana por la mañana.

Rafaela se quedó mirando a la enfermera mientras esta salía de la habitación. Aún se sentía aturdida por la anestesia y le costaba pensar. Habían transcurrido unos minutos cuando la puerta se abrió de nuevo. Una monja entró con un niño en brazos.

—Aquí tienes a tu hijo —anunció la mujer con voz suave mientras le entregaba al pequeño—. Es el gemelo que estaba colocado con la cabeza hacia abajo.

Las lágrimas empezaron a rodar por las mejillas de Rafaela. Era incomprensible que ese bulto envuelto en la sabanita fuera suyo. Con la cabeza hacia abajo, es decir, se trataba de Mateo. Agustín tenía la cabeza hacia arriba.

Abrazó al pequeño contra su regazo, sintió su calor, se lo acercó al pecho.

—¿Dónde está el hermano? —preguntó—. ¿Ha ocurrido algo?

—Es otro niño. Traía el cordón umbilical alrededor del cuello y están atendiéndolo ahora mismo. Con la ayuda de Dios, todo saldrá bien. Pasa a menudo en los partos de gemelos, una criatura necesita más atención que la otra —dijo la hermana, y le dio una palmadita en el brazo.

Aquellas palabras tranquilizaron ligeramente a Rafaela y la joven miró al pequeño, que trataba de encaramársele al pecho. Era un milagro, y se sintió colmada de una felicidad interior y una satisfacción inmensas. Tenían que ayudarle a contactar a Antonio y a sus padres.

—¿Qué hora es? —le preguntó a la hermana, que llenó el vaso de agua, esponjó un poco los almohadones y abrió la ventana.

—Es de noche, la una y media. Hemos llamado a tus padres y les hemos avisado —dijo la hermana, como si le hubiera leído el pensamiento—. Vendrán mañana.

—¿Y Antonio? —preguntó Rafaela bajito.

—Ya sabe que ha sido padre. Le hemos enviado un telegrama. Trataremos de ponernos en contacto con él mañana, para que podáis hablar. Vamos, descansa.

La hermana se inclinó despacio sobre ella, se llevó en brazos al pequeño, que se había dormido, y lo acostó en la cuna, junto a la cama.

—Gracias, hermana —dijo Rafaela, antes de hundirse de nuevo entre los almohadones y cerrar los ojos.

Luego no tardó mucho en dormirse.

CUANDO RAFAELA SE despertó al día siguiente, no sabía cuánto tiempo había transcurrido. La luz se filtraba por las delicadas cortinas. Se abrió la puerta y por fin entró el médico con su bata blanca, junto con la hermana que estuvo con ella la noche anterior. Se frotó los ojos para desperezarse y se incorporó en la cama.

Antes de que atinara a decir algo o a reaccionar, la hermana se había sentado a su lado en el borde de la cama, estrechándole la mano entre las suyas. Parecía muy afligida y la miraba llena de comprensión. El médico tenía una expresión sombría. Rafaela apenas se atrevía a respirar.

—Lo sentimos muchísimo —comenzó—. Todo parecía haber salido a pedir de boca al principio, pero se presentaron complicaciones. Uno de los niños tenía el cordón umbilical enrollado en el cuello y, a causa de la falta de oxígeno, había sufrido lesiones cerebrales graves. Por desgracia, ha sido imposible salvarle la vida.

La voz del médico fue bajando de tono y el hombre meneó la cabeza compungido. La hermana le apretó la mano cariñosamente. Rafaela sintió que se le nublaba la vista.

—Pero ¿qué me decís? ¿Cómo...?

Guardó silencio. Poco a poco empezaba a asimilar la fatal noticia. El otro niño había muerto. Su hijo había dejado de existir. No logró sobrevivir al parto.

—¿Pueden traérmelo? Quiero verlo, abrazarlo...

Tanto el médico como la hermana guardaron silencio y bajaron la vista. Unos minutos de calma compacta, irreal. En su cabeza. En la habitación. Las paredes se encogían y se le acercaban poco a poco desde todas partes. Una fuerte presión en el pecho… Le costaba respirar. Entonces el médico abrió la boca.

—Lo verás, sí. Llegado el momento. Ahora tenemos que hacerte unas pruebas. Llevará un rato.

Lo interrumpieron los sollozos procedentes de la cuna que estaba al lado de la cama, donde dormía el niño que había sobrevivido.

—Cuida de tu hijo —dijo la hermana—. Al menos lo tienes a él.

Se volvió a mirar por la ventana e hizo una pausa antes de continuar:

—Dicen que cuando las ballenas pasan cerca de la costa mueren muchos niños. Quizá sea así de simple. Tu otro pequeño ha quedado en manos de Dios.

Marianne Vega estaba conmocionada, de modo que la habían llevado al hospital de Ronda para que hablara con un psicólogo y para que le administraran algún tranquilizante. Mientras tanto, la policía efectuaba un registro domiciliario en el chalet de El Limonar. Aunque no habían constatado que se tratara de un crimen, preferían ir sobre seguro. Una vez resuelto ese punto, recogieron a Marianne del hospital y la llevaron a su casa, donde la esperaban sus tres hijos. Pasaron juntos toda la tarde del sábado, pero después los hijos se fueron cada uno a su casa, donde aguardaba la familia. Marianne les aseguró que podía pasar la noche sola. Estaba tan cansada que, seguramente, se dormiría enseguida.

Cuando Marianne se despertó la mañana del domingo, le pesaba la cabeza como el plomo después de los somníferos que había tomado el día anterior, y se notaba el cuerpo como si fuera de gelatina. Parpadeó en dirección a la luz y solo le llevó unos segundos recordar lo ocurrido. La muerte de Florián. Sintió que le ardía el estómago cuando tomó plena conciencia de que había ocurrido de verdad. De que era real. Muy despacio, se fue levantando, apoyó la espalda en el cabecero acolchado y se quedó mirando al vacío.

Recreó en su mente la imagen de la cara destrozada de Florián y deseó haber podido librarse de tener esa visión grabada en la retina. De que fuera la última imagen de su marido, del padre de sus hijos, del hombre con el que había compartido la mitad de su vida. Y entonces le vino a la mente otro pensamiento. Lo que Florián le había contado tan solo unos días antes de que emprendieran el viaje a Ronda.

Empezó a llorar en silencio, se tumbó acurrucada meciéndose de un lado a otro, extendió el brazo hacia su lado de la cama. Al cabo de unos instantes se calmó un poco y trató de pensar, de repasar todo lo sucedido, paso a paso.

La policía había registrado la casa entera y se había incautado prácticamente de cuanto había en el despacho de Florián: ordenadores, iPad, cuadernos de notas, documentos, archivadores y carpetas. ¿Qué podrían encontrar? ¿Y qué era lo que habían dejado, en realidad?

Se levantó rauda y se dirigió al despacho de su marido. Florián tenía una oficina en el centro, pero también trabajaba en casa. Abrió unos cajones y paseó la mirada por las estanterías y los armarios vacíos.

De pronto creyó ver al otro lado de la ventana una sombra que pasó deslizándose. Se detuvo un instante, se dirigió a la ventana y miró al exterior. ¿Habrían sido imaginaciones suyas?

Ya era de día, habían dado las nueve de la mañana y el sol brillaba desde un cielo sin nubes. El jardín resplandecía verde y cuajado de flores, más allá estaba la piscina, con sus aguas de un verde claro. Pero sí, había visto algo, estaba prácticamente segura. ¿Sería alguno de sus hijos, que ya estaba de vuelta?

Marianne solo llevaba puesto un camisón, así que volvió al dormitorio en busca de una bata, que se puso antes de abrir la cristalera que daba a la parte trasera del jardín. Salió a la terraza y echó una ojeada alrededor. Los arriates, los maceteros de cemento, el aguacate y las tumbonas. Más allá estaba el césped, varios limoneros y un eucalipto bastante grande. La casa se encontraba al final de la calle. Discretamente apartada y fuera del alcance de miradas curiosas, tal como Florián deseaba. En esos momentos, en cambio, su localización se le antojaba a Marianne arriesgada y peligrosa. Había algo ahí fuera, lo notaba perfectamente.

Se estremeció y se dio la vuelta. Una rama se balanceó a unos metros de allí y se oyó un leve crujir. ¿Serían solo los pajarillos o habría alguien merodeando por la parcela? Miró en varias direcciones, pero no divisó nada. Dio una vuelta alrededor de la casa, escudriñando. Nada. El corazón empezó a latirle más fuerte en el pecho, y trató de tranquilizarse. ¿Cabía la posibilidad de que alguien fuera tras ella? ¿Tendría algo que ver con la muerte de Florián? Ahora se arrepentía de haber dejado que sus hijos volvieran a casa con la familia después de haber llorado su pérdida juntos, de haber hablado y de haberse dado consuelo mutuo. Al menos uno de ellos podría haberse quedado a dormir.

Metió la mano en el bolsillo en busca del móvil. Se lo había dejado dentro. Dónde, no lo recordaba. ¿Se lo habría imaginado todo?

Entró de nuevo en la casa. Todo estaba en el más absoluto silencio, pensó. Nada indicaba la menor anomalía. «Tengo que calmarme», se dijo. Lógicamente, estaba conmocionada por lo sucedido en Ronda. No era de extrañar que se sintiera alterada.

Fue a la cocina y puso la cafetera. Miró hacia el sitio de Florián en la mesa de la cocina. Nunca más volvería a sentarse ahí, nunca volvería a sacar una taza para él. Recordó una vez más la cara de su marido. Florián estaba muerto, había dejado de existir para siempre.

La ansiedad empezó a adueñarse de ella, notó que le costaba respirar. Sus hijos volverían sobre las tres para el almuerzo, ¿y si le pedía a alguno de ellos que fuera un poco antes?

Un creciente desasosiego la removía por dentro y empezaba a sentir que la cabeza le retumbaba de dolor. Se puso a buscar el móvil para llamar a sus hijos, pero no lo veía por ninguna parte. Volvió a tantear los bolsillos de la bata. Seguro que se lo habría dejado en el despacho. Se dirigió allí, advirtió que la puerta estaba cerrada. ¿No la había dejado ella abierta hacía un momento?

Acto seguido oyó un ruido que venía del interior, como de un cajón al cerrarse. El miedo se apoderó de ella, ¿qué demonios estaría ocurriendo?

No había alcanzado a continuar el razonamiento cuando se abrió la puerta y dio paso a alguien que salía, pero que se detuvo al verla. El intruso llevaba ropa oscura y un pasamontañas que le cubría la cara. Marianne dejó escapar un grito, pero un segundo después el extraño se abalanzó sobre ella. Una ráfaga de aire justo al lado de la oreja, un fuerte golpe.

Y todo se volvió negro.

La mañana del domingo Lisa se despertó con unas buenas agujetas. Se notaba los brazos flojos, le dolía la espalda y tenía el cuello un poco rígido. Se levantó de la cama como pudo y se dirigió al cuarto de baño. Se llevó un chasco al mirarse en el espejo. La larga melena rubia estaba reseca y se le había rizado por completo, parecía una madeja de hilo de acero.

Continuó hasta la cocina, donde esperaba la pared a medio demoler. La verdad, estaba impresionada consigo misma. Que hubiera conseguido hacer aquello. A través del agujero veía la luz del sol, el valle y una franja de mar azul, y podía imaginarse perfectamente lo bonito que quedaría cuando hubiera desaparecido la pared entera.

Decidió que iría documentando el trabajo, paso a paso. Fue en busca del móvil para hacer una foto y, al ver la pantalla, se llevó una sorpresa. Axel la había llamado la noche anterior y no lo había oído. Notó un aleteo en el estómago y no pudo evitar ponerse contenta. Pensar que su marido la llamaba un sábado por la noche… Quizá se estuviera preguntando cómo le iba, quizá la echara de menos, lisa y llanamente. ¿Y si se había arrepentido?

Miró el reloj: las nueve y media. Era buena hora para llamar, ¿no? O quizá sería mejor esperar media hora más, por lo menos debería esperar hasta después de las diez. Se tomó el café con impaciencia, sintió la necesidad de probar a pasar otra vez por el agujero y continuó por el luminoso salón. Soltó un suspiro de placer, salió y se quedó en la terraza disfrutando de la vista y de aquel aire tan cálido y agradable. Y pensar que ahora vivía allí… No le parecía verdad. Volvió a preguntarse qué querría Axel. ¿La echaría de menos? ¿Querría que volvieran?

Siguió barajando opciones. Si, contra todo pronóstico, las cosas volvían a su cauce entre Axel y ella, no se desharía de la casa, eso lo tenía clarísimo. Ya podía él decir lo que quisiera.

Silbando una cancioncilla, se dirigió al baño y se metió en la ducha. Se dio cuenta de que apenas podía levantar los brazos para enjabonarse el pelo de las agujetas que tenía. Pensó en Axel, trató de recordar la última vez que se acostaron. Lo echaba de menos también en la cama, añoraba el contacto físico con él. El mero hecho de tener a alguien al lado a la hora de dormir por las noches, sentir a otra persona respirando en la misma habitación.

Lisa miró el reloj. Menos cuarto. Tenía que esperar un poco más. Se secó con la toalla y se puso una falda de algodón y una camiseta. Aquel sol y aquel calor eran maravillosos. Que fuera suficiente ir con tan poca ropa. La casa era grande, pero ni el agente inmobiliario ni el vendedor pudieron decirle con exactitud cuántos metros cuadrados tenía. Al parecer contaban más bien el número de habitaciones y no se preocupaban tanto como en Suecia por la superficie exacta.

Un detalle que le atrajo enseguida fue el techo. Estaba a cuatro metros de altura, lo cual no era nada común. Claro que la casa la había mandado construir un artista que quería tener mucho espacio en el salón, puesto que lo usaba de taller. La decoración era por el momento de lo más espartana. Las paredes se veían blancas y desnudas, y la escayola se había desconchado aquí y allá. El suelo era lo único que se encontraba en buen estado, baldosas con un dibujo de estilo marroquí en azules y grises que le recordaban a algo que vio una vez en una revista de decoración.

Desde la entrada había acceso directo al salón, que era el corazón de la vivienda. Las demás habitaciones estaban conectadas con él. En el centro destacaba una buena chimenea, muy necesaria en invierno, ya que las casas no tenían calefacción como en Suecia, y de noche la temperatura podía bajar a tan solo unos pocos grados. Los suelos resultaban fríos incluso ahora, por la mañana.

Al lado se encontraba la estrecha cocina. Al otro lado, el cuarto de baño, un vestidor y dos dormitorios. Uno más grande, el que usaba ella, que solo tenía una cama bastante sencilla que había dejado el vendedor. Pero era un cuarto amplio, las ventanas daban al valle y tenía una puerta de acceso a la terraza. Llegado el momento, podría poner allí el armario y una cama doble. El otro dormitorio era más pequeño, y pensaba usarlo como cuarto de invitados para sus hijos o para quien quisiera ir de visita.

Lisa tenía la intención de reformar el cuarto de baño y eliminar la pared que lo separaba del vestidor. Con el tiempo quería alicatarlo y tener la ducha y la bañera separadas. Claro que eso era caro, así que tendría que esperar. La cocina también necesitaba una reforma, los electrodomésticos eran viejos y anticuados, al igual que la encimera y el resto de los muebles, todos en tonos tristones entre marrón y amarillo. Pensaba dar prioridad a la cocina antes de renovar el baño, y era muy consciente de que para ello necesitaría ayuda. Pero cada cosa a su tiempo, se dijo. Primero tenía que derribar aquella pared.

Lo mejor de todo era la terraza enlosada que rodeaba toda la casa y que tendría más o menos la mitad de los metros cuadrados de superficie habitable.

Se puso un café y se sentó a la mesa, bastante inestable, con el móvil en la mano. Detuvo la mirada unos instantes en el nombre de Axel. La última vez que hablaron fue antes de la Pascua, hacía casi dos semanas. Todo el tema de la casa, el reparto de bienes y el dinero estaba ya resuelto. No había ningún cumpleaños que celebrar, ningún asunto con sus hijos. ¿Qué querría? Eran más de las diez, ya podía llamarlo. Pero era como si quisiera prolongar el momento un poco más, quería conservar la esperanza de que se mostrara amable y cariñoso por teléfono, de que le dijera que la echaba de menos, que la quería. La sola idea de esa posibilidad y de cómo se sentía al pensarlo la hizo comprender que, en el fondo, no había avanzado mucho. Estaba tan enamorada de él como siempre, y a pesar de todo lo que había ocurrido, para ella no había cambiado nada. Axel no tenía más que decir «Vuelve a casa conmigo, lo arreglaremos todo», y se iría derecha al aeropuerto a embarcar en el primer avión que saliera para Suecia.

Respiró hondo y marcó su número en el móvil. Tenía el cuerpo en tensión mientras sonaba la señal. Notó que se le llenaban los ojos de lágrimas. Se imaginó su cara, los ojos, un poco cansados, el mentón con algo de barba, el pliegue que se le había formado en el cuello con la edad. Después de tres tonos, Axel respondió.

—¿Hola?

Esa voz oscura y dulce.

—Hola, soy yo, Lisa —dijo tratando de controlarse.

—Sí, hola, ¿qué tal estás?

—Muy bien —respondió ella con entusiasmo—. Esto es muy bonito. Tendrías que verlo: las vistas al valle, las colinas cubiertas de verdor y los pueblecitos de casas blanqueadas… Y desde la terraza se ve el mar. Hace un sol espléndido y estamos a más de veinte grados. Es maravilloso. El pueblo es una preciosidad, hay una iglesia, una plaza y terrazas, y una panadería donde comprar pan recién hecho por la mañana. Además, la playa no queda lejos de aquí, una playa ancha de arena que llega hasta la misma ciudad de Málaga.

La propia Lisa se dio cuenta de que hablaba sin parar. Como para convencerlo de lo fantástico que era todo. Como para que le entraran ganas de ir allí. Y mientras ella hablaba, crecía la preocupación por lo que él tuviera que decirle.

—Parece estupendo —respondió él algo seco—. Te llamé ayer porque quería preguntarte por la cámara submarina que compramos en Tailandia. O sea, quería preguntarte si sabes dónde está. Elaine y yo vamos a ir a bucear a las Maldivas y he pensado que estaría bien hacer algunas fotos.

Lisa se quedó totalmente planchada. Sin fuerzas.

—Pues creo que la tiene Victor. Vino a ayudarme a vaciar el trastero. Le dije que podía usarla un tiempo —respondió con voz monótona.

—Ah, estupendo, pues lo llamaré a él. Que sigas bien, lo que me cuentas parece genial. Adiós.

Y desapareció con un clic. Él, que nunca quería hacer fotos cuando estaban juntos. Siempre era ella la que las hacía, y tenía que insistirle para que le sacara alguna. Ahora, en cambio, sí que quería, mira tú por dónde. Axel no se había arrepentido, no deseaba que Lisa volviera. Se iba de viaje a las Maldivas. Con Elaine.

La imponente casa de piedra se encontraba al final de una calle sin salida. El Limonar era una zona residencial que se componía sobre todo de chalés impresionantes con frondosos jardines y calles amplias flanqueadas de árboles. Todo estaba limpio, elegante y ordenado.

Héctor aparcó delante de la alta valla metálica de color negro que rodeaba la parcela. Abrió la verja y subió el paseo empedrado mientras echaba un vistazo a su alrededor. El jardín era grande y se veía muy bien cuidado.

De modo que allí vivía Florián con Marianne, su mujer.

Habían quedado a las doce. Héctor calculaba que le llevaría una hora. Le daría tiempo de volver a casa y preparar la comida antes de que sus hijos llegaran sobre las tres.

Subió la escalinata de piedra de la entrada y llamó al timbre. No abrían. Todo parecía en silencio allí dentro. Volvió a llamar. Ni un solo movimiento. El sol brillaba y fuera hacía calor, estarían casi a veinticinco grados, seguro. Notó que sudaba con la americana puesta. ¿Acaso no estaba en casa? No creía posible que a Marianne Vega se le hubiera olvidado la cita, pues ayer le envió un mensaje de texto para confirmarla y ella le respondió afirmativamente. Llamó al timbre otra vez, pero nada. Cuando se volvió, vio que había dos coches en la entrada, así que debía de estar en casa.

Héctor bajó los peldaños y rodeó el edificio. En la parte trasera se extendía una cubierta de madera alrededor de una piscina ovalada. Unas correderas de cristal daban a un salón enorme.

Se paró de pronto. ¿No se oía un ruido? Del piso de arriba parecían venir unos golpes que retumbaban rítmicamente. Levantó la cabeza, recorrió con la vista la fachada y las ventanas con cuarterones, la yedra que subía trepando por la pared blanca de piedra. Escuchó con atención. El ruido venía de allí, no cabía duda, y sonaba como un martilleo. ¿Estaría Marianne haciendo algún trabajo de bricolaje? Quizá llevara puestos unos auriculares y no hubiera oído el timbre. Estaría trabajando con tanto afán que se le pasó la hora. Tal vez como una forma de afrontar el dolor y la conmoción.

Se acercó un poco más y descubrió que una de las puertas de la terraza estaba entornada. Se dirigió allí enseguida, la abrió y entró sin hacer ruido. El salón estaba amueblado con unos sofás suntuosos, alfombras lujosas, coloridos óleos sobre lienzo de gran formato en las paredes, estatuillas en el poyete de las ventanas, jarrones con flores aquí y allá.

—¿Hola? —dijo vacilante—. ¿Hay alguien en casa?

Héctor sabía que los Vega tenían tres hijos. Le había dado la impresión de que los tres se habían emancipado, pero no estaba seguro.

—¡Hola! —volvió a decir—. ¿Marianne? Soy Héctor Correa, de la policía —añadió por si acaso, para que nadie se asustara si lo veían aparecer en la casa inesperadamente.

Nadie respondía, pero el golpeteo del piso de arriba se oía a la perfección. Héctor subió rápido las escaleras. Llegó a una gran sala que utilizaban como biblioteca, con las paredes enteras cubiertas de estanterías, sillones de lectura y una chimenea. La sala daba a un pasillo, del que procedía el misterioso ruido. Se dio cuenta de que sonaba sordo, como si alguien estuviera dando golpes contra la pared. Se encaminó raudo hacia allí y comprendió que procedía de la última habitación, que se encontraba al fondo del pasillo y cuya puerta estaba cerrada. Esperó unos instantes antes de bajar el picaporte para abrirla. Habían cerrado con llave.

El aporreo aumentaba en potencia e intensidad, como si la persona que había allí dentro quisiera llamar la atención. Bajó el picaporte repetidas veces. Mierda. ¿Iba a tener que abrirla de una patada? Miró a su alrededor y vio una llave que había en la cerradura de otra de las puertas del pasillo. La sacó y la probó. Parecía encajar. La giró.

Cuando abrió la puerta soltó un grito de espanto. Marianne Vega estaba atada de pies y manos y encadenada a un cabecero de hierro que había fijado a la pared. Tenía los ojos desorbitados y una mordaza en la boca, de modo que solo podía llamar la atención con aquellos gruñidos. Ella era quien aporreaba la pared con el codo.

Héctor se apresuró a liberarla de la mordaza y las ataduras. La mujer alternaba entre ataques de tos y de llanto. El policía se sentó en el borde la cama, la abrazó y trató de consolarla. Al cabo de unos instantes, se tranquilizó lo suficiente para poder hablarle del hombre enmascarado al que había visto rebuscando en el despacho de Florián, y de cómo la atacó y la golpeó hasta dejarla inconsciente. Héctor la escuchaba con suma atención, y cuando terminó de referirle lo ocurrido, la miró con curiosidad.

—¿Cómo sabe que quien la atacó fue un hombre?

Marianne lo miró desconcertada.

—Bueno, también pudo ser una mujer —respondió dudosa.

—¿A qué hora ocurrió todo?

—Sobre las nueve, creo.

—¡Por Dios! —exclamó Héctor—. Lleva encadenada varias horas. ¿Qué vio de la persona que la atacó?

—Nada. Pasó todo tan rápido…

—Venga —dijo Héctor—. Vamos abajo a sentarnos. No puede quedarse sola. ¿Tiene a quién llamar?

—A mis hijos. Iban a venir luego.

—Bien —dijo Héctor.

Después de que Marianne se lavara y se cambiara mientras Héctor llamaba a su jefe y le refería el incidente, se sentaron en el sofá del salón. Una patrulla iba de camino para interrogar a Marianne más formalmente sobre el allanamiento y la agresión, y para inspeccionar la casa en busca de algún rastro. Héctor descartaba que fuera casualidad que alguien entrara en la casa de Florián Vega al día siguiente de que lo hubieran encontrado muerto.

Más bien reforzaba la teoría de que le habían quitado la vida.

Lisa había decidido ir al curso de flamenco a pesar de que se sentía un tanto desanimada después de la conversación que había mantenido con Axel esa mañana. Menudo planchazo. ¿Cómo pudo ser tan tonta para creerse que querría volver con ella después de todo lo ocurrido? Al cuerno con él.

Estaba delante del espejo, tratando de animarse. Se recogió casi todo el pelo, y dejó unos rizos sueltos a los lados. Como una auténtica bailaora de flamenco, pensó mientras contemplaba la imagen del espejo. Tenía que hacer todo lo que estuviera en su mano. Con lo que más a gusto se sentía era con el pelo. También le gustaba ser alta, un metro con setenta y ocho centímetros, y estaba en bastante buena forma, a pesar de que había engordado unos kilos los últimos meses. Había estado comiendo de más para consolarse y se le notaba. Aunque en condiciones normales trataba de moverse y de pensar en lo que comía, los años no pasaban en balde, desde luego. No se consideraba particularmente guapa, pero suponía que tenía un aspecto agradable y era consciente de que tenía más carisma que la mayoría. Una calidez y una amabilidad que la gente detectaba enseguida con agrado, como lo habían descrito algunas de sus amigas. Y con ese carisma podía llegar lejos. De hecho, gracias a él conquistó a Axel muchos años atrás. En otra época, en otra vida.

Se agachó sobre la maleta abierta en el suelo, donde aún tenía la ropa. La cuestión era cómo vestirse para ir a un curso de flamenco, porque no tenía ni idea. Sacó una falda de algodón con unos volantes que le llegaba por la rodilla y con la que podría moverse sin dificultad. Se puso un top sin mangas, pues pensó que seguramente pasarían calor a pesar de que el curso empezaba a las siete de la tarde, y a esa hora ya habría refrescado algo.

Completó el modelo con unos zapatos negros de tacón, con los que dio por hecho que el taconeo estaría garantizado. No recordaba dónde había oído que el flamenco tenía su origen en la danza de apareamiento de las aves del mismo nombre.

Aún faltaban muchas horas para que comenzara el curso, pero ya que no iba a seguir trabajando con la pared, había quedado para almorzar con Annie y Louise, otra amiga a la que había conocido a través de Annie. Le habían propuesto ir a verla a su casa, pero ella sugirió quedar en el centro. Prefería acabar el asunto de la pared antes de recibir visitas. Ahora lo tenía todo lleno de polvo y muy desordenado, así que sus amigas deberían armarse de paciencia y esperar unos días. En todo caso, Lisa no veía el momento de poder relacionarse otra vez con normalidad. Había estado demasiado aislada, y durante demasiado tiempo.

Puso el coche en marcha y se alejó del pueblo. El sol brillaba, el aire estaba caliente, y Lisa bajó la ventanilla para sentir en la cara la brisa tibia mientras iba descendiendo por la montaña, en dirección a la autovía que la llevaría a Málaga. En lontananza se veía el mar azul. A lo largo de la costa, hasta la ciudad misma, se extendían los pueblecitos blancos como un collar de perlas. En el transcurso de los años Lisa se había ido enamorando profundamente de la zona: tenía playas maravillosas, un clima fantástico, la Sierra Nevada granadina cerca, para ir a esquiar, una historia apasionante, una arquitectura espléndida y la dinámica ciudad de Málaga, tan llena de vida. Por no hablar de todos los restaurantes, las cafeterías y los bares que había. Además, Andalucía era la cuna de grandes civilizaciones de la Península Ibérica, y a ella le interesaba muchísimo la historia.

«Mañana tengo que bajar a la playa —se dijo—. Puede que Annie quiera acompañarme.» Seguramente el agua estaría aún demasiado fría para bañarse, al menos, para ella, pero tenía muchísimas ganas de pasar un rato cerca del mar, así que podían dar un largo paseo por la orilla y quizá tomar un poco el sol. A su piel de color blanco sueco le iría bien algo de color.

Se miró un segundo la cara en el retrovisor. No estaba nada mal, la verdad. Todo lo ocurrido, el engaño de Axel y su relación con una mujer joven y seguramente guapa la había llevado a perder la confianza en sí misma. Sin embargo, ahora se dio cuenta de que en realidad era bastante mona. Se ponía poquísimo maquillaje, aunque justo hoy, por ser el primer día del curso, se había pintado los labios de rojo, y le quedaba muy bien con la larga melena rubia. Tenía los ojos profundos, algo oblicuos, y los pómulos marcados, típicamente escandinavos.

Lisa no había pensado mucho en su aspecto los últimos años, se había limitado a vivir sin preocupaciones, a pesar de que era fácil constatar que iba envejeciendo. En la cara aparecían nuevas arrugas, nuevos pliegues aquí y allá en el cuerpo, y pensaba que en las manos se notaba sin lugar a dudas que ya no era una jovencita. Ese hecho, el ir envejeciendo poco a poco, no le había planteado ningún problema, en ningún momento pensó que tuviera motivos para preocuparse.

Ya se iba acercando a Málaga y eligió la carretera de la costa. Podría ir viendo el mar mientras dejaba atrás zonas rebosantes de vida como El Palo y Pedregalejo, llenas de amenos chiringuitos y barrios. Mucha gente vivía allí, pero a ella le resultaba demasiado bullicioso.

Por otro lado, le gustaba la calma del pueblecito de Benagalbón y, aunque solo había charlado de forma breve con algún que otro vecino del pueblo, no estaba preocupada por la vida social. En condiciones normales, era una persona abierta y alegre, y con el tiempo conseguiría un círculo de amistades, siempre le resultó fácil hacer amigos.

Giró en dirección al casco antiguo de Málaga y enseguida notó que se le contagiaban el pulso y la dinámica de la ciudad.

Diciembre de 1972

Rafaela estaba en la terraza con su hijo en el regazo. Brillaba el sol y apenas soplaba el viento, de modo que hacía una temperatura agradable para estar fuera. Contempló el horizonte. Allá lejos, al otro lado, se encontraba Antonio. Aún no había tenido la oportunidad de ver a su hijo, pero pronto le darían unos días de permiso por Navidad. Qué ganas. Los dos meses transcurridos desde que volvió del hospital habían sido muy duros y, aunque se sentía muy feliz con su hijo recién nacido, el dolor por el hijo muerto siempre estaba presente.

Miró a Mateo, que, envuelto en la mantita, mamaba con avidez. Era precisamente cuando le daba el pecho cuando más intensa era la añoranza del otro hijo, Agustín. La sensación de que deberían ser dos los niños a los que amamantara se hacía muy patente.

No resultaba fácil afrontar aquella dualidad. Por un lado, tenía en brazos al hijo recién nacido, esa personita que de pronto se encontraba allí, existía. Y Rafaela sentía su peso en el regazo y el calor de su cuerpecillo a través de la tela del vestido.

Al mismo tiempo, había perdido a un hijo, que debería sostener en el otro brazo. Ella tenía dos brazos con los que protegerlos de las preocupaciones del mundo, dos pechos llenos de leche con los que nutrirlos, darles alimento para que crecieran y se saciaran en un ambiente de seguridad y bienestar. Disponía de todo lo necesario, de todos los recursos precisos para ocuparse de dos niños a la vez. Era como si esa fuera la idea, que tuviera gemelos, había sido creada para ello y Dios le había dado dos pequeños que ella había llevado en sus entrañas, una semana tras otra, un mes tras otro.

No sabía cómo superaría esa ausencia. Sentía una felicidad inmensa por tener a Mateo, pero era como si le hubieran puesto encima una tapa enorme y no pudiera disfrutar al máximo de esa felicidad.

Bajó la mirada hacia el pequeño. Una lágrima le cayó en la mejilla, y el niño se estremeció antes de, con un bostezo, rebullirse un poco, estirar los deditos de una mano y volverse a dormir. «Que sepas, Mateo, que esa gota era de tu hermano —pensó, y notó una punzada en el corazón—. Así es como se hace sentir.»

En ese instante tuvo una revelación clara como el cristal. Agustín siempre haría sentir su presencia. Ella sufriría ese dolor el resto de su vida. La ausencia y el vacío. Y siempre la atormentaría la idea de que su cuerpo lo hubiera albergado tanto tiempo para luego perderlo tan cruelmente. Lo perdió incluso antes de haber tenido la posibilidad de estrecharlo en sus brazos.

A veces, por las noches, le ocurría que se despertaba sin aire y, presa del pánico, caía en la cuenta de pronto de que no estaba vivo. Y Rafaela se repetía una y otra vez para sus adentros: «Está muerto, ya no está aquí, está muerto». A veces soñaba que aún seguía con vida. Que lo tenía en brazos, que respiraba, aunque esos sueños casi siempre tenían un final extraño. Soñaba que lo llevaba en sus entrañas, pero de pronto lo veía con las piernas en un ángulo raro y entonces, en el sueño, Rafaela comprendía que había fallecido.

Se pasó la mano por la parte de la barriga donde creció Agustín, donde solía removerse y reaccionar a los estímulos externos. Si se esforzaba de verdad, podía verse con él en brazos, meciéndolo apaciblemente mientras le hablaba.

En la ducha, uno de los pocos momentos en los que estaba sola, era donde con más fuerza la asediaba el dolor. Le permitía unos instantes para sentirse rota. En esos momentos podía deslizarse por la pared de la ducha, sentarse en el suelo y dejar que el agua cayera sobre ella mientras cerraba los ojos y se ponía a llorar.

El miedo a que ocurriera algo que le arrebatara también a Mateo estaba presente a menudo.

Antonio también sufrió con la noticia y los dos lloraban juntos durante largas conversaciones telefónicas. No le permitieron viajar a casa, a pesar de la tragedia, pero llamaba por teléfono siempre que se le presentaba la oportunidad. Intentaba consolarla y recordarle que tenían un hijo precioso y perfecto, y que debían tratar de centrarse en él. Al mismo tiempo, siempre conservarían a Agustín en la memoria, el pequeño siempre formaría parte de la familia. Rafaela sentía un gran consuelo al oírlo.

Echaba tanto de menos a Antonio que se sentía destrozada. Se preocupaba por él y temía que un día le escribieran para comunicarle que había sufrido un accidente durante alguna maniobra militar.

Rafaela no sabía si volvería a ser como antes. Lo dudaba. Ahora tenía un vacío en el corazón.

Y ese vacío jamás podría llenarse.

Después de dejar con sus colegas a Marianne, aún bastante alterada, y de haber acordado con ella que abordarían el interrogatorio al día siguiente, Héctor volvió a casa con el fin de preparar el habitual almuerzo de los domingos para sus hijos y las respectivas familias. Pensaba cocinar uno de sus platos estrella, una exquisita cazuela de pescado y marisco.

Empezó por ponerse un delantal que Carmen le regaló en una ocasión por su cumpleaños. Qué curioso, pensó cuando se lo anudó en la cintura, el delantal seguía allí. En cambio, Carmen no estaba. ¿Cómo era posible?

Mientras preparaba la comida escuchaba a Niña Pastori, su favorita últimamente. Le encantaba su voz densa, algo ronca, y su estilo de flamenco suave y romántico. Todo era dolor de corazón, lo cual encajaba a la perfección con su estado de ánimo.

En una cazuela grande mezcló aceite de oliva, ajo, guindilla fresca, cebolla, vino blanco y puré de tomate. En una cazuela puso la piel de las gambas asadas y la hirvió en agua a fuego lento durante veinte minutos, al cabo de los cuales coló el caldo y lo vertió en la cazuela, junto con el caldo de haber hervido la espina y la cabeza de pescado, que había preparado del mismo modo en otra cazuela. Abrió unas latas de tomates pelados enteros y luego dejó que el conjunto cociera un rato a fuego lento mientras pelaba y troceaba patatas, chirivías, zanahorias, raíz de hinojo, brócoli y espinacas frescas, todo lo cual fue añadiendo a la cazuela.

Cortó el pescado en trozos: atún, bacalao y pez espada, que debería añadir al final, de modo que lo reservó en una bandeja junto con la nata y las gambas ya peladas, hasta que llegaran todos y fuera la hora de comer.

Mientras preparaba la comida pensó en lo que había descubierto la forense durante la autopsia. ¿Sería Florián consciente de que tenía un tumor? ¿Lo habrían informado ya de que era maligno, de que no había nada que hacer, y quizá por eso se quitó la vida? ¿Estaría su mujer al corriente de la enfermedad?

Mientras esperaba a que llegaran sus hijos, se sentó delante del ordenador y buscó en Google a Florián Vega. En la pantalla aparecieron imágenes de un hombre de éxito en sus mejores años, que siempre mostraba a la cámara unos dientes blanquísimos con una sonrisa de estrella de cine y que se prodigaba sin problemas en ambientes refinados: clubes nocturnos, estrenos de espectáculos y fiestas de celebridades. Por lo general, se ocupaba de casos célebres y hablaba a menudo en la radio y en la televisión. El último caso, un asunto de drogas en el que Vega ganó el juicio y consiguió que largas condenas de prisión para varios delincuentes peligrosos, recibió mucha atención mediática. También había bastante material sobre el escándalo inmobiliario en el que se había visto involucrado y a raíz del cual lo consideraron sospechoso de corrupción. Rara vez aparecía acompañado de su mujer, en cambio sí que había fotos de él en fiestas, por lo general con una copa en la mano, en compañía de guapas actrices y otras mujeres famosas. Héctor observó las fotografías. ¿Y ese hombre iba a quitarse la vida? No lo creía. ¿Tendría muchos enemigos? Muy probable. Continuaría indagando el lunes.

Siguió pensando en la vida al parecer disipada del fiscal. Cuando interrogaron al personal del restaurante de Ronda, el jefe de sala mencionó que Florián Vega había estado allí poco antes, y les refirió su metedura de pata con la mujer y los amigos. Ignoraba quién era la joven a la que vio en compañía de Vega. ¿Sería Florián tan descarado que organizó la excursión a Ronda para tener ocasión de verse con ella? ¿Y, de ser así, cómo sería la vida de esa mujer? Tal vez tuviera un marido o un novio celoso que hubiera decidido eliminar a su rival. O quizá solo quisiera que Florián entrara en razón, pero arriba en la meseta empezaron a discutir y llegaron a las manos de modo que Florián perdió el equilibrio y cayó. Otra posibilidad era que el marido celoso empujara sin querer a Florián de modo que cayó al vacío y murió en el barranco.

El timbre de la puerta vino a interrumpir sus pensamientos. Su hijo mayor, Adrián, y su hija, Marisol, llegaban al mismo tiempo con la familia, todos se juntaron en el recibidor entre besos y abrazos antes de entrar juntos. Adrián tenía dos hijos, José Luis, que tenía cinco años, y Hugo, de cuatro. Marisol tenía un niño, Leo, también de cuatro años, y su hija Leticia, que acababa de cumplir dos. En un abrir y cerrar de ojos, el amplio apartamento se llenó de risas, del correteo de pies infantiles por el suelo de mármol, de una actividad febril en la cocina y de las voces de alguien que tenía ganas de hacer pipí y necesitaba ayuda en el baño. Héctor olvidó el trabajo inmediatamente y se dedicó por entero a la familia.

Cuando se sentaron alrededor de la mesa, paseó la mirada por sus rostros y sintió una gratitud inmensa porque quisieran ir allí a pasar con él todos los domingos. Lo llenaba de felicidad poder conservar una relación así.

Después de comer y de charlar durante varias horas, recogieron la cocina entre todos y salieron a la plaza, donde reinaba la habitual animación dominical, pues allí solían terminar la tarde con un café o una copa de vino. Sin embargo, a partir de ese momento las cosas iban a cambiar, pues Héctor se marcharía al curso de baile flamenco.

—¿Qué tal, papá? —le preguntó Marisol.

—Pues será emocionante… —dijo—. Vamos a ver si soy capaz.

—Te irá estupendamente —dijo Adrián—. ¡Si tú llevas el ritmo en la sangre!

Se despidieron y Héctor cruzó la plaza y continuó alejándose por la calle en dirección al Museo del Flamenco, donde se impartía el curso. No podía por menos de reconocer que le apetecía mucho.

Eso sí, tenía claro que nunca se habría apuntado por iniciativa propia.

LISA BAJABA POR la calleja que conducía al Museo del Flamenco. Había almorzado tarde con sus amigas en uno de los conocidos restaurantes de la plaza que quedaba por allí cerca. Aunque a veces se sentía muy sola en el mundo, en esos momentos contaba con Annie, y se alegraba una barbaridad.

Eran amigas desde el instituto. Annie vivía en un piso de Pedregalejo y trabajaba como periodista *freelance* para la revista *Svenska Magasinet*, una publicación para suecos residentes en la Costa del Sol. Tras haber puesto fin a una intensa relación de pareja, Annie llevaba desde hacía varios años una febril vida de soltera. Gracias a ella, Lisa había conocido a Louise, que vivía con su marido en Fuengirola y que trabajaba en el Colegio Sueco, que se encontraba en esa localidad. Annie estaba resuelta a llevarla a un montón de fiestas, y Louise ya tenía varias propuestas de hombres de su círculo a los que, según ella, Lisa debía conocer.

Las dos amigas le habían prometido que estarían atentas a diversas posibilidades de trabajo, y que le ayudarían con la reforma en la medida de sus posibilidades. A Annie se le ocurrió que *Svenska Magasinet* podría publicar un reportaje sobre Lisa. «Una mujer sueca que empieza una nueva vida en España, con el proyecto de reformar una vivienda en un pueblecito español soñoliento y genuino siempre constituye un tema de interés», le dijo convencida, y le prometió que le propondría la idea al redactor jefe de la revista. Y acto seguido les dijo que tenía que irse, pues la esperaba una cita de lo más emocionante.

Había sido tan divertido como estimulante ver a sus dos amigas, y Lisa iba de un humor excelente cuando entró en el Museo del Flamenco. Ya ni siquiera notaba las agujetas.

El local estaba lleno de gente que charlaba y el ambiente era animado y distendido a partes iguales.

En el centro había un hombre de unos cuarenta años que parecía ser uno de los responsables. Llevaba pantalón negro, camisa blanca y tirantes de color rojo, y el pelo negro recogido en una trenza que le colgaba por la espalda. A su lado había una mujer con un vestido negro entallado de manga larga y volantes. Tenía el pelo recogido en un moño, con una rosa roja enorme en un lado. Era más o menos de la misma edad que el hombre, y Lisa supuso que serían los profesores del curso.

Entre los participantes que charlaban animadamente había hombres y mujeres de entre treinta y cinco y sesenta años, más o menos. Lisa constató con cierto alivio que la cosa parecía bastante repartida entre hombres y mujeres, estaba un tanto preocupada por que las que quisieran aprender a bailar fueran en su mayoría mujeres de edad vestidas con pantalón de chándal. Sin embargo, nada más lejos de la realidad. La gente iba vestida más o menos como ella, y se respiraba en el aire una animada expectación. En una mesa, junto con unos platos de queso, chorizo, jamón serrano y aceitunas, habían servido unas copas de vino.

Justo después de las siete, el hombre de la trenza y los tirantes rojos dio una palmada para atraer la atención.

—Bienvenidos todos, que sepáis que nos encanta teneros aquí. Empezaremos enseguida, estamos esperando a unos cuantos participantes que están en camino. Tomaos un vino y picad un poco, luego podéis ir bajando al sótano, nos vemos allí dentro de un momento.

Lisa se había quedado en un rincón con una copa de vino en la mano y desde allí observaba a los demás participantes. Algunos parecía que se conocieran ya y que hubieran llegado juntos; otros eran pareja y alguno que otro deambulaba por allí en solitario con la copa en la mano, tratando de encajar. Igual que ella.

Enseguida vio a un hombre alto, con el pelo entrecano y más o menos de su misma edad, que parecía agradable y que estaba apoyado en una columna, justo enfrente de donde ella se encontraba. De pronto, hubo contacto visual. Era muy bien parecido, y a Lisa le gustó su estilo informal pero elegante, en vaqueros, camisa color lila y americana, con un pañuelo en el cuello.

Volvió a mirar al resto de los participantes y tomó un sorbito de vino. Le sorprendía que hubiera tanta gente, serían por lo menos treinta. «Como una clase del colegio —pensó, y sonrió satisfecha para sus adentros—. Solo que ahora soy yo la alumna.»

En ese momento, el hombre de la trenza volvió a dar una palmada e indicó que había llegado la hora de ir al sótano, a la sala de baile. Lisa dejó la copa, se ajustó la falda y bajó con los demás.

Los integrantes de la encantadora pareja se presentaron como Pablo y Paloma, resultó que eran hermanos, que formaban parte de una familia de bailaores de flamenco y que su padre había sido una estrella del baile en España. Cuando dijeron su nombre, algunos de los allí reunidos dejaron escapar un murmullo de admiración.

Lisa, en cambio, no había oído hablar del famoso bailaor, pero pensaba buscarlo en Google en cuanto llegara a casa. Al lado de los bailaores había una cantaora y un guitarrista, y

Pablo y Paloma les explicaron que su forma de enseñar se basaba principalmente en la inspiración y en el sentimiento, y que querían empezar mostrándoles unos pasos del primer baile. Los músicos volverían regularmente a lo largo del curso para acompañar al grupo cuando hubieran aprendido los primeros pasos. Aquella noticia fue una sorpresa que los participantes acogieron con aplausos y hurras de entusiasmo. El ambiente ya estaba de lo más animado y en el aire flotaba una alegre expectación.

Se apagaron las luces y un único foco iluminó la escena central. Paloma empezó a dar vueltas con gran dramatismo, con los brazos en alto sobre la cabeza y la vista en el suelo, mientras tocaba las castañuelas y taconeaba en el suelo al ritmo de la guitarra y de una melodía bastante monótona y quejumbrosa de la cantante. Paloma cruzó el escenario taconeando para acercarse a Pablo con movimientos suaves y ondulantes durante los cuales o bien bajaba la cabeza despacio con gracia o bien la levantaba orgullosamente hacia el techo. Cuando se giró delante de Pablo como provocándolo, él empezó a bailar y se apoderó de todo el escenario con un vigoroso taconeo que ejecutó bien erguido y con expresión dramática. Con el acompañamiento de la guitarra y el cante, el conjunto resultaba mágico, y Lisa lo observaba llena de fascinación. Madre mía, ¿llegaría ella a bailar así algún día?

Cuando terminaron, recibieron una salva de aplausos, que Pablo se apresuró a acallar.

—Muchas gracias —dijo—. Esto no ha sido más que una prueba. El flamenco es un baile complicado, difícil de aprender, pero el objetivo es que seáis capaces de ejecutar un baile completo, individualmente y en pareja, antes de que termine el curso, y os aseguro que no es poca cosa.

—Y hemos pensado lo siguiente —continuó Paloma—. Por suerte, tenemos un número par de participantes, así que habrá catorce parejas. Si la química y la colaboración funcionan, las parejas que formemos hoy encajarán y se mantendrán a lo largo de todo el curso. De lo contrario podéis cambiar, naturalmente, en la medida en que sea posible.

Soltó una risita.

—Pero esperemos que eso no suceda. En el peor de los casos, siempre podéis recurrir a nosotros.

—Por lo demás, el flamenco es de naturaleza más bien individual —aclaró su hermano—. Como sabéis, no consiste en un baile de parejas en el sentido habitual, sino que tiene un marcado carácter individual, aunque es primordial el contacto con el otro, contra el otro y alrededor del otro.

Lisa escuchaba con creciente interés. Esperaba que le tocara un compañero de baile que fuera agradable, si es que tenían que seguir juntos todo el curso, y que no fuera demasiado bajito; ella era una amazona que superaba el metro setenta.

Pablo empezó a leer los nombres en voz alta y los participantes se fueron emparejando. De pronto, Lisa oyó un nombre español y, acto seguido, su nombre. A pesar de las enormes dificultades para pronunciar su apellido —casi sonaba como Lisa Achel—, se adelantó con calma, aunque algo desconcertada, porque no se había enterado de con quién iba a bailar.

El hombre del pelo entrecano, la americana y la camisa color lila que la había mirado a los ojos un rato antes le dio la mano, le sonrió y le dijo que se llamaba Héctor.

Aunque era la tarde del domingo, había bastante gente en el bar, la mayoría hombres. Se trataba de un conocido antro alejado del centro de Torremolinos. La iluminación era pobre en la sencilla barra del establecimiento. Cuando él entró, había una mujer sola que se enroscaba melindrosamente alrededor de una barra en el centro del local. Un único foco la iluminaba, el resto estaba tan oscuro que apenas se distinguía a los clientes.

Pidió una cerveza y se sentó a una de las mesas, quería que lo dejaran en paz para poder pensar tranquilo. Lanzó una mirada distraída a la mujer, que en ese momento estaba a punto de arrojar el sujetador entre algún que otro comentario de ánimo procedente de las tristes figuras que estaban allí porque no tenían otra cosa mejor que hacer. Resultaba bastante patético. Clientes que pagaban y pobres víctimas indefensas que, por una u otra razón, se veían obligadas a venderse a quienes podían permitírselo. Así eran las cosas en el mundo.

En todo caso, ahora no debía distraer la cabeza con esos asuntos. En realidad, debería haber pedido una buena copa. Estaba de celebración. A pesar de que las cosas no salieron según sus planes, en realidad todo fue mucho mejor de lo que esperaba. Allá arriba, en la montaña, actuó dejándose llevar por un impulso, sin pensar. Solo tenía planeado seguir al fiscal, conocerlo y conocer cómo se movía, en un principio. Sin embargo, se presentó la ocasión, y era perfecto que no hubiera podido dejarla pasar. Después lo invadió el pánico, creyó que se había metido en un lío monumental, pero el resultado tenía, por el momento, muy buen pronóstico. La policía ni siquiera estaba segura de cómo había perdido la vida Florián Vega.

Como un idiota, le había enviado al fiscal una carta de amenaza a su domicilio, antes de decidirse por matarlo. A pesar del riesgo que entrañaba, entró en su casa al día siguiente de que encontraran el cadáver. Desafortunadamente, la mujer lo descubrió, aunque, por suerte, tuvo el sentido común de ir enmascarado, así que ella no llegó a verle la cara. Esperaba no haberla herido demasiado, ni física ni psíquicamente, pues no era culpable de nada.

Finalmente, no encontró la carta. Esperaba que Vega la hubiera destruido. Tal vez recibiera muchas cartas de amenaza, quién sabe. No sería nada raro. La rabia le crecía por dentro cuando pensaba en el fiscal. Al menos, era una carta anónima.

En todo caso, ahora había ganado un par de días de ventaja. Actuaría con rapidez y eficacia para que la policía no lo alcanzara. Estaba listo para continuar.

La sola idea lo animó tanto que apuró la cerveza de un trago y pidió un gin-tonic. Luego se sumó a los gritos de entusiasmo cuando la bailarina dejó caer la última prenda.

Todos estaban en fila colocados por parejas en el salón de baile del sótano del museo. Ya hacía un calor casi insoportable. En primer lugar se encontraban Paloma y Pablo, explicando los pasos delante de una pared de espejo. Un, dos, tres, plas, plas. Lisa trataba de seguirlos como podía.

—Espalda erguida —ordenaba Paloma—. Tensad el cuerpo, meted barriga, bajad los hombros, arriba esa barbilla, la mirada al frente, sois fuertes, sois orgullosos. Vamos. Escuchad el ritmo, un dos tres, un dos tres, ¡plas, plas, plas!

Lisa miraba de reojo a Héctor, que estaba a su lado. Debían de estar muy graciosos los dos, tan torpes. Sentía el ritmo en el cuerpo, daba palmas y taconeaba en el suelo como podía.

—Bien —la elogió Pablo, que se había dado la vuelta y estaba observando al grupo—. Buen trabajo, ya lo tenéis —les dijo animándolos—. Venga, vamos a probar a hacer lo mismo, pero con música.

—Un dos tres y a un lado, un dos tres y vuelta, un dos tres.

En medio del giro, Lisa y Héctor se encontraron cara a cara, y ella no pudo evitar sonreír al ver cómo se esforzaba su pareja de baile. Él exageró un gesto de teatral resignación y se encogió de hombros.

Después de la clase de baile, muchos querían seguir y se oyó algún que otro comentario de que estaría bien irse a comer algo. Lisa se encontraba al lado de Héctor, y los dos miraron a su alrededor un tanto despistados. Pablo volvió a tomar el mando.

—Bueno, parece que hay una mayoría que quiere picar algo, y tenemos un buen bar de tapas en la otra acera. Venga, los que quieran, ¡que me sigan!

Héctor y Lisa se miraron dudosos.

—¿Tú qué dices? —le preguntó Lisa—. ¿Te apetece ir?

—Sí, claro —dijo Héctor sonriendo tímidamente.

—Venga, pues vamos —dijo Lisa.

Se unieron al pelotón de compañeros de clase que se movía hacia la salida, y luego continuaron y cruzaron la calle hasta el restaurante. Serían por lo menos quince o dieciséis personas, y se sentaron en la terraza. El diligente camarero les ayudó a juntar varias mesas.

Hacía una noche cálida, aún resultaba agradable estar fuera. Y a Lisa le encantaba la sola idea de pasar un rato con un grupo de gente animada. Pidieron varios platos y las bebidas en medio de un ambiente alegre y desenfadado. La mayoría de los que se habían matriculado en el curso resultaron ser parejas, así que Pablo y Paloma pensaron seguramente en organizar a los participantes de modo que nadie se sintiera excluido. Además, muchos parecían conocerse ya, la mitad de los alumnos pertenecían al mismo grupo de amigos y se habían apuntado al curso juntos.

Lisa miraba a Héctor de reojo. Le parecía guapo: alto y ancho de espaldas, el pelo abundante y rizado, que seguramente fue moreno en su día, pero que ahora tiraba más bien al gris. Al sentarse a su lado se dio cuenta de que tenía un ojo verde y otro castaño. Héctor le ofreció el plato de calamares fritos.

—¿Vives en Málaga o estás aquí de vacaciones? —le preguntó.

—Pues la verdad es que me he mudado aquí hace solo unos días.

—¿Cómo? —dijo él con una carcajada—. ¿En serio? ¡Y lo primero que haces es apuntarte a un curso de flamenco!

«No es exactamente lo primero», pensó Lisa al recordar cómo el día anterior, con el equipo de albañilería completo, se plantó a aporrear como una loca la pared de la cocina. Aún le dolía todo el cuerpo. En realidad, estaba loca, ¡mira que ir a bailar flamenco después de aquello!

—Bueno, me apunté en un impulso, sin pensarlo mucho. Me pareció que más valía empezar esta nueva vida cuanto antes.

—¿Dónde vives?

—He comprado una casa en Benagalbón. Es para reformar —añadió con un gesto de desesperación.

—¿Y la has comprado por tu cuenta? —preguntó Héctor.

—Sí —respondió ella y tomó un trago de vino.

El camarero apareció enseguida y le sirvió otro.

—Me he separado hace poco, después de treinta años de matrimonio —continuó Lisa.

—Vaya, ya veo —dijo Héctor—. Yo me quedé viudo hace cinco años. Mi mujer y yo llevábamos juntos casi cuarenta.

—Vaya, lo siento.

—Gracias. ¿Y tienes hijos?

Estuvieron hablando un rato sobre sus hijos, la vida y el trabajo. Lisa encontró apasionante el que Héctor fuera investigador de asesinatos. Cuando él alabó el español de Lisa, ella le contó que era profesora de español y de sueco, y que siempre le había interesado España y había soñado con vivir allí.

—¿Y tenéis algún caso interesante en estos momentos? —le preguntó al cabo de un rato.

—Bueno, quizá hayas oído hablar de Florián Vega, un conocido fiscal de Málaga, al que encontraron muerto en el barranco de Ronda, ¿no?

Lisa recordó que algo de eso había visto de pasada por la mañana, mientras leía el periódico.

—Sí, creo que sí —dijo vacilante—. ¿Sabéis qué hay detrás?

—Todavía no, estamos investigando el asunto, así que no puedo revelar demasiado al respecto, lo siento. Pero háblame de ti, lo del proyecto de reforma parece interesante.

—Bueno, compré la casa hace muchos meses, y fui a verla con los albañiles, así que sé exactamente qué es lo que quiero hacer. Pero no hay prisa, y tengo que controlar bastante los gastos, así que hago todo lo que puedo por mi cuenta. Lo primero que me propuse fue derribar la pared que hay entre la cocina y el salón, así que a eso me dediqué ayer.

Héctor la miró sorprendido.

—¿Derribaste la pared tú sola?

—Bueno, empecé —dijo Lisa con una mueca—. Deberías haber visto la pinta que tenía…

Estaba resultando una conversación agradable y fluida. Al final, los demás empezaron a despedirse hasta que solo quedaron Lisa y Héctor.

—Empieza a ser hora de irse a casa —comentó Héctor—. Es más de medianoche. ¿Pasas la noche en Málaga?

—No, me vuelvo a casa —dijo Lisa despreocupada antes de apurar el último trago de vino—. Tengo el coche en el aparcamiento de la plaza de la Merced.

—Pues me vas a perdonar, pero mi condición de policía me obliga a elevar una protesta. No creo que estés en condiciones de conducir. Llevamos toda la tarde bebiendo vino.

Se sentía como una verdadera idiota. Se había pasado el rato bebiendo, en efecto, y se lo estaba pasando tan bien que no reparó siquiera en que tenía que volver a casa en coche. Estaba claro que era imposible. Y ahora que se paraba a pensarlo, sí que se sentía un poco mareada.

—Desde luego, tienes toda la razón —reconoció ella muy seria—. Madre mía, ¿en qué estaba pensando? Llevaba tiempo sin salir y me lo estaba pasando tan bien…

Guardó silencio, algo avergonzada. Héctor vaciló un instante, luego volvió a tomar la palabra.

—En mi casa tengo sitio y vivo a un tiro de piedra de aquí. Si quieres, puedes quedarte en uno de los cuartos de invitados. Eso sí, te advierto que yo tengo que madrugar mañana para ir al trabajo.

Lisa lo miró dudosa. No sabía qué creer. Al mismo tiempo, Héctor era un policía viudo. Le había contado que aquella tarde había estado almorzando con sus hijos. Era uno de los participantes del curso de flamenco, y volvería a verlo. En términos generales, parecía fiable.

—¿Puedo pensármelo mientras voy al servicio? —le preguntó con una sonrisa.

—Por supuesto —le respondió él.

A su alrededor todo estaba prácticamente vacío. Los camareros habían empezado a retirar las mesas.

En los servicios, Lisa buscó en Google a Héctor Correa. Pues sí, era verdad. Era él. Era investigador de asesinatos de la policía, un agente destacado. Aparecía con frecuencia en los medios a propósito de distintos casos. También vio fotos de él con su mujer, Carmen.

Además, no le quedaban opciones. Annie tenía una cita y a Louise no la conocía lo suficiente como para llamarla y despertarla a esas horas. Y sí, claro, podría dormir en un hotel o ir a casa en taxi, pero tenía un presupuesto limitado y le resultaría difícil tener que volver a recuperar el coche. Así que decidió aprovechar la oportunidad y quedarse en su casa.

El piso de Héctor estaba a tan solo unos minutos de allí. Por el camino, Lisa entró en el supermercado y compró un cepillo de dientes. Luego cruzaron la preciosa plaza en dirección al edificio donde vivía Héctor. Era un imponente edificio de principios de siglo con decoraciones en la fachada y los balcones que daban a la plaza. En los bajos había un restaurante tras otro. Casi todos estaban cerrando.

—Anda, aquí he estado yo almorzando hoy con mis amigas —dijo Lisa antes de señalar uno de los restaurantes.

—Sí, es una zona muy agradable —dijo Héctor mientras se dirigía al portal—. Aunque es demasiado turístico, y eso se nota en los precios. Mi sitio favorito es ese, el bar Picasso, en el mismo bloque donde vivo yo.

—Muy práctico.

—Pues sí, para un pobre viudo acostumbrado a tener a toda la familia a su alrededor no tiene mucho aliciente cocinar para comer solo. Primero se independizaron nuestros hijos, y luego falleció Carmen. Todo quedó vacío de pronto.

—Te entiendo perfectamente —le dijo Lisa con un leve apretón en el brazo.

El piso era bonito y estaba amueblado con austeridad. Lisa salió al balcón y disfrutó de la vista nocturna de la plaza. Alguien tocaba la guitarra. Algo más allá, se veía la silueta de la iglesia donde bautizaron a Picasso.

—Qué bonito es esto —dijo—. Qué distinto del lugar donde vivo yo. Allí hay un silencio absoluto por las noches.

—Bueno, a veces la cosa se anima más de la cuenta —aseguró Héctor, se acercó y le dio un vaso de agua—. Para vivir aquí, más vale no ser muy sensible al ruido.

Le indicó dónde estaba el baño y le preparó la cama en uno de los dormitorios. El baño era bonito y moderno, con colores discretos, y parecía recién reformado.

—Aquí vas a dormir —le dijo, y le señaló el cuarto cuando la vio salir del baño—. Espero que te parezca bien.

Era una habitación muy agradable, con ventanas a la calle que quedaba detrás de la plaza, con lo que resultaba silenciosa. Era grande y tenía dos camas individuales. Héctor había dejado el vaso de agua en una de las mesitas.

—¿Necesitas algo más? —le preguntó.

—No, muchas gracias. Está perfecto —respondió ella.

Curiosamente, se sentía muy cómoda, a pesar de lo extraño de las circunstancias. Héctor infundía cierta seguridad.

—¿Te importa que te despierte a las siete? Así podemos desayunar juntos antes de que me vaya.

—Pues claro, gracias —respondió Lisa, que se sintió un poco tonta.

La cama resultaba de lo más tentadora. Se dieron las buenas noches y él cerró la puerta al salir. Lisa se arrebujó entre las sábanas limpias y se durmió enseguida.

Diciembre de 1972

Por fin había llegado el día en el que iba a ver a Antonio. La sola idea la aturdía. Llevaba tanto tiempo deseando verlo... Lo había pasado todo ella sola. Estaba esperándolo en la estación de autobuses, con Mateo durmiendo en el carrito. Había llegado con media hora de antelación, no quería arriesgarse a no encontrarse allí si, por alguna razón, el autobús llegaba antes de la hora prevista.

Hacía viento y bastante frío, no más de diez o doce grados. Se ajustó bien el fino abrigo que llevaba.

En los últimos días pensaba en Antonio día y noche. A veces veía su cara claramente, otras veces apenas recordaba cómo era. El padre de su hijo, al que ella quería por encima de todo... Trataría de apartar del pensamiento el recuerdo de Agustín, ahora solo quería ser feliz. Alegrarse con Antonio de tener a Mateo. Sería maravilloso poder sentir que eran dos. También echaba de menos a Antonio físicamente, estaba deseando verle la cara, mirarlo a los ojos, juntar sus labios con los de él, sentir su cuerpo. Estaba deseando que llegara la noche para poder estar solos, y poder dormirse en su regazo.

Faltaban tres días para Navidad y llevaban más de un año sin verse. Durante el servicio militar casi nunca concedían permisos, y Antonio había pasado fuera todo ese tiempo. Desde la última vez que se vieron se habían producido grandes cambios, muchos sucesos trágicos, sucesos que fueron motivo de alegría y de tristeza. Rafaela seguía pensando. Cuando se despidieron, ni siquiera sabían que ella estaba embarazada. Ahora ya era madre, con todo lo que eso implicaba. Y Antonio ni siquiera había visto a su hijo todavía. Ni al hijo que había perdido. El entierro se celebró discretamente, ni siquiera entonces le concedieron a su prometido permiso para ir a casa desde Ceuta. Pero Antonio no se alteró, se reconcilió con la situación. Tenía que servir a su país.

Rafaela no sabía mucho de política, en realidad, pero en su casa hablaban a menudo de cuestiones sociales, y ahí el tono era otro. Esa misma mañana, su padre le dio un largo discurso sobre la situación del país.

Se palpaba la agitación, decía, no solo por las manifestaciones estudiantiles y los conflictos laborales.

Además de todo eso, se estaba produciendo una intensa lucha de poder entre distintos intereses relativos a la sucesión en el poder después de Franco. El dictador acababa de cumplir ochenta años y le fallaba la salud. Aún seguía siendo el Caudillo, el jefe del Estado, el jefe del Gobierno, el más alto mando y el líder del único partido legal en el país. Sin embargo, la presión social aumentaba. La exigencia de que se implantara una democracia y el respeto a los derechos humanos crecía sin cesar. Empezaban a salir a la luz los datos de que varios cientos de miles de personas habían perdido la vida durante el brutal régimen franquista, de casi cuarenta años de duración. El activismo de su padre contra Franco era muy arriesgado, y ella lo sabía. Los oponentes al gobierno del país recibían un duro castigo.

Rafaela suspiró e hizo un esfuerzo por ahuyentar tan desagradables pensamientos. Antonio y su familia no compartían en absoluto la visión de sus padres. Ellos veían a Franco como un padre para el país, como el hombre que trajo el orden. Según ellos, las leyes y las normas de su régimen político podían parecer duras, pero las cosas estaban muy claras. «Mientras gobierne Franco, no hay que preocuparse por cerrar las puertas», según decía el padre de Antonio.

Las diferencias entre las familias eran muy marcadas, pero por el momento ella solo quería centrarse en lo bueno. Quería tener un sentimiento positivo, ahora que por fin iban a verse de nuevo. Miró el reloj de pulsera. El autobús llegaba dentro de cinco minutos, según el horario. Se le aceleró el corazón.

Miró a Mateo. Por una vez, se había dormido en el carrito. A veces Rafaela se preguntaba si echaría de menos a su hermano, si echaría de menos tener a su lado a alguien con quien apretujarse. El pobre casi nunca quería dormirse solo, sino tumbado sobre ella. Lloraba mucho, estaba triste, y en el hospital le dijeron que eran gases. Ella lo envolvía bien en una mantita de algodón para que se sintiera protegido. Y en el carrito y en la cuna siempre le ponía al lado un oso de peluche enorme, para que tuviera la sensación de que su hermano aún seguía con él. Se le llenaban los ojos de lágrimas al recordar su pérdida. No, no era momento de pensar en ello ahora. Antonio no tardaría en llegar y tenía que estar contenta. Estaba contenta.

Por fin apareció el autobús, que entró traqueteando antes de frenar. Ella buscaba febrilmente su cara entre los viajeros del autobús, que, al parecer, venía lleno, pero no lo veía por ninguna parte. La preocupación se apoderó de ella enseguida. ¿No iba en aquel autobús? ¿Habría ocurrido algo? La gente empezó a bajar, ¿no debería haber sido él uno de los primeros? ¿No estaba deseando verla?

No acababa de formularse la pregunta cuando Antonio apareció allí mismo, a su lado, con esa mirada tan tierna. A

Rafaela le temblaban las piernas, se sintió mareada, feliz, todo a la vez. No lograba articular palabra.

Cuando él la estrechó entre sus brazos, ella olvidó su dolor por un instante. Ahora serían por fin una familia. Antonio, Mateo y ella.

LISA SE DESPERTÓ con el ruido lejano de una radio. Le llevó unos instantes caer en la cuenta de dónde se encontraba. «¡Ay, no, no…!», pensó al tiempo que se retorcía en la cama al recordar lo que había sucedido la noche anterior. La cosa había empezado muy bien en el curso de flamenco, y en él había conocido a Héctor, un hombre muy simpático. Estuvieron tomando vino, y ella bebió alegremente sin pensar en las consecuencias. Después de la clase, fueron al agradable bar de tapas que había al otro lado de la calle. Y solo por lo afectada que estaba después de la conversación con Axel y lo animada que se sintió por toda la situación, se sumó al grupo y bebió de más. Seguro que se puso a parlotear hablando de todo lo habido y por haber, y que hizo preguntas demasiado entrometidas a aquellas personas, a pesar de que no las conocía y, sobre todo, seguro que les contó demasiadas cosas de sí misma. Era lo que solía hacer cuando se pasaba bebiendo. Nunca se ponía desagradable, pero sí podía entrar demasiado en el terreno privado. Y también podía darle por los abrazos y el contacto físico, por tocar a la gente… No de un modo inapropiado, pero aun así… Era capaz de entrar en la esfera privada sin darse cuenta de que era privada, precisamente. Tenía perfecta conciencia de ello y se avergonzaba. Y era de esperar que le pasara justo ahora que no se encontraba bien, le ocurría cuando algo la alteraba.

Y claro, en esa ocasión se había puesto en evidencia con Héctor. Incluso pensaba conducir cuando dejaron el restaurante, a pesar de lo mucho que había bebido. Para colmo, con un policía de acompañante. Ay, no, no... Se quedó en la cama sin saber qué hacer. Le habría gustado poder desaparecer, esfumarse del piso sin que nadie lo advirtiera y no volver nunca más al curso de flamenco.

Y más allá no alcanzó a pensar, porque en ese momento llamaron a la puerta. Lisa se quedó helada e indecisa. Siguió en la cama, muda, aguardando con la máxima tensión mientras no paraba de dar vueltas a la cabeza. De nuevo, unos golpecitos. Vio con horror cómo bajaban el picaporte y la puerta se abría. Enseguida se tapó la cara con el edredón.

—Hola —oyó que resonaba la voz profunda de Héctor—. Buenos días. ¿Estás despierta? El desayuno está listo.

Le habló con tanta amabilidad que Lisa se atrevió a asomar por fuera del edredón.

—Buenos días —atinó a responder—. Ya voy.

—Aquí tienes una toalla —le dijo al tiempo que le entregaba una mullida toalla de baño—. Dúchate si quieres. Yo voy a ir desayunando, si no te importa. ¿Quieres café?

—Sí, gracias —respondió ella con una vocecilla, y se sintió tontísima.

—Muy bien —dijo él—. Estará enseguida.

En cuanto cerró la puerta, Lisa se sentó en la cama y se puso a buscar el móvil con la mano. ¿Qué hora era? Mierda, las ocho y cuarto. ¿No le había dicho que tenía que llegar temprano al trabajo? Ahora llegaría tarde por su culpa.

Se levantó de la cama, se envolvió en la amplia toalla y entró en el baño. Se dio una ducha rápida y se cepilló los dientes.

Cuando llegó a la cocina, él estaba sentado a la mesa, tomando café y leyendo el periódico. Apartó la vista de la lectura, la miró sonriendo y le señaló la silla que tenía enfrente.

—Siéntate.

—Gracias —respondió ella vacilante—. Pero ¿te da tiempo de desayunar? ¿No tenías que irte al trabajo?

—Sí, pero he llamado y he retrasado un par de horas la reunión. No importa, de todos modos, no ha habido novedades en la investigación que tenemos entre manos.

—Vale —dijo ella agradecida mientras se sentaba.

Héctor le sirvió enseguida un café y un zumo de naranja recién hecho que tenía en una jarra. Delante de ella ya le había puesto un buen vaso de agua. «Ha supuesto bien al pensar que iba a necesitarlo, después del consumo de alcohol de ayer», se dijo Lisa algo avergonzada.

—¿Qué quieres? ¿Tostada?

—Gracias, sí.

Lisa tomó un sorbo de café, que estaba fuerte y muy rico, y observó a Héctor mientras se levantaba y se acercaba a la tostadora. La cocina daba a la calle de atrás, pero era luminosa y tenía varias ventanas. Era un tercero, y eso también estaba muy bien.

Hubo unos instantes de silencio mientras él preparaba la tostada. Lisa no sabía qué decir, ¿debía disculparse por su comportamiento? ¿Habría dicho alguna inconveniencia? ¿Se habría extralimitado?

—Has sido muy amable dejando que me quede a dormir —comenzó—. Fue un error beber tanto vino ayer, no lo pensé.

Él se volvió hacia ella.

—No te preocupes, puede pasarle a cualquiera.

Ella soltó una risa algo forzada. Se retorció un poco y miró por la ventana. Héctor también parecía un tanto incómodo, como si no supiera qué decir exactamente. El pan saltó de la tostadora con un clic. Héctor le puso jamón y queso, unos tomates y albahaca fresca antes de cortarla en dos y servírsela en un plato. Sus movimientos eran algo torpes.

De pronto le sonó el móvil. Respondió y enseguida dio un grito.

—Pero ¿qué me dices? ¡Qué bien! ¿Dónde?

Luego estuvo un rato escuchando en silencio, con creciente sorpresa, a juzgar por la cara que ponía.

—No me digas. Pues anda que… ¿Cómo? Ajá, de acuerdo. Comprendo. Además de a la mujer, tenemos que citar enseguida a los amigos suecos que estuvieron con ellos en Ronda. Ya, claro, y no hablan nada de español. ¿Habéis localizado al intérprete? Vale, seguid buscando… Bueno. Ya, claro, con el congreso de medicina… Vale, vale, pero llámalos de todos modos. En el peor de los casos, lo intentamos en inglés. Llegaré lo antes posible.

Colgó, empezó a recoger la mesa y miró a Lisa.

—Lo siento, tengo que irme al trabajo enseguida. Ha habido novedades.

—Claro —dijo Lisa—. Pero no he podido evitar oírte… ¿Necesitáis un intérprete de sueco?

—Sí —dijo él, al tiempo que abría el frigorífico—. ¿Por qué?

—Como te dije, soy profesora de español, pero la verdad es que también estudié Interpretación. Estoy algo oxidada, sí, pero…

Héctor se paró de pronto y là miró sorprendido.

—¿Lo dices en serio?

—Desde luego. Cursé esos estudios hace unos años, cuando empecé a pensar en reducir el horario de enseñanza para trabajar con un horario más flexible. Y la verdad es que tenía planes de ganarme la vida como intérprete ahora que voy a vivir aquí. Tengo bastante experiencia, pero, como te decía, hace ya algún tiempo. De todos modos, creo que podría hacerlo.

—Espera, voy a preguntarle al jefe. ¿Puedes prepararte mientras tanto? Si me da el visto bueno, tendremos que darnos prisa.

Lisa se dirigió enseguida al cuarto de baño mientras Héctor llamaba para que le dieran el visto bueno. Y se lo dieron, porque cuando ella salió del baño, él ya estaba listo en el recibidor, esperándola con una sonrisa.

—Muy bien, compañera de baile. Parece que ahora también vas a ser mi compañera de trabajo.

—Genial —respondió ella feliz—. ¿Qué es lo que ha pasado, si puede saberse?

Héctor dudó un segundo, parecía que estuviera sopesando lo que iba a decir.

—En fin, de todos modos te vas a enterar durante el interrogatorio… Pero recuerda que todo lo que oigas hoy es confidencial, y tendrás que firmar un documento en ese sentido. Bajo ningún concepto puedes divulgar un solo dato.

—Lo comprendo —afirmó Lisa—. Prometo que no lo haré.

—Los técnicos de Criminalística han encontrado el móvil de la víctima. Aplastado, claro está, pero al parecer han podido extraer parte de la información. Hay muchos indicios de que a Florián Vega le empujaron deliberadamente para que cayera por el precipicio.

En cuanto llegó a la comisaría con Héctor, a Lisa la enviaron a un despacho donde resolver unas formalidades que le permitirían ejercer de intérprete en un interrogatorio policial. Héctor se fue directo al ascensor y subió a la sección de la Policía Judicial, donde estaban examinando el móvil de Florián Vega. Daniel Torres se encontraba al lado de un ordenador y delante de una gran pantalla de televisión cuando Héctor entró en la sala en penumbra.

Daniel era el técnico criminalista con el que Héctor trabajaba más a gusto. Era joven, ambicioso y muy bueno en las técnicas más recientes. Un hombre alto, larguirucho, que siempre iba en vaqueros y zapatillas, y que llevaba unas camisas demasiado grandes para un cuerpo tan flaco. Lo más llamativo era el pelo. Lo tenía larguísimo, moreno, un tanto rizado e increíblemente abundante. Algunos rizos le caían sobre los ojos de color castaño oscuro. Daniel se apartó el pelo con la mano y miró ansioso a Héctor.

—Hola, qué bien que haya podido venir tan rápido —le dijo alterado—. No cabe la menor duda de que lo empujaron, se aprecia con toda claridad en el vídeo que hemos encontrado en el teléfono.

Héctor notó que se le aceleraba el pulso. Se sentó al lado del técnico.

—¿Dónde apareció el móvil?

—En el fondo del barranco, así que no es de extrañar que el perro no lo detectara. Estaba totalmente destrozado,

143

claro, pero con la tarjeta de memoria intacta. Así que ahora verá. Agárrese.

—Dispare.

—Mire —dijo Daniel—. Esto fue lo último que ocurrió en el móvil antes de que Florián Vega cayera.

Los dos se centraron en la gran pantalla que tenían delante.

—Ahí se ve cómo Florián está grabando —dijo Daniel con voz tensa—. El sendero, el precipicio, las nubes en el barranco, cada vez más ligeras…

La cámara tomó una panorámica del valle donde se apreciaba que las nubes se iban disipando. El puente quedó en el punto de mira y pasó de estar prácticamente oculto a ir apareciendo cada vez con más claridad detrás de las nubes, que se iban retirando hacia los lados.

«Lo que yo decía —resonó en la grabación la voz de Florián—. Lo sabía, aquí se dispersan las nubes alrededor del Puente Nuevo de Ronda. Hemos tenido sobre nosotros todo el tiempo una capa de nubes enorme y no se veía prácticamente nada, pero este es el fenómeno que estaba esperando. Las nubes se dispersan, se retiran, y pronto habrá una vista maravillosa del puente y del precipicio que lo rodea. Es un espectáculo imponente, desde luego. Madre mía», suspiró sobrecogido.

En el vídeo se veía cómo se esfumaban las nubes y, de repente, aparecían el valle entero y el puente con sus altos arcos. Resultaba misterioso y bello al mismo tiempo.

Pero de pronto ocurrió algo. La cámara se bamboleó claramente y Florián gritó: «¡Qué demonios!».

Héctor abrió los ojos estupefacto. Notó un presentimiento desagradable. Estaba en ascuas mientras seguía lo que pasaba en la pantalla que tenía delante.

La imagen del vídeo se volvió borrosa y una cazadora negra apareció y desapareció en un segundo, pero lo suficiente para poder concluir que allí había alguien más. Luego se vio la copa de un árbol y un trozo de cielo, y acto seguido se oyó un grito desgarrador. El grito de Florián Vega al caer por el precipicio. Luego, un golpe sordo, y todo se volvió negro.

Héctor se retrepó en la silla y respiró soltando el aire por la nariz. Miró al técnico.

—Madre mía.

—Sí —respondió Daniel—. El pobre grabó su propia muerte.

La mujer de Florián Vega ya estaba allí cuando Héctor entró en la pequeña sala de interrogatorios sin ventanas. En el centro había una mesa con una silla vacía a un lado, y la recién enviudada Marianne estaba sentada enfrente. En la mesa había una caja de pañuelos de papel y una grabadora, así como una botella de agua y dos vasos.

Marianne Vega parecía nerviosa y se retorcía las manos entrelazadas en el regazo, como si no supiera qué otra cosa hacer con ellas. Llevaba una túnica negra, *leggins* y botines negros de tacón alto. El pelo corto teñido de rojo intenso contrastaba vivamente con la suave penumbra de la sala. Tenía la cara pálida y, a pesar de las gafas de amplia montura, se apreciaba que había estado llorando.

—Hola —dijo Héctor estrechándole la mano—. ¿Cómo se encuentra?

—Bueno, bien. Solo me duele un poco el cuello —dijo con voz apagada.

—¿Ha hablado ya con el psicólogo?

—Sí, he visitado a uno al que seguiré acudiendo un tiempo. Y la policía ha enviado a la casa un equipo de vigilancia, al menos para las próximas veinticuatro horas.

—Muy bien.

Héctor puso en marcha la grabadora y leyó la consabida declaración inicial.

—Verá, han salido a la luz ciertas circunstancias… —comenzó—. Ahora sabemos con certeza que su marido fue víctima de un crimen.

—¿Qué? ¿Qué quiere decir?

Marianne lo miraba estupefacta, mientras empezaban a brotarle las lágrimas.

—¿Cómo?

—Han encontrado el teléfono móvil. Estaba hecho añicos, pero hemos logrado extraer de la tarjeta de memoria el vídeo que grabó inmediatamente antes de morir. De él se desprende que le empujaron por el precipicio.

—Eso es terrible… —atinó a balbucir Marianne—. ¿Saben quién…?

—No, pero la búsqueda del autor del crimen está en marcha.

—Entonces, alguien le empujó con toda la intención… Pobre Florián, qué espanto.

La voz se extinguió y la mujer miró a Héctor desconcertada.

—¿Se ve en la grabación quién fue?

—No, por desgracia. Pero la investigación no ha hecho más que empezar. Lógicamente, estamos trabajando a marchas forzadas para encontrar al culpable cuanto antes.

—Pero ¿por qué?

—Por ahora no sabemos nada de cuál pudo ser el móvil. Estamos trabajando en todos los frentes posibles, eso se lo puedo asegurar.

—La persona que entró en nuestra casa… ¿Tendrá algo que ver? ¿Debería tener miedo? —continuó—. ¿Estará en peligro mi vida?

—Nada indica tal cosa —dijo Héctor—. Lo más probable es que quien entró en su casa estuviera buscando cierta información que Florián pudiera tener en su despacho. Y si esa persona hubiera querido hacerle daño, lo habría hecho entonces, con toda probabilidad.

—O sea que, según la policía, el asesinato de Florián está relacionado con el intento de robo, ¿no es cierto? ¿Fue el asesino el que entró en casa?

—Aún no lo sabemos con seguridad —respondió Héctor—. Aunque, naturalmente, es fácil relacionar los dos sucesos.

—Pero ¿qué buscaba el asesino? ¿Será algo relacionado con el trabajo?

—Esa es una posibilidad, pero también podría ser algo que tuviera que ver con su vida privada y que se encontrara oculto en el despacho. ¿Recuerda algún suceso especial que haya tenido lugar últimamente? ¿Algo fuera de lo normal?

—No —dijo Marianne insegura—. Nada en particular, que yo recuerde.

—¿Alguna persona que hubiera conocido recientemente? ¿Alguna novedad en el trabajo, quizá, acerca de la cual le hiciera algún comentario?

—No, nada.

—¿Recibió alguna amenaza en los últimos tiempos?

Marianne lo miró como ausente, como si con el pensamiento estuviera en otro lugar.

—Como fiscal estaba acostumbrado a las amenazas. Si no de delincuentes a los que conseguía que condenaran, de sus amigos o de otros miembros de bandas criminales o de gente que se enfadaba si se sobreseía un juicio.

—¿Cómo eran las amenazas?

—La mayor parte las recibía por correo electrónico o por las redes sociales.

—¿Y cómo lo encajaban?

—Florián no se lo tomaba muy en serio, decía que era parte del trabajo. Los primeros años yo pasaba miedo, pero luego una se acostumbra. Te das cuenta de que son solo palabras vacías, para asustar, y que la gente amenaza en el arrebato del momento, pero luego la mayoría de ellos se calma y entra en razón.

Héctor hizo una pausa y sirvió agua de la botella.

Hacía calor en la sala. Tomó un trago y miró a Marianne con suma atención.

—¿Puede haber algo que no esté relacionado con el ejercicio de su profesión?

—Pues no. ¿Algo como qué? —preguntó Marianne un tanto insegura.

—¿Algún tema político?

—Florián no era políticamente activo.

—Pues varios de los interrogados aseguran que era de extrema derecha y que incluso apoyaba en secreto a una formación política conocida por ser precisamente de esa tendencia ideológica, antifeminista, islamófoba y nacionalista conservadora. Además, procede de una familia de antiguos falangistas y seguidores de Franco.

Ante aquellas palabras, la viuda se puso roja.

—Bueno, eso no tiene nada de extraordinario —replicó indignada—. Hay españoles que piensan que Franco era bueno.

—Ya, pero son cosas que pueden alterar los sentimientos de la gente. ¿No sabe si algunas de las amenazas que recibió tenían que ver con eso?

Marianne meneó la cabeza.

—No, nunca tuve noticia de nada parecido.

—Florián era conocido por salir mucho y frecuentar las fiestas de los famosos. ¿Cree que pudo enemistarse con alguien de esos ambientes?

—No lo creo —respondió Marianne resuelta—. Florián conocía a mucha gente por su trabajo y lo invitaban a muchas celebraciones. Tenía más energía y más ganas de participar que yo, y a mí no me importaba. Además, era una persona muy sociable y tenía un talento increíble para relacionarse, así que me cuesta mucho creer que se agenciara enemigos cuando salía a divertirse.

Héctor empezaba a impacientarse. Teniendo en cuenta lo que Marianne estaba sufriendo, no quería añadir más peso a la carga, pero, por poco que le gustara, no le quedaba más remedio que formular aquella pregunta. Por dura que fuera.

—¿Sabe usted si Florián se veía con otra mujer? ¿Si tenía una amante?

Marianne volvió a negar con la cabeza.

—Ah, no, él y yo solo teníamos ojos el uno para el otro. Después de tantos años, aún seguíamos enamorados. Nada podía interponerse entre nosotros.

Pronunció aquellas palabras con total convicción.

—Comprendo, pero a veces... eh... pueden suceder cosas, algún accidente incluso en un matrimonio de muchos años —objetó Héctor—. ¿No notó nada en ese sentido? ¿Ni nadie le contó nada?

—Por supuesto que no. Claro que se pondría contento y animado con las atenciones del sexo opuesto, pero él jamás sería infiel. Estoy convencida.

Héctor cruzó las piernas y respiró hondo, como para tomar impulso. Le resultaba desagradable tener que hacer la siguiente pregunta, pero era imprescindible abordar ese tema.

—Pues resulta que la forense ha encontrado lesiones antiguas en el cadáver de Florián. Se trata de lesiones infligidas con anterioridad al momento del asesinato, moretones en las axilas, arañazos y mordeduras. ¿Puede decirme cuál es su origen?

Marianne se quedó totalmente pálida.

—No, yo de eso no sé nada.

—¿Quiere decir que no las vio?

—No —respondió la mujer vacilante.

Héctor carraspeó un poco. ¿No debería haber detectado la mujer unas marcas tan visibles en el cuerpo de su marido? Desde que se vieron por primera vez en Ronda, tenía la sensación de que Marianne ocultaba algo.

—No discutirían por algo, ¿verdad?

—De ninguna manera —dijo la mujer molesta, al tiempo que se le llenaba el cuello de manchas rojas—. Yo jamás…

Se calló de pronto, como si se hubiera acordado de algo.

—¿Hay algo que quiera contarme? —le preguntó Héctor con tono intimidatorio.

—No, ¿algo como qué?

—¿No le comentó nada de que hubiera sido víctima de ningún tipo de agresión?

—En absoluto.

Héctor la miraba inquisitivo. ¿Habría matado Marianne a su marido? ¿Estuvieron con sus amigos todo el rato o la dejaron a solas con Florián en algún momento? Y en tal caso, ¿el tiempo suficiente para que pudiera empujarle por el precipicio?

—¿Cómo se encontraba su marido? ¿Era desgraciado o se sentía mal por algo?

—No lo creo. Aunque había empezado a ir al médico muy a menudo, y últimamente iba al hospital con frecuencia. Le pregunté qué le pasaba, pero me dijo que se estaba haciendo una revisión completa por la mutua del trabajo, y que debía someterse a diversas pruebas y controles físicos.

—¿Estaba al corriente de que tenía un tumor? —preguntó Héctor.

—¡¿Qué?! —exclamó ella horrorizada.

—En la autopsia, la forense detectó que tenía un tumor de gran tamaño en el intestino grueso.

—No puede ser…

Marianne lo miraba totalmente pasmada, se había quedado de piedra. Era obvio que no tenía la menor idea.

Enero de 1973

RAFAELA SE DESPERTÓ en plena noche. Alguien aporreaba la puerta y se oían voces apremiantes. Oyó el nombre de su padre y la palabra «policía». El miedo se apoderó de ella. Se levantó a toda prisa en el dormitorio a oscuras. Mateo dormía en la cuna. Por el momento, parecía que el ruido no lo había despertado.

Con mucho cuidado, entornó la puerta y vio a dos policías de aspecto severo que apuntaban con la pistola a su padre. Él estaba de rodillas en el suelo de la cocina, con las manos en la nuca. Varios hombres uniformados entraron de pronto. Su madre lloraba amargamente sentada en una silla. Detrás del respaldo había un hombre que le sujetaba los hombros con las manos y la mantenía inmovilizada para que no se acercara corriendo a su marido, que estaba arrodillado en el suelo.

Era una escena irreal, y Rafaela no comprendía qué era lo que estaba ocurriendo. De repente, uno de los policías se acercó a la puerta de su dormitorio y, antes de que ella acertara a reaccionar, la abrió de golpe. Le apuntó con una pistola y le dijo entre dientes:

—¿Quién eres? ¿Qué haces aquí?

En ese mismo momento, el hombre descubrió al niño en la cuna, y se contuvo.

—Soy su hija —susurró ella—. Y ese es mi hijo. ¿Qué es lo que pasa? ¿Qué estáis haciendo?

—Cállate —le ordenó con brusquedad—. Vamos a registrar todos los rincones. Siéntate en la cama y no te muevas. ¿Tú estás al corriente de lo que se hace aquí?

—¿Qué? ¿Cómo? —balbució ella, y sintió que empezaba a temblarle todo el cuerpo—. Yo no sé nada.

Rafaela se desplomó en el filo de la cama con Mateo en brazos, pues el pequeño se había despertado. El policía uniformado encendió la luz del techo y otros dos hombres aparecieron en el umbral. Oyó un tumulto procedente de la cocina y los gritos desesperados de su madre, que sonaban como los de un animal herido. Por la rendija de la puerta vio cómo se llevaban a su padre esposado, lo sacaban a la calle y lo metían a empujones en un coche que esperaba fuera.

Rafaela se quedó paralizada de terror, no se atrevía a decir nada, apenas osaba respirar. Mateo empezó a llorar a lágrima viva, como si percibiera el peligro. Y, mientras la policía abría los cajones, levantaba los colchones, lo revolvía todo en los armarios, retiraba los cojines del sofá y descolgaba los cuadros de las paredes, ella no pudo hacer otra cosa que sacarse el pecho y darle de mamar al niño.

Más tarde, no lograba recordar cuánto había durado el registro policial en la casa, si fueron horas o minutos, había perdido la noción del tiempo. Se aisló, se quedó allí sentada en medio del desastre, con los gritos desgarradores de su madre atravesando la pared.

Cuando los hombres uniformados las dejaron por fin solas inmersas en el caos, su madre y ella se quedaron allí sentadas en el eco del silencio. Conmocionadas, paralizadas, incapaces de moverse. Mateo se había vuelto a dormir, y lo único que podían hacer era quedarse allí y constatar el destrozo. Parecía que hubiera estallado una granada.

Los libros y las notas de su padre los habían confiscado. El cuartito que había junto a la terraza, en el piso de arriba, donde él solía encerrarse a trabajar, lo habían registrado a conciencia. Los policías se lo llevaron todo.

Ahora nada podía salvarlos. El que la policía hubiera registrado toda la casa y hubiera detenido a su padre solo podía implicar una cosa.

La catástrofe.

Lisa Hagel se sentía algo solemne a la par que nerviosa cuando entró con Héctor en la sala de interrogatorios. Era la primera vez que ejercía de intérprete en un interrogatorio policial.

Se le encogió el estómago cuando se sentó al lado de Héctor, frente a Peter Eriksson, el amigo de la víctima, que había estado con él y con su mujer en Ronda. Lisa experimentó una sensación surrealista y, durante un segundo, vio la situación como una espectadora. Como si se encontrara fuera de sí misma contemplando cómo, aún con la falda que había llevado a la clase de flamenco, se sentaba a la mesa de la angosta y sencilla sala de interrogatorios.

Lo rápido que había conseguido un trabajo extra, acertó a pensar, y vaya trabajo… Había llegado a Málaga la noche del viernes para empezar una vida nueva. Y allí estaba el lunes siguiente, con un investigador de asesinatos de la Policía de Málaga. Y, además, se trataba de un caso muy notorio que había aparecido en las noticias de toda España. Era una situación totalmente increíble.

Peter pareció aliviado al comprender que Lisa estaba allí para ejercer de intérprete.

—Qué tranquilidad que sea sueca —le dijo al tiempo que le daba la mano—. Así todo será mucho más sencillo. Mi español es pésimo, lo reconozco.

Se encogió de hombros.

Héctor puso en marcha la grabadora e inició el interrogatorio en español, y Lisa fue traduciéndolo todo. Le pidieron a Peter que empezara explicando cómo llegaron a Ronda y qué fue lo que ocurrió antes de que descubrieran que Florián había desaparecido.

—¿Cuándo lo vieron por última vez?

—Cuando se marchó por el sendero de la montaña —dijo Peter—. Simplemente, lo vimos desaparecer engullido por las nubes.

—¿Marianne estuvo con usted y su mujer todo el tiempo?

—No, primero fue en busca de Florián. Quiso convencerlo de que volviera con nosotros, de que esperase al día siguiente para tomar las fotos.

Héctor frunció el ceño.

—¿Desapareció de su vista?

Peter asintió.

—¿Durante cuánto tiempo?

—Pues serían unos cinco o diez minutos. Nosotros la esperamos en el sendero hasta que apareció otra vez y nos dijo que Florián quería quedarse un rato, así que regresamos al hotel. Y a partir de ahí, no volvimos a verlo. Nos tomamos una copa en el bar del hotel. Después fui a buscarlo, pensé que podía haberse caído y que tal vez no pudiera moverse... Llegué casi hasta el lugar donde nos separamos de él. Las nubes ya se habían esfumado, pero estaba oscuro y, sinceramente, resultaba peligrosísimo caminar por allí. Lo llamé varias veces, pero no di con él y al final me di por vencido.

—¿Vio a alguien por el camino?

—No. No había ni un alma.

—Es decir, que nadie puede corroborar su versión.

Peter lo miró atónito.

—No, ¿por qué?

Héctor prosiguió:

—¿Adónde pensó que habría ido?

—Creí que tal vez hubiera ido a verse con alguien.

Héctor y Lisa intercambiaron una mirada.

—Ya veo —respondió Héctor—. ¿A quién?

—No sé, pero creo que Florián tenía una aventura. No me lo dijo abiertamente, pero algo insinuaba.

—¿Por ejemplo?

—Bueno, nada concreto, algún que otro comentario sin entrar en detalles.

Peter tardó en responder.

—Hubo una cosa que me extrañó cuando paramos a echar gasolina de camino a Ronda. Estábamos fuera del coche hablando solos él y yo, y entonces dijo que en aquella ciudad había otras cosas interesantes aparte del puente. Y fue la forma en que lo dijo, cómo me sonrió y me guiñó el ojo.

Peter hizo una pausa antes de continuar:

—Luego, cuando estábamos en el restaurante, el jefe de sala dijo que Florián había estado allí hacía poco, con una mujer a la que tomó por su esposa. Yo hice como que no sabía nada de ninguna aventura, por supuesto, pero lo sentí por Marianne.

—Comprendo —dijo Héctor.

Aquello encajaba con lo que el jefe de sala les había dicho durante el interrogatorio.

—La cuestión es quién era esa mujer. ¿No tiene alguna idea?

Peter meneó la cabeza.

—En realidad las que son amigas y se conocen bien son Eva y Marianne. Desde hace varias décadas. Conectaron cuando tenían veinte años y las dos trabajaban en un *kibutz* en Israel. Y han mantenido la amistad todo este tiempo.

—¿Y Florián y usted? ¿Cómo era su relación?

—Bastante superficial. Rara vez nos veíamos solos, alguna vez tomábamos una cerveza, poco más.

—Pero ¿y Marianne? ¿Mencionó alguna vez sus sospechas de que Florián tuviera una aventura? ¿O ha hablado con Eva al respecto?

—Yo creo que se convenció de que no era así, aunque tal vez presentía que él se veía con otras de vez en cuando. Pero estaba resuelta a confiar en su marido, a no sospechar.

—Entiendo. ¿Cómo describiría el comportamiento de Florián cuando salieron de viaje? ¿De qué humor estaba?

—A él y a Marianne los vi tensos —respondió Peter—. Se notaba claramente que no estaban como siempre.

—¿Le preguntaron a Marianne qué les pasaba?

—Eva me contó que le había preguntado, pero que ella no quería hablar del tema durante el fin de semana. Dijo que ya se lo contaría más adelante, cuando estuvieran las dos solas.

—¿Tiene noticia de que Florián hubiera recibido amenazas o se hubiera enemistado con alguien últimamente?

—No que yo recuerde —dijo Peter.

—¿Tampoco de que estuviera enfermo?

—No, ¿por qué lo pregunta?

—Nada, es solo una pregunta rutinaria.

Héctor guardó silencio y se quedó observando al hombre que tenía enfrente. Tanto a él como a Eva debían considerarlos potenciales autores del crimen. Habían estado con la víctima durante sus últimas horas de vida y los dos habían tenido la oportunidad de empujar a Florián Vega por el precipicio. Por esa razón no quería revelarles más de lo necesario.

Le lanzó una mirada a Lisa. Había superado el interrogatorio muy bien. Con tranquilidad, con rigor, sin traducir ni de más ni de menos en cada turno de palabra. Hablaba claro y tenía una voz agradable. Solo esperaba que fuera capaz de guardar el secreto profesional. Lisa parecía ser muy habladora, y lo que tenían entre manos se había convertido de pronto en una investigación de asesinato que, además, se encontraba en un punto muy delicado. Héctor volvió a la noche del viernes, cuando las dos parejas se encontraban en Ronda.

—Piénselo detenidamente, ¿se fijó en alguna persona que se comportara de una forma extraña o que estuviera cerca cuando llegaron a Ronda? ¿En el hotel o en la calle?

—No —respondió Peter—. Nadie en particular, que yo recuerde.

—Resulta que la forense ha hallado en el cadáver una serie de lesiones que son antiguas. Se produjeron varios días antes del asesinato —dijo Héctor.

—¿Qué tipo de lesiones?

—Moratones en los brazos, arañazos y mordeduras.

—Vaya —dijo Peter con cara de sorpresa.

—¿Cree que Marianne pudo causárselas?

Peter lo miró con incredulidad.

—Me cuesta creerlo. Marianne no es una persona violenta. Si estuviéramos hablando de Eva, sería distinto. Mi mujer tiene mucho genio, pero Marianne, no. Ella no sería capaz de matar una mosca.

Antonia Burgos estiró la espalda con un leve gemido, hizo una mueca de dolor y soltó la fregona. Después de una jornada laboral, el cuerpo lo notaba. El trabajo como limpiadora de hotel exigía un esfuerzo físico considerable, lo que, por otro lado, no le disgustaba, pero también era agotador. Era la una y media de la tarde, y pronto habría terminado su turno.

Solo le faltaba una habitación, la del fondo del pasillo. Y no era una habitación cualquiera. No la limpiaban desde el viernes por la mañana, a causa de la investigación policial, ya que fue allí donde se alojaron el fiscal Florián Vega y su mujer. Antonia acababa de oír en la radio que la policía sospechaba que se trataba de un asesinato. ¿Y si el autor del crimen seguía atacando a los turistas que quisieran admirar el paisaje desde el Puente Nuevo? La cantidad de visitantes se había reducido considerablemente ese fin de semana. En parte se debía a que la policía había acordonado parcialmente la zona, no cabía duda, pero ella estaba convencida de que la gente temía que hubiera un loco por allí suelto capaz de atacar a cualquiera. Quizá un desquiciado que tuviera el puente por un lugar sagrado. Había chiflados de sobra con ocurrencias de todo tipo.

El miedo se había extendido por Ronda después de la muerte de Florián Vega, y más aún cuando se confirmó que se había cometido un asesinato. Resultaba aterrador pensar que el asesino hubiera atacado allí, en una ciudad tan tranquila e idílica, y que aún siguiera libre.

Mientras iba empujando el carrito por el pasillo hacia la última habitación, Antonia no pudo evitar sentirse incómoda.

Bajó el picaporte y entró. Olía a cerrado. La cama estaba sin hacer, pero se notaba que solo había dormido en ella una persona. Las puertas del armario estaban abiertas, pero dentro no había nada, salvo la plancha y la tabla de planchar, un paraguas, una bolsa de plástico para la ropa sucia y unas perchas vacías. En aquella habitación, sobre el cabecero de la cama, había un cuadro que a ella le gustaba. Representaba a una mujer con pamela que iba paseando por la playa. El cuadro estaba algo torcido. Le limpió el polvo y lo enderezó. Continuó hacia el cuarto de baño, era lo más práctico empezar por ahí. Fregó la ducha y el váter, limpió bien el lavabo y el espejo. Luego vertió detergente en el váter. Entonces se dio cuenta de que en el fondo había algo que brillaba. «¿Qué será?», pensó.

Antonia se sentó en cuclillas para verlo más de cerca. Allí dentro había un anillo, parecía una alianza. Metió la mano en el agua y sacó la sortija. Era de oro blanco y tenía una inscripción en el interior. Con letras de molde se leía: «Daniela, 14 de abril de 2019». Antonia contuvo la respiración. ¿De quién sería? ¿Y cómo habría acabado allí?

HÉCTOR ESTABA SENTADO en la comisaría, en su despacho con vistas a la plaza de Manuel Azaña y la ruidosa avenida de Andalucía, que conducía al centro de la ciudad. Al otro lado se distinguía el gran edificio que constituía la Ciudad de la Justicia, una construcción de hormigón blanco, cristal y aluminio, que abarcaba varias manzanas.

Se había tomado un descanso, se retrepó en el sillón, cerró los ojos y trató de abstraerse del mundo mientras pensaba en los muchos acontecimientos de la mañana.

Acababa de celebrar una reunión con los investigadores y los demás policías judiciales que estaban implicados en el caso y había revisado con ellos lo que tendrían que hacer a partir de ahora. En esos momentos trabajaban en el análisis y examen de los ordenadores y los teléfonos de la víctima. Los interrogatorios de los testigos, la familia, los amigos y los compañeros de trabajo, y un estudio de la vida de Florián Vega en su totalidad. Héctor también le había pedido a un investigador que examinara la posible implicación política del fiscal. Ahí podría haber una línea de investigación, desde luego. Aunque ante todo ponían el foco en los últimos días de su vida y, por supuesto, en las últimas horas.

Habían empezado a recibir datos de testigos de Ronda. Resultaban interesantes porque eran unánimes y hablaban de un hombre de mediana edad vestido con ropa oscura al que habían visto tanto en el vestíbulo del Hotel Palacio de Hemingway como en las inmediaciones del famoso puente de Ronda. También habían advertido la presencia de una mujer corpulenta. Varias personas creyeron haber visto a Florián Vega en la ciudad con una desconocida hacía dos semanas. Iban juntos, pero no los vieron haciendo nada comprometido, de modo que los testigos no le habían dado mayor importancia. Hasta ahora. Después del asesinato, cualquier información resultaba interesante y todo se veía bajo una nueva luz.

El trabajo de Florián no había organizado ningún congreso en Ronda el fin de semana que el jefe de sala del restaurante vio a Vega con la mujer. La policía la estaba buscando. Según el jefe de sala, él no la había visto con anterioridad, de modo que lo más probable sería que no viviera en Ronda, y el fiscal y ella podrían haber ido allí juntos desde Málaga para estar tranquilos y evitar el riesgo de encontrarse con algún conocido.

En el teléfono y los ordenadores de Florián Vega habían encontrado correspondencia con varias mujeres, a las que la policía ya estaba investigando.

Habían anunciado una conferencia de prensa para las cinco del día siguiente. A Héctor no le gustaban nada esos encuentros, pero Andrea, su jefa, insistió en que era inevitable: que hubieran asesinado al polémico fiscal Florián Vega de un modo tan dramático en un lugar público y famoso había causado gran expectación y los periodistas no paraban de llamar a la centralita de la comisaría. Por el momento se habían conformado con un comunicado en el que la policía confirmaba sus sospechas de que se trataba de un asesinato. Andrea quería ganar tiempo para reunir más material antes de lanzarse a dar una conferencia de prensa. «Es preciso que tengamos algo nuevo que contar —aseguró—. De lo contrario no tiene sentido.» Ya había asistido a muchas conferencias de prensa en las que la policía se limita a decir que «en la situación actual, no podemos hacer comentarios al respecto», cuando los periodistas hacían preguntas. Así que esta vez habría que esperar hasta el día siguiente, y Héctor se alegraba, desde luego.

Dejó de pensar en el caso por un instante y recordó la cara fresca y despierta de Lisa Hagel. De no haberse visto a solas con una mujer en varios años pasó a conocer a Lisa, que apareció en su vida en el curso de flamenco y a la que dio cobijo en su casa, donde ninguna mujer que no fuera de la familia había pasado una noche entera, y de ahí a la sala de interrogatorios de la policía. Y todo en el transcurso de menos de veinticuatro horas.

¿Cómo había podido pasar?

Primero se fijó en ella en la clase de flamenco entre los demás participantes, tan guapa con su falda de volantes y el top estampado, mirando a su alrededor con una copa de vino en la mano. Le sacaba una cabeza a las demás, y tenía las mejillas sonrosadas. Pero no miraba angustiada, sino más bien con animada curiosidad, con interés. Héctor pensó en lo que le había contado del divorcio, la mudanza y la compra de la casa. Soltó una risa cuando pensó en el apellido. Hagel. ¿Cómo podía apellidarse Granizo y ser de Suecia? La verdad, era muy gracioso.

—¿Qué es lo que te ha puesto tan contento?

La voz lo devolvió a la realidad. Héctor levantó enseguida la vista. Andrea estaba en el umbral y lo miraba risueña.

—Oye, que aquí nos dedicamos a investigar asesinatos. Son cosas muy serias —dijo fingiendo enfado.

Con los brazos en jarras, le clavó una mirada muy grave, aunque a los labios afloraba una sonrisa.

—Mira que reírse en el trabajo… Eso no puede ser.

—Ya, ya. Bueno, dime, ¿qué ha pasado? —preguntó Héctor mientras se enderezaba en la silla al tiempo que notaba que se estaba ruborizando.

—Hemos localizado a la mujer con la que Florián estuvo en Ronda. Se llama Daniela Ricardo y trabaja en el club de golf del que él era socio.

POR FIN SALIÓ de la tienda el anciano al que había estado esperando. Se movía despacio con el bastón, y tenía la espalda muy encorvada. Iba pulcramente vestido con una camisa de rayas, chaleco y una gorra de visera. La mujer parecía gozar de mejor salud, más vital, se movía con más agilidad que su marido. Sería unos diez años más joven. Lo llevaba del brazo cuando cruzaron la calle y entraron en un restaurante.

Él sudaba en el asiento mientras los seguía con la mirada. Se había sentado allí con la esperanza de que se metieran en el coche y se fueran a casa.

Miró el reloj. Las dos y media, es decir, la hora del almuerzo. Soltó un taco y salió del coche. No sería capaz de esperarlos sentado allí dentro, el aire acondicionado no funcionaba en aquel trasto de coche de los ochenta. Era un milagro que pudiera seguir usándolo.

Bastante irritado, cruzó la calle y abrió la puerta del restaurante. No importaba que se fijaran en él, no se conocían, no recordarían su cara a menos que pasara algo llamativo allí dentro.

Al parecer, el local se había puesto de moda. Había mucha gente y casi todas las mesas estaban ocupadas. Los camareros corrían de un lado a otro con las bandejas cargadas de platos y servían a los clientes a la velocidad del rayo. Él buscó con la mirada a la pareja de ancianos, un tanto sorprendido de que hubieran elegido un sitio tan bullicioso.

Los vio en una mesa junto a la ventana, les llevaron la carta y empezaron a hablar con una de las camareras. Parecía que se conocían. Pensaban almorzar, estaba claro. Él notó que le rugían las tripas. Ya que estaba allí, bien podía comer también.

Enseguida llegó la misma camarera con la carta y le preguntó qué quería beber. No pudo evitar fijarse en ella, a pesar de que su objetivo se encontraba en otro sitio. Tenía el pelo corto y castaño oscuro, una piedrecita en la nariz y unos ojos preciosos. Le recordaba a una joven de la que estuvo enamorado cuando iba al colegio, y a la que no veía desde que cumplió doce años, pero esta joven tendría por lo menos veinte años menos que él. Pidió agua mineral y el plato del día, que era pescado. Ella le sonrió y le dijo algo al matrimonio cuando pasó junto a su mesa. No cabía duda de que se conocían.

El almuerzo no tardó en llegar, y fue comiendo mientras escuchaba lo que decían a su lado. La mujer iba a emprender un viaje para ver a unos parientes, y estaría fuera una semana: de eso trataba la conversación. Le iba diciendo al marido lo que tenía que comer mientras ella estuviese fuera. Él la escuchaba con atención. Aquello era perfecto.

Dio cuenta de la comida mientras observaba a la camarera cada vez que pasaba. Era muy guapa, y sus miradas se cruzaron varias veces.

En cuanto terminó de comer, pidió la cuenta. Tenía que estar preparado cuando los dos viejos se marcharan. Sin embargo, tardaron un buen rato, porque luego pidieron café y se tomaron su tiempo.

Por fin se levantaron de la mesa. Buscó con la mirada a la camarera, que estaba de espaldas cuando él salió del restaurante.

De nuevo en la calle, vio que la pareja entraba en un coche. Se dirigió a toda prisa hasta el suyo, y los siguió. Salieron del centro y continuaron hacia la montaña. Cuando estaban a medio camino en dirección a Mijas, abandonaron la carretera de forma inesperada y tomaron una estrecha salida que parecía conducir directamente a una zona yerma y desierta. Le costaba trabajo seguirlos. Redujo la velocidad y aumentó la distancia para que no lo descubrieran. Finalmente, aparcaron delante de una casa un tanto aislada.

Él detuvo el coche a la orilla del estrecho camino, detrás de una curva, para que no pudieran verlo desde la vivienda. Se bajó y se acercó a pie. Observó la entrada y el terreno del chalet, que rodeaba un alto muro con una verja metálica. Se acercó sigilosamente y miró por encima del muro. La terraza de la parte de atrás tenía vistas al valle, y observó que los dos ancianos se acomodaban en unas tumbonas. La mujer puso en la mesa una radio y dos vasos de agua. Se echaron, cerraron los ojos y se pusieron a escuchar.

Él saltó el muro con rapidez y avanzó sigilosamente por la zona empedrada que había delante de la casa. Echó un vistazo por las rejas de las ventanas y vio la cocina, el salón y los dormitorios. El más grande tenía una cama de matrimonio y daba a la fachada principal y a la entrada. Comprobó todo lo que necesitaba y luego se marchó de allí.

Ya estaba listo para el siguiente paso.

EL ELEGANTE CLUB de golf El Candado no se encontraba muy lejos del centro de Málaga. La zona, toda vallada, era muy extensa y comprendía también dos piscinas, una para adultos y otra para niños, pistas de tenis y un puerto deportivo con veleros para alquilar y para la escuela de vela. «Un sitio para toda la familia, en realidad», pensó Héctor cuando aparcó delante del edificio principal, de espléndida orientación, y que disponía de bar, restaurante y una terraza que daba al mar y a las verdes colinas que rodeaban la zona.

Así que allí era donde Florián jugaba al golf varias veces a la semana.

Héctor había concertado una cita con la camarera que se suponía que había sido amante de Florián, pero sin revelarle el motivo del encuentro. Daba por hecho que la mujer se habría imaginado que sería a causa del asesinato del fiscal.

Daniela Ricardo lo esperaba en la recepción. Era una mujer delgada de unos treinta años, vestía una falda y una blusa, y llevaba un flequillo recto y una melena totalmente lisa que le llegaba por la cintura. Tenía la cara un tanto infantil y los ojos, ocultos a medias por el flequillo, de un azul intenso.

—Buenos días —dijo con tono grave al tiempo que le daba la mano y se presentaba.

Héctor correspondió al saludo y ella se adelantó para guiarlo hasta una gran terraza cubierta. Se sentaron a una mesa donde ya había dos botellas de agua, vasos y una cubitera con hielo. El aire era cálido y agradable, estarían a algo más de veinte grados.

—¿Quiere alguna otra cosa de beber? —preguntó Daniela muy cortés.

—No, gracias —respondió Héctor—. Así está perfecto.

Tomó un trago de agua, dejó el vaso en la mesa y la miró.

—Doy por hecho que sabe por qué estoy aquí. Quería hablar con usted de Florián Vega. Hemos sabido que tenían trato…

Los ojos de Daniela asomaban por debajo del flequillo. Brillaban como un espejo.

—¿Que teníamos trato? Sí, bueno, también podríamos llamarlo así —respondió ella con un tono apagado.

—¿Podría hablarme de su relación?

—Nos conocimos hace dos años, cuando yo acababa de empezar a trabajar aquí. Florián venía con distintas personas con las que solía jugar al golf. Siempre comían y bebían bastante después de cada partido. A veces se pasaban horas aquí sentados. Al cabo de un tiempo, Florián empezó a hablar más conmigo y a mostrar interés, digámoslo así. Yo sabía que estaba casado, de modo que me mantenía a la expectativa y me mostraba bastante fría con él. Pero una noche nos quedamos aquí después de cerrar, él y yo solos, lo pasamos muy bien y aprecié en él otras facetas. Dimos un paseo por la orilla de la playa y terminamos besándonos en un cobertizo. A partir de ese día, empezamos a vernos a escondidas. Así fue como pasó.

Héctor observó a la joven con suma atención mientras la escuchaba. Parecía muy serena, teniendo en cuenta las circunstancias. Tal vez fuera su forma de intentar mantener el control.

—¿Estuvo con él en Ronda hace un par de semanas? Concretamente, del doce al catorce de abril, el fin de semana previo a la Semana Santa.

Daniela hizo un leve gesto de asentimiento.

—Sí, era yo.

—Estuvieron en el restaurante Bardal y cenaron allí la noche del sábado, ¿no es cierto?

—Así es. Estábamos de celebración.

—¿Y qué celebraban?

Daniela lo observó con un punto de rebeldía en la mirada.

—Celebrábamos nuestro compromiso, íbamos a casarnos.

Héctor se atragantó con el agua que estaba bebiendo en ese momento, lo que terminó en un fuerte ataque de tos. Cuando se le pasó un poco, miró asombrado a la joven.

—¿Cómo dice? ¿Iban a casarse? Pero ¿qué…?

Daniela levantó la mano y se la mostró. Entonces Héctor vio el anillo en el anular izquierdo, un anillo de oro blanco con un diamante grande y reluciente.

—Era nuestro secreto. Lo hicimos por nosotros. Aunque él estuviera casado todavía… estaba a punto de divorciarse.

Héctor miró a Daniela con escepticismo. Aquella información era una novedad. Marianne Vega no había mencionado una palabra de que fueran a separarse; según ella, eran un matrimonio feliz. Por otro lado, él tuvo la impresión de que no les estaba contando toda la verdad.

—¿Le había hablado de usted a su mujer? —prosiguió Héctor.

—Sí, unos días antes… Antes de morir. Y ella se puso fuera de sí.

Héctor la escuchaba con la máxima atención.

—¿Cómo que fuera de sí?

—Sufrió un ataque y hasta se abalanzó sobre él. Pero luego se tranquilizó y decidieron que pasarían el fin de semana con los amigos, puesto que ya lo tenían acordado hacía mucho. En fin, en realidad él no quería, fue ella la que lo convenció.

Héctor pensó rápidamente. ¿Habría matado Marianne a su marido? ¿O sería más bien la amante, que trataba de conseguir que las sospechas recayeran sobre ella? Volvió a centrarse en el presente y miró a Daniela con curiosidad.

—¿Y a usted cómo le va con el resto de las relaciones?

La joven se ruborizó enseguida.

—¿A qué se refiere?

—¿Mantiene usted también otra relación al mismo tiempo?

—En absoluto —respondió ofendida—. Por supuesto que no.

—¿Ningún antiguo novio celoso? ¿Podría alguien de su entorno haber reaccionado con rabia al conocer su relación con Florián Vega?

—No, desde luego que no. Además, apenas se lo había dicho a nadie. Florián quería mantenerlo en secreto antes de separarse. Dijo que sería una catástrofe que saliera a la luz.

Héctor se percató de que a Daniela Ricardo se le llenaban los ojos de lágrimas. Se preguntaba si estaría mintiendo, pero dejó el tema por el momento. De todos modos, todo saldría a la luz cuando la policía la investigara, de modo que cambió de tema.

—¿Sabía que Florián estaba enfermo?

—Sí, tenía un tumor en el intestino grueso, pero resultó que era benigno, de modo que no había peligro. Precisamente cuando se lo confirmaron fue corriendo a comprar los anillos y se me declaró. De pronto se dio perfecta cuenta de que debía vivir la vida al máximo. Había que aprovechar mientras hubiera vida, decía. Ya no quería malgastar ni un minuto.

Héctor se retrepó en la silla. De modo que esa era la situación. Si es que Daniela Ricardo decía la verdad. También a ella la consideraban sospechosa. Bien podría ser al contrario, que ella le hubiera quitado la vida a Florián porque él se negara a dejar a su mujer.

—¿Y usted, dónde se encontraba la noche del viernes al sábado pasado? —le preguntó.

Daniela no contestó enseguida.

—En Ronda. Mis padres tienen allí un apartamento vacacional y suelen alquilarlo. Yo lo utilizo cuando está libre. Y allí nos quedamos Florián y yo cuando nos prometimos hace dos semanas. Además, se empeñó en que estuviera cerca el último fin de semana que pasarían juntos Marianne y él. Quería tener un lugar en el que refugiarse «por si estallaba la guerra», fueron sus palabras.

Calló unos segundos, antes de añadir:

—Como así fue.

Héctor concluyó el interrogatorio, le dio las gracias y se fue del restaurante del campo de golf. Lo más seguro era que hubiera motivos para volver a interrogar a Daniela Ricardo. Su versión encajaba con el informe de la forense y las lesiones antiguas que detectó en el cadáver de Florián. Lo más verosímil era que se las hubiera causado su mujer. Entonces, ¿Marianne lo sabía todo desde el principio? ¿Por qué no les había contado nada? ¿Por qué no les dijo la verdad? ¿Sería ella la que mató a su marido? Había tenido ocasión, desde luego. Cuando se apartó unos minutos de los dos amigos en el sendero y siguió a Florián para convencerlo de que volviera con ellos al hotel. E incluso después, cuando los amigos y ella se tomaron una copa en el bar, ya que estuvieron en sus respectivas habitaciones más de una hora antes de salir a cenar. Habría podido ir, empujarle por el precipicio y volver, si hubiera querido. ¿O habría contratado a alguien para que hiciera el trabajo? El dinero no era un obstáculo, no le sería difícil pagar a un matón. Esa idea lo llevó más allá. Pensaba volver a ver el vídeo. ¿Sería una mujer la que aparecía allí? Solo se veía un fragmento de la cazadora del agresor. ¿Qué llevaría puesto Marianne?

Luego pensó en el asalto a su casa en la mañana del domingo. Le extrañaba que el agresor volviera a la casa después del asesinato y que corriera semejante riesgo para rebuscar en el despacho de Florián. ¿Por qué no lo hizo antes de cometer el crimen, en todo caso? Habría sido mucho menos arriesgado. ¿Habría fingido Marianne el asalto para desviar las sospechas? ¿O serían varias las personas que iban tras Florián?

Héctor acababa de sentarse en el coche cuando le sonó el teléfono. Era Daniel Torres.

—Hola, ¿puede hablar?

—Sí, claro, cuénteme.

—Una limpiadora acaba de encontrar algo en la habitación que los Vega ocuparon en el hotel de Ronda.

—¿En serio?

—Reconozco que me da vergüenza pensar que nosotros no halláramos un objeto así cuando revisamos la habitación el sábado pasado. Cometimos un error y no levantamos la tapa del váter.

—Ya, ¿y qué había? —dijo Héctor, ansioso por oír lo que tenía que decirle.

—Había un anillo, que, a juzgar por el tamaño, pertenece a un hombre, con la inscripción «Daniela, 14 de abril de 2019».

Uno de los placeres de los que más disfrutaba Lisa tras haberse mudado a España era el de hacer la compra. Allí se encontraba, empujando el carro por la sección de frutas y verduras del supermercado. No salió de la comisaría hasta entrada la tarde. Tenía una buena resaca y estaba muerta de cansancio después de la noche del domingo, así que debería haberse ido derecha a casa, pero pensó que más valía dejar hecha la compra. Así podría dedicar el día siguiente a seguir derribando la pared sin necesidad de interrumpir la tarea.

Sin embargo, pensaba darse el lujo de levantarse más tarde al día siguiente, se dijo. Y prepararse un buen desayuno. Llenó una botella de zumo de naranja recién hecho en la máquina, y se quedó contemplando cómo se exprimía la fruta mientras esperaba.

Todo estaba mucho más rico allí que en Suecia: la fruta era más jugosa; las fresas, más grandes; los huevos, más frescos; los tomates más dulces y la carne más tierna. Todo sabía mejor, seguramente, porque eran productos de proximidad. La mayor parte de lo que compraba procedía del campo andaluz. Y le encantaba que la atendieran en el mostrador, una práctica mucho más frecuente que en Suecia. Los embutidos, por ejemplo, no hacía falta comprarlos en un triste envase de plástico. El queso lo elegía después de probar varias clases, y si quería que se lo cortaran en lonchas, no tenía más que decirlo. Podía probar diversos tipos de jamón serrano antes de decidirse por uno y las lonchas de prueba eran tan generosas que casi se quedaba llena. Al final se decantó por unas veinte lonchas del mejor: pata negra, que según había leído era jamón procedente de cerdos de raza ibérica que tenían las pezuñas negras y que se criaban a base de bellotas. Era el mejor, pero también el más caro, aunque se dijo que bien podía permitírselo. Su primer encargo de interpretación para la Policía española había ido bien, al parecer. Cabía la posibilidad de que recurrieran a sus servicios en más ocasiones.

Cuando llegó a casa, llamó a Annie, que le contó que Nils, el redactor jefe, había pasado el día en Ronda por cuenta de la revista *Svenska Magasinet*. Estaban escribiendo sobre el suceso, puesto que Marianne, la mujer del fiscal fallecido, era sueca. Todo aquello que pudiera ser de interés para los suecos que vivían en la Costa del Sol lo abordaba la revista, de modo que ahora Nils cubría tan mediático caso y Annie le ayudaba. La policía ya había publicado un comunicado donde anunciaba que tenían sospechas de que se tratara de un asesinato y que solicitaban la colaboración ciudadana. Lisa cumplió la promesa hecha a la policía y resistió la tentación de contarle a su amiga lo que oyó durante el interrogatorio a Peter. Tenía que mantener el secreto o la policía no volvería a contar con ella nunca más. Y no solo eso, tampoco Héctor.

Cuando colgó el teléfono, guardó la compra en los pocos armarios que había y se sentó en la terraza con un plato de jamón, queso, aceitunas y tomate, y un vaso de agua mineral.

La oscuridad se había impuesto en el valle que se extendía a sus pies, pero podía divisar las luces de las fincas allá abajo. Notaba el aire cálido y aterciopelado en la piel, y oía el sonoro canto de las cigarras. Suspiró de placer y empezó a degustar las exquisiteces del plato.

Pensó en todo lo ocurrido desde que estuvo en casa el día anterior. Se había visto involucrada en una investigación de asesinato, había ejercido de intérprete en un interrogatorio policial y había empezado a bailar flamenco. Y había conocido a Héctor. Estaba deseando verlo otra vez. Si no quedaban antes, se verían en la próxima clase de baile. A menos que tuviera demasiado trabajo con el asunto de la investigación, claro. No en vano se trataba de un asesinato. Ella nunca había oído hablar del fiscal Florián Vega. Qué horror, empujar a alguien por un precipicio de cien metros de altura.

Lisa pensó que le resultaba familiar la historia de gente a la que habían arrojado desde el célebre puente de Ronda. Ya lo había oído contar antes en algún lugar.

Enseguida se puso a buscar en Google y no tardó mucho en dar con la información: en un artículo que trataba sobre la estancia en Ronda de Ernest Hemingway como corresponsal de guerra durante la guerra civil española en la década de 1930. En el artículo hablaban de la terrible oleada de violencia que arrasó Ronda y sus alrededores en los comienzos de la Guerra Civil, cuando cientos de simpatizantes fascistas fueron arrojados desde el puente del Tajo de Ronda. Hemingway utilizó el suceso en su novela *Por quién doblan las campanas*, donde se describe la ejecución de un grupo de fascistas que arrojan por un precipicio. ¿Y si el autor del crimen se hubiera inspirado en la novela?

Lisa apartó la vista del teléfono y contempló el valle silencioso y oscuro que se extendía ante ella. Solo podía intuir el contorno de los montes circundantes. Pensó en lo que le había ocurrido al pobre fiscal casi cien años después de los truculentos sucesos acontecidos en la Guerra Civil. ¿A quién vio allí arriba? Lisa siempre había querido ir a Ronda, llamada la Perla de Andalucía, pero por alguna razón, nunca lo hizo.

Había llegado el momento.

El martes por la mañana Héctor aparcó la Vespa delante de su café favorito, Cinema Los Reyes, a un tiro de piedra de la comisaría. Solía desayunar ahí, siempre llegaba sobre las siete y cuarto de la mañana y se quedaba media hora, de modo que a las ocho estaba en el trabajo.

El Café Cinema, como él lo llamaba, era bastante pequeño y acogedor, con carteles de cine clásico y fotografías en blanco y negro de estrellas del cine legendarias: Rita Hayworth, Fred Astaire, Ingrid Bergman, Clark Gable, Marilyn Monroe y Marlon Brando. Fuera había algunas mesas, en la acera, pero se encontraban muy cerca del tráfico de la calle, así que él prefería sentarse dentro.

Saludó a Paco, que estaba detrás de la barra, y se acomodó en la mesa de siempre, en un rincón del fondo. Le gustaba estar tranquilo y leer el periódico mientras desayunaba. Allí tampoco tenía que decir lo que quería, pues siempre tomaba lo mismo: una tostada de jamón y queso y un café con leche.

Esa mañana, en cambio, había quedado con su jefa, Andrea, en que se verían allí para desayunar juntos, resumir la evolución del trabajo y preparar la conferencia de prensa que darían un poco más tarde.

Héctor apenas acababa de sentarse cuando apareció Andrea. La encontró nerviosa y con un brillo de exaltación en la mirada. Se dejó caer en la silla de enfrente y soltó un hondo suspiro.

—Necesito un trago —dijo Andrea—. Algo fuerte y abundante.

Héctor echó un vistazo al reloj. Eran las siete y veinte de la mañana.

—¿Qué ha pasado? —le preguntó.

—He tenido una bronca con Sofía en el coche de camino aquí.

—Vaya, ya veo —dijo Héctor—. Empieza por desayunar, te sentirás mejor.

Andrea pidió tortilla de patata, zumo y café.

—Necesito algo contundente, nos hemos pasado discutiendo casi toda la noche.

—Pobrecilla, qué mal —dijo Héctor compasivo.

No sabía muy bien cómo afrontar la situación. El hecho de que Andrea se mostrara tan abierta era algo insólito. Héctor no estaba acostumbrado a ventilar problemas de la vida privada en el trabajo, y mucho menos con su jefa. Al igual que él, Andrea tenía una gran integridad, pero ahora parecía haber bajado la guardia. Daba una impresión de fragilidad que no recordaba haberle visto antes. Se quedó un poco a la expectativa y la miró atento mientras le traían el café y el zumo, que ella apuró con avidez en cuanto pusieron el vaso en la mesa.

—Aunque no vamos a ponernos a hablar de mi vida privada —dijo—. Tenemos otras cosas en las que pensar.

Se volvió y empezó a rebuscar en el bolso. Héctor vio que estaba a punto de llorar. Alargó la mano y le dio una palmadita torpe en el brazo.

—Si quieres contármelo, te escucho.

—Ahora no —respondió ella—. Nos llevaría demasiado tiempo y tenemos que repasarlo todo antes de la reunión. Lo hablamos luego. Pero muchas gracias, de verdad.

—¿Seguro?

—Sí, totalmente. En otro momento.

—Vale.

Héctor tomó un trago del café bien cargado. Se preguntaba qué habría pasado. Lo único que sabía de Andrea era que tenía una pareja, Sofía, que era mucho más joven que ella, y que las dos vivían juntas desde hacía un tiempo en un ático del paseo de Torremolinos.

Empezaron por examinar todo lo que habían averiguado sobre la nueva relación de Florián y sobre el hecho de que Marianne, su mujer, les hubiera mentido claramente acerca de lo que sabía de las aventuras de su marido y acerca de su matrimonio.

—Pero, si Marianne es culpable, ¿qué me dices del asalto en su casa, y del hecho de que a ella la ataran y la amordazaran? —preguntó Andrea.

—Pudo ser un montaje, una maniobra de despiste para desorientarnos —sugirió Héctor, y dio un mordisco a la tostada—. También cabe la posibilidad de que contratara a alguien para que le quitara la vida a su marido, no lo olvides.

—¿Y qué buscaba quien allanó su casa?

—Eso no lo sabemos, pero puede que hallemos la explicación cuando revisemos los ordenadores. En el teléfono ya hemos encontrado intercambio de correspondencia entre él y Daniela.

—¿Ninguna otra mujer?

—Ninguna con la que pareciera tener una relación seria.

—Y el anillo que encontró la limpiadora, ¿has podido preguntarle por él a Marianne?

—No, todavía no. Pero si por el momento dejamos a un lado la figura de su mujer, ¿qué otras opciones tenemos?

—¿Quizá Daniela tenga un novio celoso? ¿Qué te dijo sobre el tema de tener otras relaciones sexuales cuando hablaste con ella?

Miró a Héctor con curiosidad, y tomó un buen bocado de la tortilla de patata con ensalada que acababan de servirle.

—Negó rotundamente que tuviera otras relaciones —respondió Héctor—. Pero claro, nunca se sabe. Puede que esté protegiendo a alguien.

—Es mucho más joven que Florián Vega. ¿Crees que podía estar utilizándolo de alguna forma? ¿Quizá quisiera sacar algo de la relación?

—Bueno, es posible, claro. Estamos investigándola.

—También pudo ser ella la causante de las lesiones de Florián, no tuvo por qué ser la mujer —dijo Andrea entre bocado y bocado.

—En eso tienes razón. Otro asunto que estamos investigando es la supuesta relación de Florián Vega con círculos de extrema derecha. Ahí puede que haya algo.

—Sí, continuad con ello.

Andrea guardó silencio con una expresión de duda.

—El modo en que ocurrieron las cosas en el asesinato de Florián Vega resulta de lo más extraño —dijo, y dejó los cubiertos un instante—. Si fue un asesinato premeditado, ¿por qué atacar en ese momento y en ese lugar? El asesino no podía saber que los amigos y la mujer iban a dejarlo solo en la montaña. Fue pura casualidad. ¿Y por qué seguirlo hasta Ronda? En todo este asunto hay algo que no encaja.

Lisa observaba la pared a medio derribar mientras se ataba las zapatillas. Después de haber estado trabajando prácticamente el día entero, se dio una ducha y retiró casi todo el polvo. Ya había avanzado bastante. Cierto que había calculado que, a esas alturas, la pared habría desaparecido por completo, pero se habían interpuesto circunstancias que le fue imposible prever.

Mientras trabajaba derribando la pared estuvo pensando en el fiscal asesinado. Se imaginó el sendero que Peter había descrito en el interrogatorio, y el aspecto del lugar desde el que cayó Florián Vega. Cuanto más pensaba en ello, más ganas le entraban de ir allí y verlo con sus propios ojos.

Sabía que no era hora de emprender una excursión tan larga, pero hizo caso omiso de sus propios pensamientos y, a pesar de que ya estaba entrada la tarde y le llevaría casi un par de horas llegar a Ronda, no pudo resistir la tentación. No tenía nada mejor que hacer y estaba tan cansada que pasar un par de horas en el coche solo podía sentarle bien. Llegaría a su destino antes de que anocheciera, eso era lo principal.

Se sentó al volante, se puso las gafas de sol y bajó las ventanillas. Subió el volumen de uno de los canales de música y salió del pueblo.

Iba cantando a voz en cuello las melodías que sonaban en la radio, aunque no se sabía la letra. Estaba agotada físicamente, sí, pero hacía mucho que no se sentía tan animada. Tomó la autovía de Málaga, dejó atrás las salidas a la ciudad y continuó en la otra dirección, hacia el oeste, rumbo a Marbella. Enseguida aparecieron los indicadores hacia Ronda, y entonces dejó la carretera de la costa y tomó el sinuoso ascenso por la montaña.

Llegó al pueblo de montaña cuando ya se estaba poniendo el sol y comprendió que había sido demasiado optimista al calcular el tiempo. Dejó atrás aquel puente extraordinario, continuó hasta un aparcamiento que había en el casco antiguo y estacionó el coche. Compró una botella de agua y recorrió a buen paso las frondosas plazoletas y las estrechas calles pintorescas, rumbo a los senderos que llevaban al precipicio.

El centro era más bonito aún de lo que había imaginado, y sabía que ofrecía un montón de monumentos que visitar, pero ya lo haría en otra ocasión. Ahora solo le interesaba ver el lugar en el que Florián Vega encontró su final. Se había hecho una idea aproximada de dónde se encontraba y pensó que podría preguntar para orientarse.

Y hacia allá se dirigía, recorriendo el sendero que ascendía sinuoso por el borde del precipicio. La vista del barranco con el río al fondo era sobrecogedora. Trató de imaginar cómo sería ir por allí con una cubierta compacta de nubes que lo envolviera todo a su alrededor. En todo caso, ya estaba empezando a oscurecer. La noche caía sobre los montes. Seguramente por esa razón no se había cruzado con nadie hasta el momento, pensó.

Siguió con la vista la escarpada pared del precipicio al otro lado. Las casas encaladas, todas tan juntas unas de otras, parecían aferrarse entre sí para no precipitarse y caer al vacío.

De pronto tomó conciencia de lo vulnerable de su situación. ¿Qué haría si alguien quisiera empujarla para que cayera por el precipicio? ¿Y si el crimen no tenía nada que ver con Florián Vega? ¿Y si fue algo totalmente fortuito? ¿Y si andaba por allí suelto un loco que estuviera esperando la oportunidad de empujar a la gente, a cualquiera que llegara? Además, ahora que empezaba a oscurecer y que no había un alma por allí cerca, sería el momento ideal.

Según lo pensaba, miró rápidamente a los lados. Tal vez hiciera bien en acercarse más a la montaña y a la vegetación boscosa que crecía por encima del sendero, en mantenerse a tanta distancia como pudiera del precipicio. «Qué locura —se dijo—. ¿Quién me manda a mí venir aquí a estas horas, cuando no hay un alma viviente en la calle? ¿Por qué no aprendo a ser paciente? Pronto será noche cerrada y seguro que tardaré media hora por lo menos en recorrer el camino de regreso.» Dio media vuelta enseguida, maldiciéndose mientras trepaba por entre los arbustos que había más arriba. Allí podría agarrarse, al menos se sentiría más segura. Echó una ojeada hacia atrás cuando se dio media vuelta y se quedó de piedra en el acto.

A lo lejos, en el sendero, vio una figura. Una persona que se acercaba sola a buen paso y que se dirigía hacia donde ella se encontraba. El miedo se apoderó de ella, el corazón empezó a latirle con fuerza en el pecho. ¿Quién andaría por allí en el crepúsculo?

Volvió a mirar atrás. El extraño no tardaría en llegar a la altura del lugar donde ella estaba. Se agachó entre los arbustos. Ojalá se limitara a pasar de largo, así Lisa podría seguir su camino. Incluso sería una tranquilidad ir viéndole la espalda a otra persona, de ese modo podría bajar otra vez al sendero y el regreso sería más rápido.

Entre las ramas observó que la figura se iba acercando. Aún se encontraba a demasiada distancia para poder distinguir si se trataba de un hombre o de una mujer, pero la persona en cuestión parecía alta y llevaba ropa oscura. Se encogió como pudo y contuvo la respiración. Notaba en tensión todos los músculos del cuerpo. Madre mía, ¿a qué había ido allí? ¿A jugar a los detectives? Contuvo la respiración y esperó a que la persona que iba por el sendero pasara de largo.

De pronto, a unos metros, se oyó un crujido por el terreno. Se acercaba rápidamente. Lisa se quedó helada al comprender lo que estaba ocurriendo.

Había alguien muy cerca, alguien que se dirigía hacia ella a toda velocidad.

Abril de 1973

EL PADRE DE Rafaela seguía desaparecido, en paradero desconocido. A pesar de incontables llamadas y contactos con la policía, la familia seguía sin respuestas. Nadie sabía qué había podido ocurrirle, de qué lo acusaban o dónde se encontraba. Su madre acudía a diario a la comisaría de policía del barrio para preguntar por él, pero quienes trabajaban allí respondían con una actitud negativa y arrogante. No parecían tener el menor interés en ayudarle, sino que la trataban con suma frialdad y se limitaban a decirle que no tenían información de dónde podía encontrarse su marido. De modo que oficialmente no había registro de la detención ni de las acusaciones contra su padre. O al menos no había ningún dato que las autoridades estuvieran dispuestas a revelar.

Rafaela y su madre habían acudido al Cuartel General de la Comisaría Central de Málaga, pero no consiguieron nada. Las trataron del mismo modo indolente de siempre y no les ayudaron en absoluto. Adonde quiera que se dirigían, se encontraban en un callejón sin salida. Pero su madre insistía en seguir yendo a preguntar por su marido, a pesar de que sabía que no obtendría respuesta. Lo hacía como una forma de resistencia. Y pensaba continuar hasta que pudiera verlo o, al menos, averiguar adónde lo habían llevado.

Rafaela no solo sufría por lo mucho que echaba de menos a su padre. La preocupación por lo que hubiera podido ocurrirle ocupaba sus pensamientos. O por lo que pudiera estar ocurriéndole en ese momento. Cundían los rumores acerca de la tortura y las ejecuciones en la sombra. Era terrible no saber dónde se encontraba, pero su ausencia también tenía otras consecuencias de tipo práctico. La familia no tenía recursos. Al no contar con los ingresos del padre, se veían obligados a estirar el dinero.

Hacían lo que podían. Rafaela había dejado de dar el pecho y había empezado a trabajar en el restaurante otra vez. El Canta el Gallo había ido cobrando fama y habían abierto una sección de restaurante también en el piso de arriba, donde construyeron una amplia terraza con unas vistas espléndidas a la bahía de Málaga. Rafaela trabajaba por las noches, cuando más dinero entraba. Después de almorzar con su madre y con Mateo, iba a trabajar a las cinco de la tarde todos los días, salvo los domingos, y no terminaba hasta las once de la noche.

Su madre dedicaba los días a coser y a hacer arreglos para los vecinos y conocidos, y así ganaba unas pesetas extra. Eso, en la medida en que le quedaba tiempo. Mateo lloraba, tenía un sueño inquieto y solo dormía a ratos. Por suerte, la familia de Antonio tenía muy buena situación económica, y su padre solía pasarse de vez en cuando e insistía en dejarles un sobre con dinero.

Además, Antonio no tardaría en volver a casa. Dentro de un par de meses habría terminado el servicio militar y podría empezar a trabajar en el taller de su padre. Rafaela y él se casarían y al final todo saldría bien.

Lo único que faltaba era que su padre apareciera. Tanto echarlo de menos y tanta preocupación las consumían, sobre todo a su madre. Rafaela sufría también por su propia nostalgia del niño muerto. El dolor no era ya tan agudo como al principio, sino más sereno, más controlado y, en ocasiones, incluso bienvenido. De hecho, en ese dolor se hallaba Agustín y, de algún modo que no sabía describir, se sentía más cerca del hijo perdido cuando la afligía.

No tenía el mismo registro sentimental que antes. Podía estar alegre, triste, enfadada y preocupada, pero era como si no pudiera experimentar los sentimientos al máximo. Como si entre ella y el entorno siempre existiera un filtro. ¿Volvería a ser la misma de siempre algún día? ¿Volvería a ser esa persona alegre y desenfadada que era antes o sufriría ya para siempre esa merma sentimental?

LISA SE AGAZAPÓ acuclillada entre la espesura de la fronda. Se había puesto tan nerviosa que estaba paralizada de miedo, mientras oía que alguien se acercaba a los arbustos a toda prisa. No había nada que pudiera hacer, salvo confiar en que, de una forma poco menos que milagrosa, su presencia pasara inadvertida. De pronto apareció una sombra negra, alguien se abalanzó sobre ella con tal fuerza que la derribó al suelo. Un segundo de horror antes de comprender que se trataba de un perro negro y enorme que la lamía entusiasmado.

Sintió tal alivio que estuvo a punto de marearse, y trató de apartar y de calmar al animal, que seguía dándole lengüetazos tan alegre, como exaltado.

—¡*Kamikaze*, ven aquí! ¡Ven! —se oyó gritar una voz enojada de mujer.

El perro se paró y, durante un par de segundos, pareció dudar de si obedecer a su dueña o si seguir saludando al humano que había encontrado entre la espesa vegetación.

—¡Aquí, *Kamikaze*! ¡Ven! —insistió la dueña del perro, al tiempo que trepaba por la pendiente que subía desde el sendero, donde se había refugiado Lisa.

Puso cara de sorpresa cuando la vio tendida en el suelo, medio oculta bajo el gran *rottweiler* que respondía al inquietante nombre de *Kamikaze*.

—Madre mía, mil perdones, no me ha hecho ni caso. Lo tenía suelto porque parecía que no había nadie por aquí, y por lo general suele ser muy obediente, viene en cuanto lo llamo.

Se apresuró a ponerle la correa mientras seguía tratando de convencer a Lisa de que el perro tenía siempre un comportamiento ejemplar. Salvo esta vez, precisamente. Tal como hacía siempre el dueño de un perro cuando su querida mascota se abalanzaba sobre personas inocentes que solo querían pasear tranquilas en plena naturaleza. Y que a algunos les dieran miedo los perros era algo que ni se imaginaban.

—No pasa nada —murmuró Lisa al tiempo que se ponía de pie. —Se sacudió el polvo mientras miraba a la dueña—. Un perro precioso, aunque un poco nervioso —dijo conciliadora.

—¿Qué hacía entre los arbustos? —le preguntó la mujer sin rodeos—. Además, a estas horas. Yo estoy adiestrando al perro para el rastreo nocturno, pero ¿y usted?

La mujer parecía diez años más joven que Lisa y llevaba una camiseta de tirantes, pantalón negro de tejido fino y un buen par de botas de senderismo. Llevaba el pelo negro recogido en una coleta, estaba bronceada, era alta y musculosa y tenía los brazos llenos de tatuajes.

—Nada, solo había venido a contemplar las vistas —respondió Lisa—. Nada más.

—¿Sabe que aquí mataron a un hombre hace unos días? Lo empujaron por ese precipicio, está a un tiro de piedra de aquí.

La mujer señaló la meseta que tenían enfrente.

—Sí, lo sé —dijo Lisa—. Créame… Lo sé.

—Bueno, el caso es que hay que irse de aquí cuanto antes. Pronto será noche cerrada y se me ha olvidado la linterna frontal.

Empezaron a alejarse a buen ritmo por el sendero.

—¿Es que conocía a Florián Vega? —se atrevió a preguntarle la mujer del perro—. ¿Y por eso andaba por la zona?

—No, no lo conocía. Solo quería ver el lugar donde ocurrió.

—Es usted muy rubia, ¿es española?

—Soy sueca.

—Me llamo Carla. Qué bien habla español, ¿lleva mucho tiempo viviendo aquí?

—Cuatro días.

—¡Vaya! —exclamó Carla—. O sea, acaba de mudarse. Este es *Kamikaze* —continuó señalando al perro, que ahora avanzaba obediente delante de ellas—. Es más bueno de lo que parece.

—Sí, ya me he dado cuenta —respondió Lisa, que miró algo nerviosa hacia el barranco.

Empezaba a oscurecer rápidamente.

—¿Es de la zona? —preguntó.

—Sí —dijo Carla—. Vivo al otro lado del barranco. Me gusta dar largos paseos con el perro, salgo todos los días. Además, soy vecina del campesino que encontró el cadáver.

—Ah —dijo Lisa—. ¿Y cómo está el ambiente en Ronda, ahora que se sabe que fue un asesinato?

—La gente no habla de otra cosa —respondió Carla poniendo cara de «no tienen remedio»—. Muchos tienen miedo, claro. Algunos no quieren salir solos cuando ha oscurecido, sobre todo las mujeres. Como es lógico, ese tipo de sucesos provocan una preocupación enorme en el pueblo, y corren montones de rumores sobre qué puede haber detrás.

—¿Y qué dice la gente? —preguntó Lisa.

—Que Florián Vega era un cerdo como fiscal, que era un corrupto y que aceptaba sobornos para suspender las investigaciones de quien estuviera dispuesto a pagar. Algunos le tenían verdadero odio.

—¿Quién, por ejemplo?

—Hay una mujer a la que siempre veo en el gimnasio. Vive sola, algo apartada del centro. Por lo general no es muy habladora, pero el otro día la vi en la tienda y empezamos a hablar del asesinato. Expresó tal desprecio por Vega que me dejó sorprendida y con muy mal cuerpo. Me parece horrible que la gente hable tan mal de alguien que acaba de perder la vida. Parecía como si tuviera algo personal contra él, pero no dijo qué, claro. Cuando le pregunté se limitó a menear la cabeza y aseguró que no tenía ganas de hablar del tema.

Lisa escuchaba con creciente interés.

—¿Sabe cómo se llama?

—Sí, Cintia Ramos —dijo Carla.

—¿Y sabe dónde vive?

Tan pronto como se sentó en el coche, le mandó un mensaje a Héctor. Cierto que ya habían dado las nueve de la noche, pero pensó que la información sobre la mujer de Ronda que odiaba a Florián Vega tenía suficiente interés. Él respondió enseguida y le preguntó si podían verse, puesto que ella pasaría por Málaga de todos modos camino a casa. ¿Había cenado ya? Él seguía en la comisaría y necesitaba tomar algo. No, Lisa no había pensado siquiera en la cena, pero en ese momento se dio cuenta de que el estómago empezaba a protestar. En España no era nada raro cenar incluso a medianoche, y además, al día siguiente era festivo, y la cocina de los restaurantes funcionaba más tiempo. ¿Por qué no?, pensó. Daba igual que llegara tarde a casa. Podía dormir cuanto quisiera al día siguiente, pues su único plan era ir a la playa a comer con Annie.

Héctor propuso que fueran a la famosa bodega El Pimpi, en la calle Granada, la arteria del casco antiguo de Málaga.

Lisa llegó antes que él y se sentó con un agua mineral en la parte de la terraza, con vistas al bello edificio de la Alcazaba, construida a finales del siglo XI a instancias del rey bereber de Granada. La imponente fortaleza se alzaba sobre una colina con vistas a la ciudad, y su objetivo era proteger a la ciudad de Málaga de los piratas. A esa hora de la noche estaba majestuosamente iluminada, y con sus torreones y las ruinas aledañas del antiguo teatro romano, era un estímulo para recrear el pasado con la imaginación.

Lisa bebía agua y admiraba el edificio y la vida que bullía a su alrededor mientras trataba de relajarse. A pesar de la hora, eran muchos los que paseaban por allí o tomaban algo en alguna terraza en la cálida noche.

No podía evitar sentir cierta expectación ante la idea de volver a ver a Héctor. Sin pensarlo mucho, se arregló el pelo y sacó un espejito para retocarse el carmín de los labios. En mitad de la operación la interrumpió una voz que reconoció enseguida.

—Hola —dijo Héctor, que la miraba sonriente—. ¿Qué tal estás?

—Bien —respondió ella al tiempo que se levantaba para darle dos besos, como era costumbre.

Lisa se sintió algo avergonzada de que la hubiera sorprendido arreglándose antes de su encuentro. O bueno, encuentro… se dijo un segundo después. Aquello no era precisamente una cita.

Héctor se sentó y pidió un té helado.

—¿Tú quieres algo más? ¿Una copa de vino?

—Nada de vino, por Dios —dijo ella riéndose—. Otro vaso de agua sí me tomaría. No queremos acabar como la otra noche, ¿verdad?

Hizo una mueca, pero entonces cayó en que él podía tomárselo mal, interpretarlo como una ofensa, ¡con lo hospitalario y lo generoso que había sido!

—A ver, no quiero decir que estuviera mal, fue estupendo —se apresuró a añadir—. Solo que pensaba ser algo más responsable esta vez…

—Bueno, soy todo oídos —dijo Héctor, que la miraba con sumo interés—. ¿Qué es lo que ha pasado en Ronda?

—Se me ocurrió ir porque no conocía el pueblo, y porque quería ver el puente y… en fin, el lugar donde se produjeron los hechos. Pero cuando me adentré por el sendero que discurre a lo largo del borde del precipicio, empecé a obsesionarme con la idea de que el asesino tal vez fuera una persona cualquiera sin ningún tipo de vínculo personal con sus víctimas, a quien se le hubiera ocurrido empujar a la gente para que se despeñara desde allí. Tal vez la caída de la noche tuviera algo que ver, porque llegué tarde y ya empezaba a oscurecer.

Héctor la miró divertido.

—¿Quieres decir algo así como un asesino compulsivo?

—Sí, también los hay —aseguró Lisa con vehemencia—. Locos que la emprenden sin distinción con personas inocentes.

—Claro que sí —dijo Héctor, carraspeó un poco y tomó un trago de té helado.

—Cuanto más lo pensaba, más ahondaba en mis fantasías, así que me asusté hasta el punto de que tuve que apartarme del borde del barranco y también del sendero. De modo que el asesino no lo tuviera tan fácil si quería empujarme.

La propia Lisa pensaba al oírse que parecía una locura. Héctor tenía cara de estar haciendo un gran esfuerzo por contener la risa.

—Y entonces me encontré con una mujer que tenía un perro enorme —continuó Lisa—. O más bien, fue el perro el que me encontró a mí. Se me acercó a toda velocidad como salido de la nada y me derribó al suelo.

Lisa le habló de Carla y de la mujer de Ronda que odiaba a Florián Vega.

—Bueno, una mujer que reside en Ronda que sentía odio por nuestra víctima debería considerarse un soplo interesante. ¿Tienes el nombre? O más bien los nombres, el de la informante y el de la mujer sobre la que te informó.

Lisa notó cómo se ruborizaba. Se le había olvidado preguntarle a Carla por su apellido.

—La mujer que, según parece, detestaba a Florián Vega se llama Cintia Ramos, y la dueña del perro, Carla. Me dio la dirección de Cintia.

Lisa le entregó una nota manuscrita.

—Gracias —dijo Héctor, y echó un vistazo a la nota antes de guardársela en el bolsillo de la americana—. ¿Pedimos algo de comer, antes de que cierre la cocina?

Cenaron langostinos a la plancha adobados con chili, lima y cilantro, y lo acompañaron de pan al ajo. Era muy agradable comer fuera en la noche aún templada.

El fiscal asesinado fue el tema de conversación.

—¿Qué tal ha ido la conferencia de prensa? —preguntó Lisa.

—Un tanto caótica —respondió Héctor—. La sala estaba a rebosar de periodistas, y como ya se sabía que sospechamos que Florián Vega murió asesinado, la expectación era enorme.

—Ya, pero ¿por qué? —preguntó Lisa—. ¿Qué es lo que hace que este asesinato en concreto despierte tanto interés?

Héctor se apartó los rizos de la frente y se encogió de hombros.

—Todo, absolutamente todo.

Levantó una mano y empezó a contar con los dedos, para ilustrar lo que iba diciendo.

—El hecho de que fuera fiscal, el que fuera un personaje conocido, lo controvertido que era… Que apareciera continuamente en la alfombra roja y en las grandes celebraciones, y siempre rodeado de muchas mujeres, a pesar de estar casado, que lo hubieran acusado de corrupción…

Hizo una pausa.

—Por lo demás, no se trata solo de la persona de Florián Vega, sino del modo en el que lo asesinaron: uno de los lugares más legendarios de España, el mismo lugar desde el

197

que arrojaban a los fascistas durante la Guerra Civil y acerca del cual escribió el mismísimo Hemingway en una de sus novelas más célebres. No es de extrañar que los periodistas se abalancen como lobos sobre la noticia.

—Entiendo, tienes razón, claro —dijo Lisa—. Pero ¿puedes contarme si habéis avanzado algo? ¿Tenéis algún sospechoso?

—Eh, alto ahí —respondió Héctor con las palmas extendidas—. No puedo desvelar nada, como comprenderás.

—Ya, claro —dijo con una sonrisa conciliadora—. Bueno, cambiemos de tema. ¿Qué te pareció la clase de flamenco?

Héctor se sintió aliviado. Estuvieron un buen rato hablando de todo lo habido y por haber. El pasado, sus hijos y, poco a poco, la conversación empezó a tratar más de ellos mismos. Ellos dos solamente, con independencia de otras personas. Qué les interesaba y qué querían hacer en la vida.

De pronto constataron que, una vez más, eran los últimos clientes del restaurante, que ya estaba cerrando. Él insistió en pagar y luego se alejaron del brazo por la calle.

La acompañó al garaje y hasta el coche, y se quedó para comprobar que salía sin problemas. Cuando se dijeron adiós, a Lisa le dio la sensación de que él la retenía un poco más de la cuenta.

O quizá solo se lo imaginó.

Para evitar que lo descubrieran, apagó las luces del coche y continuó avanzando en medio de la compacta oscuridad que lo rodeaba. Aquí, lejos de los caminos más transitados, faltaba el alumbrado. Se quedó mirando al frente sin apartar la vista mientras continuaba por el camino embarrado. Detrás de la próxima curva pudo atisbar la casa. Quedaba oculta a medias tras una arboleda. Por si acaso, se detuvo para asegurarse de que el hombre que vivía allí se había ido a la cama.

Echó un vistazo al salpicadero, el reloj indicaba las dos y cuarto. Todas las ventanas estaban a oscuras, salvo por una farola solitaria que había colgada en la entrada y que alumbraba pobremente el lugar. Todo parecía en calma. Bajó las ventanillas del viejo coche, apagó el motor y aguzó el oído. Tan solo el canto intenso y repetitivo de las cigarras se oía entre las sombras, un coche en la distancia y un perro que ladraba en una de las fincas de los alrededores. Muy despacio, puso el coche en marcha de nuevo y avanzó hacia la casa con los nervios a flor de piel. Respiró hondo, se esforzó por mantener la calma. Si, contra todo pronóstico, alguien se presentara de pronto, podía decir que se le había roto el coche y que se había salido de la carretera para pedir ayuda. Pero no apareció nadie. Aparcó junto al muro de piedra que rodeaba la casa con el tubo de escape hacia la verja, que marcaba la entrada. El muro lo protegería de la luz a la perfección.

La gran casa de piedra tenía una sola planta, y él sabía dónde se encontraba el dormitorio más grande, el que utilizaba el *matrimonio que vivía allí. Solo que ahora no estaba la mujer, el anciano pasaría toda la semana solo, lo cual era imprescindible para que él pudiera poner en marcha su plan. A fin de estar totalmente seguro, había ido a la casa y había comprobado cómo ella se dirigía al coche con la maleta y se despedía de su marido. El coche seguía sin estar allí. Y es que él no quería que ningún inocente saliera perjudicado.*

Tan en silencio como pudo, abrió la puerta del coche y salió sigilosamente. El aire era limpio y frío, tan solo estaban a siete grados, según había visto en el termómetro del coche antes de cubrir el salpicadero con un cartón para que no se vieran las luces.

Le salía vaho de la boca al respirar. La oscuridad era total, no había luna, solo estrellas que brillaban como puntos blancos en el cielo nocturno. Se había vestido con ropa oscura y guantes negros. Dejó la puerta del coche un poco abierta, para que el hombre que había en la casa no se despertara con el ruido si la cerraba, pero la ajustó lo suficiente para que se apagaran las luces del interior. Comprobó la verja que conducía a la casa, pero resultó que estaba cerrada con llave. Tanta suerte no iba a tener, claro: tendría que saltar el muro.

Abrió el maletero y empezó a sacar todo lo necesario: la manguera enrollada, la escalera plegable, cinta adhesiva color plata, un destornillador y una linterna frontal que se encajó en la cabeza, para poder trabajar sin problemas. Se subió al techo del coche y colocó la escalera al otro lado del muro. Lo salvó y entró en la parcela de césped, con el porche de piedra alrededor de la casa.

Caminaba a paso corto, para no hacer ruido, se deslizó de puntillas hasta la ventana del dormitorio y miró por la reja. Era una habitación grande y construida en ángulo, no podía ver más que la mitad. Contra una de las paredes, la más próxima a la ventana, había una cama de matrimonio, y se apreciaba que había una persona bajo el edredón. Solo una, tal como esperaba.

Se oía un leve zumbido, como de algo parecido a un ventilador. Podía ser de una estufa de gasoil, que por aquella zona se usaban mucho en invierno, cuando las noches se presentaban frías. En ese caso, la estufa podría parecer la culpable de lo que iba a suceder. Al menos, en un principio.

En el rincón vio una silla, y a su lado intuía que había una puerta bien cerrada, por suerte. El hombre estaba inmóvil en la cama. Se notaba que dormía profundamente. Abajo, cerca del suelo, había un respiradero. Sacó el destornillador y soltó la rejilla, metió dentro la gruesa manguera y la sujetó con unas piedras que había allí al lado. Luego lo fijó todo bien con la cinta adhesiva. Fue extendiendo la manguera por el suelo, la guio por debajo de la verja hasta que salió por el otro lado.

Rápidamente volvió a saltar el muro y ajustó la manguera al tubo de escape. Se sentó al volante y puso el motor en marcha. En realidad, habría querido pisar el acelerador para acelerar el proceso, pero no se atrevía, por miedo a que se oyera demasiado. Lo que hizo fue salir del coche, alumbrar la manguera con la linterna. Todo parecía en orden. Hasta el dormitorio solo había unos metros, así que el humo llegaría sin duda.

Tenía la boca seca y respiraba con pesadez. Miró a su alrededor en la oscuridad, nada se oía ya, salvo las cigarras. Era como si hubieran intensificado su canto, o quizá resonara así solo en su cabeza. Ya solo quedaba esperar. Se sentó en un tocón de la arboleda y encendió un cigarro. Miró el reloj. Las dos y media. El dormitorio era bastante grande, pero dos horas deberían bastar. Dio un par de caladas bien hondas y miró hacia la casa.

Ya se le estaba habituando la vista a la oscuridad. Empezaba a distinguirse el contorno de los montes circundantes, todo se veía diferente a esas horas de la noche. Lo invadió una sensación de irrealidad. Como si no fuera él quien estaba allí, como si todo ocurriera de forma automática, sin que él tuviera nada que ver. Como si se encontrara fuera de todo.

Pasadas las cuatro y media, se levantó. Al mismo tiempo que apagó el último cigarro, pensó que no era lo único que había apagado, había apagado una vida también. La idea le resultó tan aterradora como satisfactoria.

Paró el motor, trepó por el muro, retiró la cinta adhesiva y, después de haber sacado la manguera, volvió a atornillar la rejilla rápidamente. La cinta adhesiva ya no era precisa. Había cumplido su función.

Exactamente igual que él.

Cuando Aurelia Cruz se sentó en el coche tenía el presentimiento de que en realidad no debería irse aún. Echó una ojeada al reloj mientras maniobraba para salir del aparcamiento en batería con el Fiat. Las ocho y cuarto. Bajó todas las ventanillas y tomó unos tragos de la lata de Coca-Cola que había sacado del frigorífico y que tenía a su lado en el soporte. Enseguida se sintió algo mejor.

Ese día era festivo, el uno de mayo, y el restaurante en el que trabajaba de camarera estaba cerrado, así que el día anterior salió con sus amigas y se estuvieron divirtiendo veinticuatro horas seguidas. Fueron a varias discotecas de Marbella y estuvieron de fiesta hasta las cinco de la mañana, y terminó la juerga yéndose a la cama con uno de los chicos de la pandilla de amigos. No porque estuviera enamorada de él ni porque le interesara siquiera, sino solo porque necesitaba compañía, cariño, intimidad.

¿En qué momento de la noche dejó de beber? Trató de recordarlo. Sería en el último bar al que fueron, donde dijo que no a una copa que le ofrecía David, con el que luego se fue a casa. Pero allí no bebieron nada, solamente se acostaron antes de dormirse en algún momento, casi al amanecer.

Después de ducharse, recogió los vasos y los ceniceros llenos de colillas de la quedada que celebraron en su casa antes de salir de fiesta. Ventiló las habitaciones y lo fregó todo y borró todas las huellas de la noche anterior. Limpió las mesas, sacudió los cojines del sofá, sacó unos cuantos juguetes y puso a descongelar una fiambrera de albóndigas caseras en salsa de tomate. De vuelta a la vida cotidiana como madre soltera con una niña pequeña.

Aurelia solo tenía veintiocho años, y tenía una hija de cuatro años a la que estaba criando sola y con cuyo padre había tenido una relación no muy duradera. Era un tarambana, estaba cumpliendo pena de cárcel por posesión de drogas y no se podía contar con él. Se alegraba de que el sistema velara por que ella recibiera la pensión a la que tenía derecho, de lo contrario, no habría visto un céntimo del dinero.

Aurelia trabajaba de camarera en un célebre restaurante del centro de Marbella. Había procurado que le asignaran el turno de mañana, por su hija. Penélope estaba en la guardería hasta las cinco de la tarde, hora a la que Aurelia la recogía después del trabajo. A esa hora ya había pasado el momento crítico del almuerzo, y podía esperar que sus compañeros se ocuparan de los clientes que quedaban sin remordimientos por haberlos dejado en la estacada.

A veces, los abuelos maternos de Aurelia se llevaban a la bisnieta unos días al pueblo, en la montaña. Con sus padres no podía contar. Vivían en Barcelona y llevaban su vida sin preocuparse mucho de su hija ni de su nieta. Solo se veían un par de veces al año.

Aurelia daba gracias por poder contar con sus abuelos, que, a pesar de lo mayores que eran, se animaban a quedarse con la niña. A decir verdad, el abuelo empezaba a sufrir sus achaques, pero la abuela era diez años más joven y tenía mucho más aguante. Hacía pan, cocinaba, jugaba y pintaba con Penélope y sus primos con toda la paciencia del mundo. Seguramente, esa era una de las cosas que más apreciaban los pequeños cuando estaban allí, se decía Aurelia, la ausencia de estrés, cada cosa necesitaba su tiempo. No pasaba nada. Y su hija se sentía tranquila y segura.

Ahora que la abuela se había ido de viaje, el abuelo se había ofrecido a ocuparse de Penélope esa noche que Aurelia quiso salir con las amigas a divertirse un rato. Todo un detalle por su parte.

Trató de llamarlo para avisarle de que iba en camino, pero no respondía. Estarían jugando en el jardín. A pesar de que le había advertido que tuviera el móvil a mano cuando se quedaba con la pequeña, tenía tendencia a olvidarlo.

Era muy duro ser madre soltera. Todos los amigos salían por ahí, mientras ella tenía que quedarse en casa con Penélope. Y los chicos a los que conocía, que al principio parecían interesados, se retiraban en cuanto oían que era la única responsable de una criatura de cuatro años. A nadie le atraía la idea de cargar con un crío, lo que querían era ser libres, salir de fiesta, viajar y pasarlo bien. Aurelia soltó un suspiro. Ella quería a Penélope, desde luego, y estaba feliz de tenerla, pero no era fácil.

A veces pensaba que sería mejor si conociera a un hombre algo mayor, que estuviera dispuesto a asumir responsabilidades. Quizá alguien que ya tuviera hijos, así podrían convertirse en una familia y vivir en un chalet con una casita de juegos y una colchoneta elástica en el jardín. Incluso podrían tener un perro, que era lo que quería Penélope. Era un sueño en el que a Aurelia le encantaba recrearse. Compartir la vida y la responsabilidad con alguien. No tener que estar sola para todo.

Pensó en el hombre que había entrado en el restaurante unos días atrás, cuando sus abuelos estuvieron almorzando allí. Era algo mayor, de unos cuarenta años, pero era guapo y tenía un aura especial que le llamó la atención. Le dio la impresión de que era una persona diferente. Se sentó a la mesa a comer y a Aurelia le pareció que la miraba con interés. Fue ella quien lo atendió e intercambiaron unas palabras.

Pero pidió la cuenta enseguida y no tardó en marcharse. Esperaba que fuera por allí otro día. Si volvía a mostrar el mismo interés, ella sería más valiente. Animada con la idea, tomó el desvío que conducía a la casa de los bisabuelos, idílicamente situada.

Aparcó delante del muro que rodeaba la casa, abrió la verja y entró en el jardín. Sus abuelos siempre habían sido muy cuidadosos con la seguridad, pero ella tenía su propia llave para entrar en la casa.

Enseguida presintió que había algo que no encajaba. El abuelo solía dejar las puertas y las ventanas abiertas, pues había rejas, pero ahora estaban todas cerradas a cal y canto. Siempre tenía puesta la radio, y al entrar en el jardín, era lo primero que se oía. Ahora, en cambio, todo estaba sumido en un extraño silencio. Aurelia avanzó con paso vacilante y miró a su alrededor. ¿Acaso no estaban en casa?

Se volvió a mirar y comprobó que el coche del abuelo seguía en el lugar de siempre, delante de la puerta del garaje. Tal vez hubieran salido a pasear. Aunque el abuelo tenía la movilidad algo reducida y últimamente se limitaba más bien a caminar por el jardín, a menos que la abuela lo sacara de allí, aunque entonces siempre iban en coche.

Pero, al mismo tiempo, pensó Aurelia, ¿qué iba a pasar en aquel lugar tan apacible? Había dejado allí a su hija hacía casi veinticuatro horas, y el plan era ver una película de dibujos animados y cenar lo que les había dejado preparado la abuela. Siempre le dejaba al abuelo unas fiambreras para cada uno de los días que iba a estar fuera.

¿Querrían gastarle una broma? ¿Estarían pensando en aparecer de pronto para asustarla? El abuelo era a veces un auténtico bromista. Y Aurelia les había dejado un mensaje de voz avisando de que iba de camino. Sí, tenía que ser eso, se dijo tratando de calmarse.

Se acercó sigilosamente a la entrada, preparada para que Penélope le saltara encima en cualquier momento o para oír de pronto los aullidos de los dos. Muy despacio, bajó el picaporte. La puerta no estaba cerrada con llave y se abrió en el acto. Así que estaban en casa.

Enseguida notó el hedor penetrante que salía de allí. Como si entrara en un garaje. Se le encogió la garganta de preocupación. ¿Qué estaba pasando? Vio la chaquetita de su hija en la percha del vestíbulo y las sandalias en el suelo. Se llevó la mano a la boca al tiempo que se apresuraba a entrar.

—¡Hola! —dijo en voz alta—. ¿Hay alguien en casa?

Silencio. Solo silencio y calma, y aquel olor tan desagradable. Cruzó a toda prisa la cocina y bajó el tramo de escalera que conducía al salón.

Allí no había nadie, y las cristaleras que daban a la terraza estaban cerradas a pesar de que ya daba el sol.

—¡Hola! —insistió Aurelia.

Oyó el miedo en su propia voz y notó cómo el pánico le crecía por dentro. ¿Dónde se habrían metido? ¿Qué habría pasado?

Cruzó el salón a la carrera y se dirigió al fondo del pasillo, al dormitorio de sus abuelos, dentro del cual había un cuartito donde solía dormir Penélope. La puerta estaba cerrada, y la abrió de golpe.

Enseguida notó el olor a gases de escape.

—¿Qué es esto? —se oyó preguntar con un sollozo mientras contemplaba el dormitorio.

Allí, en la cama de matrimonio, debajo de la manta estaba su abuelo tendido de lado, con la cabeza en la almohada, y parecía profundamente dormido. Tenía los ojos cerrados y la boca abierta. Sobre la almohada había caído un poco de saliva y de mucosidad.

—¡Abuelo! —lo llamó aterrada, pero pasó de largo ante él y siguió hasta el cuartito. Por fuera del edredón se veía un hombro infantil, menudo y redondeado, y una trenza morena con un lazo rosa.

—¡Penélope! —gritó, y zarandeó a la pequeña, retiró el edredón y abrazó a su hija.

El cuerpo por lo general blando de Penélope estaba totalmente rígido, y tenía la mirada petrificada. Aurelia aullaba el nombre de su niña mientras agitaba el cuerpecillo para devolverlo a la vida.

Había llegado demasiado tarde.

Héctor Correa aparcó delante de la casa solariega a la que ya habían llegado la forense y los técnicos criminalistas. La vivienda estaba acordonada. El camino que comunicaba la casa y la carretera también estaba cortado, a fin de posibilitar la investigación técnica que estaban llevando a cabo.

Saludó con un gesto al agente que vigilaba el cordón policial y cruzó a buen paso la verja en dirección a la casa, cuya puerta de entrada tenían abierta de par en par con el fin de ventilar y dejar salir el olor a gas. El hecho de que una niña de cuatro años hubiera aparecido muerta junto a un anciano había afectado muchísimo a todos. Se apreciaba en el ambiente que reinaba entre los técnicos que recorrían la casa en busca de huellas. Todos trabajaban intensamente en medio de un silencio llamativo.

Un olor rancio a garaje recibió a Héctor cuando entró en el dormitorio donde habían encontrado a las dos víctimas.

Elena Muñoz, la forense, estaba sentada en cuclillas en el cuartito, donde se encontraba el cadáver de la pequeña. Lo miró con tristeza.

—Qué locura —dijo con un suspiro—. Estas cosas no deberían pasar.

Héctor observó apenado el cuerpecillo que había en la cama. Un camisón con ositos de peluche, dos manitas totalmente inmóviles, una carita infantil con los ojos cerrados, las mejillas sonrosadas. La pequeña tenía un aspecto tan apacible que parecía que estuviera durmiendo.

Tuvo que hacer un esfuerzo por contener las lágrimas.

—Lo más probable es que haya fallecido mientras dormía —dijo Elena—. Supongo que es el único consuelo que nos queda. Seguramente, no ha notado nada.

—Ya, madre mía —respondió Héctor con un suspiro cuando se puso de pie al lado de Elena—. ¿Qué ha averiguado hasta ahora?

Se le hizo un nudo en la garganta. Era una visión tan horrenda que apenas era capaz de hablar.

—Olor a gas en el dormitorio, dos cadáveres con el cuerpo en buen estado, sin lesiones, y una lividez cadavérica atípica; todo apunta a que fueron víctimas de una intoxicación por monóxido de carbono. Lo más probable es que ocurriera durante la noche, mientras dormían.

—¿Quiere decir que alguien los ha envenenado?

Héctor olisqueó el aire.

—Usted mismo lo ha notado, ¿no? También se puede ver en la lividez, las manchas tienen un color más rosa intenso, tirando más de lo normal a rojo claro. Se debe a que el monóxido de carbono se une a la hemoglobina, la sustancia roja que transporta el oxígeno y el dióxido de carbono en la sangre, y altera el color aclarándolo, es decir, bloquea la función portadora de oxígeno. Pero no puedo dar un diagnóstico definitivo hasta que no haya analizado las pruebas.

Elena se puso de pie. Soltó un suspiro con los ojos puestos en la niña.

—Parece que alguien extendió una manguera desde el tubo de escape de un coche hasta el interior del dormitorio. Los técnicos han encontrado restos de cinta adhesiva plateada alrededor de una rejilla que hay debajo de una ventana, allí.

La forense señaló la pared.

—Un coche antiguo, seguramente sin catalizador. Pero, ya le digo, no es más que la primera impresión.

—Comprendo —aseguró Héctor—. ¿Han identificado al hombre?

—Carlos Ortega, médico jubilado. Ochenta y cinco años. Es todo lo que sé. La niña era su bisnieta. Estaba haciendo de canguro. Los encontró la madre de la pequeña.

—Por Dios bendito —se lamentó Héctor meneando la cabeza—. Qué horror. ¿Dónde está ahora?

—Al parecer, estaba totalmente conmocionada y la han llevado al hospital. La ambulancia ya se había ido cuando yo llegué.

Héctor se incorporó, se acercó a la cama de matrimonio y observó al hombre que yacía allí muerto. ¿Cuál era el trasfondo de todo aquello? ¿Quién era capaz de matar a un anciano y a su bisnieta? ¿Quién sería tan diabólico?

Daniel Torres asomó la cabeza e interrumpió sus pensamientos.

—Héctor, creo que es mejor que venga. Hemos encontrado algo interesante.

Lisa deambulaba por la ancha y larguísima playa de Pedregalejo, en dirección a El Palo, a las afueras de Málaga. Los dos barrios fueron originariamente pueblos pesqueros colindantes, ambos situados junto al mar, al este del centro de Málaga. En la actualidad prácticamente se habían fundido con la ciudad.

El sol quemaba desde un cielo azul intenso y la playa estaba llena de gente. Era fiesta, el primero de mayo, no era día laborable y se notaba. Montones de familias numerosas habían acudido a la playa con la sombrilla, la nevera y cestos con aperitivos para picar. Algunos se habían llevado incluso la mesa plegable, el toldo para protegerse del sol y la parrilla. Las relaciones eran intergeneracionales, así que allí estaban desde la abuela hasta el nieto más pequeño, en medio de una actividad incesante. La gente paseaba por la orilla, los padres jugaban en la arena con sus hijos, los jóvenes jugaban a las palas y los mayores descansaban en las tumbonas y lo contemplaban todo desde la sombrilla.

La playa estaba a rebosar de gente, era difícil encontrar un hueco libre en el que colocar la toalla. El agua aún se notaba bastante fría, así que había poca gente bañándose, pero sí se veía a muchas personas en grupo hablando en la orilla. Hablaban por los codos, en todas partes había gente charlando. Ese también era un rasgo de España que fascinaba a Lisa, que la gente tuviera tanto que decirse, siempre estaban conversando animadamente, donde quiera que estuvieran. A veces se preguntaba de qué hablarían.

No llevaba la ropa adecuada para tomar el sol, iba a comer con Annie en un restaurante del otro extremo de la playa. Había dejado el coche en un aparcamiento junto a la hilera de chiringuitos y, con las sandalias en la mano, bajó hasta el mar. Le encantaba caminar al sol siguiendo la orilla. Había estado tan ocupada desde que se mudó que no había tenido tiempo para hacer esas cosas.

Empezó el día tratando de derribar la pared, pero, como de costumbre, no fue capaz de trabajar más que unas horas.

Pensaba en Héctor, en el asesinato del fiscal en Ronda y en todo lo que había vivido desde que llegó. Se preguntaba cómo iría la investigación, si su información sobre Cintia Ramos, la mujer de Ronda, habría dado algún fruto, si habrían tenido tiempo de buscar información sobre ella… Pero no quería llamarlo y molestarlo con sus preguntas. Pensó en la próxima vez que se verían, y tenía la esperanza de que pudiera asistir al curso de flamenco del sábado.

Aspiró la fresca brisa marina y sintió cómo el sol le caldeaba la cara. Ahora haría más calor durante unos cuantos meses, y el brillo del sol parecía no agotarse nunca. Suspiró satisfecha. Ante ella se extendía la superficie del mar cubierta de destellos de sol, y en lontananza se deslizaba un velero solitario. De pronto recordó que Axel y ella habían salido a navegar con unos amigos el verano pasado por el archipiélago de Gotemburgo. Fue maravilloso. Con cierta sorpresa, cayó en la cuenta de que hacía bastante que Axel no acudía a sus pensamientos. ¿Estaría superándolo? Un segundo después, se lo imaginó perfectamente allí, en la proa del barco, con las piernas algo torcidas bronceadas por el sol, en pantalón corto, con la vieja y gastada camiseta azul que tanto le gustaba y el viento alborotándole el pelo aún abundante. Se le encogió el corazón. No, no debía pensar en Axel. No quería. Pertenecía a un tiempo pasado que no volvería jamás. Lisa ahuyentó el recuerdo y aspiró el fresco aire marino mientras sentía el calor del sol en la cara.

Subió a buen ritmo hasta el camino empedrado del paseo marítimo, se sacudió la arena de los pies y se puso las sandalias. A un lado del paseo peatonal se encontraban los chiringuitos, que ya se estaban llenando de gente para el almuerzo. Sonrió para sus adentros cuando leyó el rótulo de uno de ellos, Canta el Gallo. Qué nombre más curioso, se dijo. Pensaba ir a comer allí un día, solo por el nombre.

Al otro lado del paseo había pequeñas embarcaciones coloridas directamente en la playa. Estaban llenas de ramas de olivo, que encendían para convertir los botes en barbacoas donde cocinaban los famosos platos a la parrilla. Ensartaban seis sardinas en un espeto, les espolvoreaban un poco de sal y las ponían al fuego. El olor a humo llegaba hasta allí arriba, y desde los botes proveían a los restaurantes de pescado asado. También los transeúntes podían comprar un espeto por unos euros. Resultaban muy apetitosos, pero Lisa resistió la tentación, pues Annie y ella iban a comer enseguida.

Vio el restaurante que había propuesto su amiga desde lejos. El Tintero se encontraba al final del paseo marítimo de El Palo, y debía de ser el más grande de todos. Las mesas de la terraza estaban colocadas bajo un techo como de bambú que llegaba casi a la playa. Estaba lleno de clientes, aunque parecía que había sitio para cientos de personas. Annie le había dicho que, si le era posible, se adelantaría y llegaría con tiempo para asegurarse una mesa, y fue una suerte que pudiera hacerlo, pensó Lisa. A medida que se iba acercando empezó a oír el ruido: el rumor de los clientes, alguien que tocaba una guitarra y las voces de los numerosos camareros que iban y venían entre las mesas con generosas bandejas de manjares, como cigalas, langostinos a la plancha, calamares fritos, mejillones y atún fresco. Allí no se elegía la comida de la carta, según le había contado Annie, sino que los camareros anunciaban lo que llevaban en las bandejas y uno no tenía más que señalar lo que quería.

A pesar de que lo sabía, Lisa no llegó a imaginarse lo bullicioso que sería. Divisó a Annie, que había logrado ocupar una de las mesas más próximas al mar. Su amiga la saludaba alegremente con la mano.

—¡Hola! Qué bien que hayamos podido quedar hoy —dijo con un tono más alto de lo normal, para hacerse oír en medio del barullo.

Se levantó a medias y le dio a Lisa un beso en la mejilla antes de que ella, aún abrumada por la primera impresión, se dejara caer en la silla.

—Madre mía, qué sitio —dijo aliviada y mirando a su alrededor con entusiasmo.

El restaurante no se parecía a ningún otro que ella hubiera visto hasta el momento.

—O sea que comes lo que señalas y punto, ¿no es eso? —preguntó Lisa.

—Exacto, es perfecto. Solo que todo tiene una pinta riquísima, así que te arriesgas a pedir demasiado —respondió Annie encantada.

—Pero ¿cómo haces luego para pagar?

—Lo dejan todo en la mesa, los platos y los vasos vacíos, y luego cuentan cuántos hay. Hacen la suma directamente en el mantel de papel de la mesa, esa es la cuenta. Tienen distintos modelos de bandeja para los distintos alimentos, y solo un tipo de cerveza y de vino, para que resulte más fácil.

Enseguida apareció un camarero y anotó el pedido de las bebidas. A partir de ahí, se las arreglarían solas. En medio del barullo pasaban vendedores ambulantes que vendían baratijas junto con músicos que cantaban y tocaban la guitarra.

—¡Madre mía, qué sitio más chulo! —dijo Lisa—. Me alegro de que me hayas traído aquí.

—Ya, lo que pasa es que no vale para quien quiera tranquilidad a la hora de comer —respondió Annie riendo—. Pero intentamos hablar de todos modos. Tengo una cosa buena que contarte.

—Ajá, ¿y qué es? —preguntó Lisa con curiosidad, al tiempo que les servían las cervezas que habían pedido.

—¿Te acuerdas de mi idea de que la revista *Svenska Magasinet* te hiciera una entrevista? Al redactor jefe le gustó, así que ahora quiere hacerte un reportaje.

—Pero… ¿tan interesante soy? —dijo Lisa dudosa—. Más bien soy una persona normal y corriente.

—Ya te lo he dicho —respondió Annie—. A la gente le gusta leer acerca de una valiente, una mujer sola que se compra una casa para reformar en un pueblo de la montaña y se muda aquí para siempre.

—De acuerdo —dijo Lisa—. Si tú lo dices… Entonces, ¿vas a venir a casa a entrevistarme?

—Sí, así la veo por fin. ¿Qué te parece el martes?

—Perfecto.

La cerveza estaba fría y muy rica, y la comida tenía una pinta muy tentadora. Pidieron ensalada tropical, paella y calamares fritos, para empezar, pero antes de que se pusieran manos a la obra, a Annie le sonó el móvil. Se disculpó y respondió. Enseguida le cambió la cara. Se puso pálida mientras escuchaba a la persona que había llamado.

—Pero ¡qué me dices! —exclamó horrorizada—. ¿Dónde? ¿Cuándo?

Miró a Lisa con el horror en los ojos.

—De acuerdo, voy para allá.

—¿Qué es lo que ha ocurrido? —preguntó Lisa nerviosa cuando Annie colgó.

—Era el redactor jefe. Han encontrado a dos personas muertas en una casa al norte de Marbella, parece que son un anciano y una niña de cuatro años. Sus vecinos más próximos, una pareja sueca, son los que han llamado a la revista para avisar. Tengo que irme.

—Madre mía, qué horror —dijo Lisa—. Lo comprendo perfectamente, claro.

Annie llamó al camarero para pagar.

—Qué lástima que apenas hayamos podido vernos un rato —dijo—. Y yo que pensaba que también podríamos preparar algo de la entrevista… Pero, oye, ¿por qué no te vienes conmigo en el coche? Así podemos seguir hablando. Queda bastante lejos y estaría bien tener compañía. Una vez allí, puedes esperar en el coche si quieres.

Noviembre de 1975

RAFAELA CAMINABA POR la larga playa de El Palo junto con el pequeño Mateo. El niño iba corriendo unos metros por delante de ella, de vez en cuando se agachaba a recoger piedras y caracolas que el mar había arrastrado hasta allí. Mateo tenía ya tres años, Antonio y ella se habían casado y vivían en un piso en el mismo barrio que su madre. Rafaela insistió en que fuera así. Seguían sin saber qué había sido de su padre. Y no eran los únicos que se encontraban en esa situación. Conocían a muchas personas que, de una forma u otra, habían conspirado en contra del régimen y habían desaparecido sin que nadie hubiera informado a sus familiares. Tal vez nunca llegarían a saberlo. Su madre no se daba por vencida, pero Rafaela había empezado a pensar que tal vez tuvieran que aceptarlo, tal vez deberían reconciliarse con la situación.

Contempló el mar gris cubierto de bruma. Soplaba un viento fresco, las olas, de varios metros de altura, se alzaban impetuosas, rodaban y se estrellaban contra la playa. A lo lejos se divisaba por lo general el centro de Málaga, pero ahora, a causa de la bruma grisácea que ocultaba la vista, solo podía intuir la silueta de la gran ciudad. Parecía que fuera a empezar a llover en cualquier momento. Rafaela se ajustó bien la rebeca y agachó la cabeza para oponer resistencia al viento. Aquel tiempo encajaba perfectamente con los sucesos dramáticos que dominaban el país.

De camino a la playa fue a ver a su madre para preguntarle si quería acompañarla a dar un paseo. La encontró sentada en la cocina tomándose un café, y le dijo que hacía demasiado viento para salir. El televisor estaba puesto y, justo cuando Rafaela iba a marcharse, interrumpieron la emisión para anunciar una información importante. En la pantalla apareció el primer ministro, Carlos Arias Navarro, con traje y corbata negra, sentado a una mesa con un documento en la mano. Miraba a la cámara con una expresión grave. Eran las diez de la mañana cuando, con lágrimas en los ojos, anunció lo que implicaba el fin de una época.

—*Españoles, Franco ha muerto.*

Rafaela sintió una sacudida y se desplomó en la silla que había junto a su madre, sin apartar la vista del televisor. A Arias Navarro le temblaba la voz cuando continuó:

—*El hombre de excepción que ante Dios y ante la Historia asumió la inmensa responsabilidad del más exigente y sacrificado servicio a España, ha entregado su vida, quemada día a día, hora a hora, en el cumplimiento de una misión trascendental.*

Tanto Rafaela como su madre se habían quedado petrificadas en la silla escuchando cómo el presidente del Gobierno le leía al pueblo el testamento político de Franco, que terminaba con las palabras:

—*Quisiera, en mi último momento, unir los nombres de Dios y de España y abrazaros a todos para gritar juntos, por última vez, en los umbrales de mi muerte, ¡Arriba España! ¡Viva España!*

Aquello fue demasiado para la madre de Rafaela. Alzó la taza de café, la estampó contra el televisor y gritó de rabia salpicando saliva:

—¡Asquerosos, cerdos fascistas, cerdos asesinos!

Rafaela se levantó de un salto de la silla y abrazó a su madre, que estalló en un llanto desesperado. Habían transcurrido cerca de tres años desde que la policía arrestó a su padre en plena noche y se lo llevó de su casa.

—No hay que llorar, mamá —le dijo para consolarla—. Lo que tenemos que hacer es celebrarlo. El dictador ha muerto. Ahora las cosas solo pueden mejorar. Ahora quizá podamos averiguar dónde está papá. Ahora quizá por fin pueda volver a casa.

Rafaela se levantó y sacó una botella de oporto que tenía en un armario, sirvió dos copas y le dio una a su madre.

—El tirano ya no está —repitió—. Alegrémonos. Ha dirigido el país con mano de hierro durante casi cuarenta años, pero por fin se ha terminado. Gracias a Dios —añadió, se santiguó y brindó una vez más—. Vamos, mamá —insistió consolándola—. Ya verás como al final encontramos a papá.

CUANDO SU MADRE se hubo tranquilizado, Rafaela salió con su hijo de tres años de la mano. El viento los envolvió enseguida y fue como una liberación.

Por fin se había terminado, sí. Ahora tal vez consiguieran averiguar algo acerca de su padre. La dictadura no podía continuar eternamente. La muerte de Franco no era ninguna sorpresa, desde luego, hacía tiempo que estaba enfermo y llevaba varios días en coma. Sin embargo, el que hubiera dejado de existir le aliviaba la pesadumbre que sentía: después de todo, había esperanza.

Desde que Antonio volvió a casa habían hablado mucho de Franco. Él pensaba que era terrible que a su suegro lo hubieran detenido y se lo hubieran llevado sin que la familia supiera qué le había ocurrido. Poco a poco comprendió que el régimen dictatorial de Franco había conllevado demasiados horrores, y que la única manera de avanzar era con un sistema democrático.

Rafaela miraba a Mateo, que parecía totalmente despreocupado del viento que silbaba a su alrededor. Se rio, señaló unas aves que surcaban el agua y echó a correr hacia Rafaela. Ella abrió los brazos, lo estrechó con fuerza y lo levantó por los aires.

Pensaba en Agustín. En su memoria aún estaba muy vivo. Últimamente había tenido pensamientos y sentimientos extraños. Le parecía notar la presencia del pequeño en la habitación, a veces casi sentía que estuviera allí mismo, que se encontrara al lado de Mateo, jugando con él, aunque ella no pudiera verlo. Tal vez fuera natural, se decía. Tal vez fuera natural vivir períodos así.

ANNIE CONDUCÍA EL coche monte arriba, camino de la casa donde se había producido la tragedia. Al final Lisa decidió acompañarla, aunque fuera horrible, no pudo rechazar la invitación. Había oído a Annie contar muchas historias de su trabajo a lo largo de los años, así que le resultaba interesante ir con ella y ver cómo lo llevaba a cabo en realidad. Según le había contado el redactor jefe, Nils Wester, que, casualmente, conocía a los vecinos suecos que llamaron para dar el aviso, primero corrió el rumor de que lo que ocasionó la muerte de la pequeña y de su abuelo era una estufa de gas en mal estado. Más tarde, sin embargo, empezaron a acudir cada vez más policías y llegó un momento en que acordonaron la zona. Lo que indicaba que se había cometido un delito. Tal vez los dos ciudadanos suecos se convirtieran en testigos importantes, si al final el suceso adquiría relevancia, de ahí que *Svenska Magasinet* se interesara por el suceso.

Fueron siguiendo las indicaciones del GPS en el que habían introducido la dirección que Nils le había proporcionado a Annie. Cuando llegaron al desvío, vieron que estaba cortado, así que tuvieron que aparcar el coche a unos metros de allí. Annie se colgó la cámara del hombro antes de salir del coche.

—Esto no es un accidente. Hay que llegar hasta donde sea posible —aseguró—. Tengo que tomar fotos y luego trataré de hablar con algún policía. Lo siento, pero me va a llevar más tiempo del que yo creía. ¿Quieres acompañarme, en lugar de quedarte en el coche?

Linda sintió la expectación y notó que se le aceleraba el pulso. A pesar de que lo ocurrido era de lo más trágico, no podía evitar pensar que, al mismo tiempo, era emocionante, y enseguida sintió cargo de conciencia.

Avanzaron raudas siguiendo el cordón policial mientras observaban la casa, que estaba algo aislada. Varios policías se movían en las inmediaciones y, en la terraza que daba adonde se encontraban ellas, había dos agentes. Annie se detuvo, sacó la cámara y empezó a hacer fotografías. Algo más allá se había reunido un grupo de gente.

—Seguro que son los vecinos —comentó Annie, que bajó la cámara enseguida—. Luego les preguntaré a ellos, pero antes tengo que hablar con algún agente.

Le hizo una seña a Lisa para que la siguiera, y las dos lograron acercarse un poco más a la casa. Lisa le tiró del brazo a Annie. A pesar de que lo veía de espaldas, había reconocido la postura y la indumentaria del policía que estaba hablando con uno de los técnicos.

—¡Si es Héctor!

—¿Quién? —preguntó Annie.

—El policía al que conocí en el curso de flamenco. En cuya casa me quedé a dormir el domingo pasado.

Lisa se puso nerviosa al encontrarse con Héctor de una forma tan inesperada, y fue siguiendo sus movimientos.

—¿Es investigador de asesinatos?

—Sí —respondió Lisa.

—¿Y no podrías conseguir que se prestara a que le hiciera una entrevista? —le preguntó su amiga.

—Pues no lo sé —dijo Lisa dudosa—. A lo mejor ahora no es momento de molestar, si se trata de un asesinato.

—Venga, por favor, que tú lo conoces... —le suplicó Annie dándole un codazo en el costado.

—Bueno, podemos intentarlo.

Se acercaron a la entrada tanto como pudieron. Delante había aparcados varios coches de policía. En ese mismo momento apareció Héctor cruzando la parcela con otro policía. Era tan alto que se lo veía por encima del muro que rodeaba la casa.

—¡Héctor! —dijo.

El policía se giró sorprendido hacia donde se encontraba ella.

—¡Hola! —volvió a decir Lisa, y se sintió como una tonta.

—Pero ¿qué haces tú aquí, si puede saberse? —preguntó él sorprendido mirando a Annie fugazmente.

—Es una larga historia. Esta es mi amiga Annie, que trabaja en la revista *Svenska Magasinet*.

Héctor la saludó brevemente, pero se lo veía cuando menos molesto.

—¿No podría contarme qué ha ocurrido? —preguntó Annie.

—Desde luego que no —respondió Héctor—. Tenemos otras cosas que hacer que hablar con la prensa.

Lanzó a Lisa una mirada llena de irritación y se alejó en dirección a su coche con el colega, se sentó al volante y cerró la puerta antes de alejarse de allí a toda velocidad.

Lisa se quedó mirando a Héctor apenada. Se sentía un poco herida por la forma en que las había reprendido.

—Vaya —dijo Annie con un suspiro—. No puede decirse que haya salido bien. Aunque, desde luego, parece majo. No es mi tipo precisamente, pero…

—Bueno, estará liadísimo —dijo Lisa—. Lo cual indica que los han asesinado, eso lo entiendo hasta yo.

—Con lo que todo resulta mucho más interesante —respondió Annie.

Ninguno de los demás policías que trabajaban alrededor de la casa quiso decirles nada. Y tratar de convencer a alguno de los técnicos criminalistas, tan ocupados como estaban, de que hicieran alguna declaración se les antojaba inútil.

—Nada, lo intentaré con la gente de la zona —dijo Annie—. Sobre todo, con los vecinos que dieron el aviso.

Arrastró a Lisa hasta el grupo de curiosos, que había ido creciendo desde que ellas llegaron.

No tardaron mucho en descubrir a un hombre de pelo cano en pantalones cortos, polo y sandalias anatómicas, que rondaría los setenta años y que parecía sueco.

—Hola —dijo Annie—. Soy de la revista *Svenska Magasinet*, y esta es mi amiga Lisa. ¿Ha sido usted quien nos ha llamado?

—Sí, soy Lars Johansson. Conozco a Nils desde hace mucho tiempo y pensé que debía saberlo.

—Ya veo —dijo Annie—. ¿Vive cerca de aquí?

—Sí, Karin, mi mujer, y yo vivimos en la casa de al lado. Ella sigue muy afectada. No es que conociéramos mucho a la pareja que vive aquí, Carlos e Inés son bastante reservados, en cambio su nieta, Aurelia, la madre de la pequeña, es muy abierta y agradable. Cuando vienen siempre se pasa a saludarnos.

Al hombre le temblaba el labio cuando dijo:

—Aurelia pasó a vernos la última vez, antes de dejar a Penélope. A la pequeña le encantaban los bollos de canela de mi mujer. Siempre le dábamos zumo y bollos para merendar. Y también le gustaba acariciar al gato.

Lars guardó silencio, y parecía a punto de echarse a llorar en cualquier momento.

—¿Cómo se ha enterado de lo ocurrido?

—Un vecino nos avisó de que había varios coches de policía y una ambulancia en la parcela, así que salí a ver qué pasaba.

—¿Y qué ha visto?

—Que ha llegado un coche con la forense y, después, un vehículo de la funeraria. Otro vecino ha presenciado cómo sacaban a un adulto y a un niño metidos en sacos de plástico de color negro. Enseguida imaginamos que debía tratarse de Carlos y Penélope. Él se quedó cuidando de la niña, y al parecer Inés estará fuera toda la semana.

—¿Inés es la mujer de Carlos?

—Sí, y Penélope es la bisnieta. Aurelia es su nieta, ya digo, está sola y, claro, es difícil. Así que Inés y Carlos se quedan a menudo con la pequeña.

—Ya, claro —dijo Annie sin dejar de anotar con interés—. ¿Y dónde trabaja Aurelia?

—En un restaurante de Marbella. No sé cómo se llama.

—¿Qué cree que ha podido pasar?

Annie señaló la casa. Vio con el rabillo del ojo que empezaban a llegar los periodistas, incluso el coche de una cadena de televisión se acercaba dando tumbos por un sembrado. Seguramente, ya había cundido la noticia de que la policía sospechaba que se trataba de un asesinato.

—Al principio han dicho que era un accidente provocado por una estufa de gas demasiado antigua que no ardía bien y que despedía gases tóxicos, pero luego han empezado a acordonar la zona y han ido llegando más policías. Y claro, entonces empieza uno a pensar que puede tratarse de un crimen…

Al hombre se le apagó la voz. Se quitó la gorra de cuadros y se secó el sudor de la frente con un pañuelo blanco de algodón.

—¿Y usted qué piensa?

—Es una tragedia, es horrible. Espantoso. ¿Qué clase de loco será el que ataca a gente inocente, a ancianos y niños? Penélope tenía cuatro años. ¿Quién es capaz de matar a un niño?

El hombre ahogó un sollozo, se puso la gorra y les dio la espalda. Annie hizo amago de volver a preguntar algo, pero él meneó la cabeza y se alejó cabizbajo de allí.

—¿Qué hacemos ahora? —preguntó Lisa.

—Si es un asesinato, la policía no tardará en publicar un comunicado de prensa —dijo Annie—. No puedo evitar preguntarme si lo ocurrido no guardará relación con el asesinato de Ronda. Es cierto que el procedimiento ha sido distinto, pero de todos modos... Los asesinatos que se producen tan próximos en el tiempo y en una zona geográfica tan reducida suscitan esa sospecha. Entre un punto y otro solo hay una hora en coche, son menos de cien kilómetros. Si se trata de un asesino en serie, será un caso de muchísima repercusión, y nosotras nos contamos entre las primeras en acudir al lugar del crimen. Voy a ver si puedo llamar al portavoz de prensa desde el coche. ¿A ti te importa conducir? También tengo que hablar con Nils.

—Qué va —dijo Lisa.

Se sentía incómoda tras el desafortunado encuentro con Héctor, de modo que iba bastante callada. Emprendieron el camino de regreso por la carretera. Detrás de una curva apareció un chico que subía en bicicleta en sentido contrario. Parecía muy joven, un adolescente.

—Hola —dijo Annie alzando las manos para que se detuviera—. ¿Vives aquí?

—Sí, un poco más allá —respondió el chico.

—¿Cómo te llamas?

—Eduardo, pero todos me llaman Edu.

Annie se presentó, y también a Lisa.

—¿Sabes lo que ha ocurrido?

—Sí, el señor Ortega y la hija de Aurelia han muerto.

—¿Conoces a Aurelia?

—Un poco.

—¿Suele venir por aquí?

—Bastante. Penélope y ella andan mucho por aquí, y siempre hablamos y jugamos con mi perro. A Penélope le encanta *Chico*.

Los grandes ojos del muchacho las miraban con tristeza. Tenía una tirita en la ceja, y en la pierna se le veía un moretón enorme.

—¿Qué te ha pasado? —preguntó Lisa.

—Nada, un coche, que casi me atropella antes de ayer. Fue justo ahí.

El chico señaló una curva muy cerrada que se veía a su espalda.

—¡Vaya! ¿Y cómo fue?

—Pues yo venía con la bici y entonces apareció a toda velocidad por ese camino. Conseguí quitarme de en medio, pero en la cuesta me caí.

—¡Madre mía! ¿Y quién conducía?

—Ni idea. Nunca había visto el coche, y tampoco al que lo conducía.

Lisa y Annie intercambiaron una mirada.

—Pero ¿no se paró cuando te caíste? —preguntó Annie.

—Qué va, siguió su camino.

—¿Recuerdas qué coche era?

—Amarillo, y bastante viejo y hecho polvo. Un Seat Ibiza. Lo recuerdo porque el año pasado estuvimos allí. Quiero decir, en Ibiza.

LLEGÓ AL HOTEL sobre las cinco de la mañana. Le venía de perlas que no hubiera nadie en la recepción. Nadie se dio cuenta de cuándo entraba o salía. En esos momentos se sentía como si se le notara a la legua de qué era culpable. Por suerte, los demás huéspedes estarían durmiendo, nadie lo vio entrar sigilosamente en la habitación. Enseguida se desnudó y se dio una ducha. Puso el televisor para ver las noticias de la mañana, escuchó la radio y echó una ojeada a las noticias en la red para comprobar si ya lo habían anunciado. Nada. Claro, tan rápido no lo iban a encontrar. Su mujer estaba de viaje. A menos que el viejo esperase visita, podían pasar varios días antes de que descubrieran el cadáver. Eso esperaba él.

Se desplomó en la cama, se sentía extenuado, pero le costaba conciliar el sueño. Tenía el cerebro totalmente alerta. Paso a paso revisó los acontecimientos de la noche. ¿No habría olvidado algo? Lo repasó todo, y de pronto tuvo que levantarse a toda prisa para comprobar que había recogido los dos guantes. Sí, allí estaban, en el suelo del recibidor, junto al chaquetón. Algo más sereno, volvió a la cama. Se tumbó de nuevo bajo las sábanas. No había edredón, pero no hacía falta, en la habitación hacía calor. Estaba sudando y se puso a dar vueltas allí tendido. Trató de desconectar el cerebro para poder dormir, pero volvía una y otra vez a lo ocurrido durante la noche en la casa solitaria de los montes que se alzaban sobre Marbella. Veía ante sí al hombre allí solo tendido en la gran cama de matrimonio, y parecía profundamente dormido. Seguramente no notó nada, sino que murió mientras dormía. En realidad, no tenía importancia, lo principal era que ya había dejado de existir. Al final, se llevó su merecido.

Se alegraba de que se le hubiera presentado la ocasión tan pronto, de que la mujer se hubiera ido de viaje. Con ella en la casa, no sabía cómo habría podido proceder.

Se tumbó de lado y trató de dormir. Cayó en una especie de sopor, iba entrando y saliendo del sueño. Era como si la cabeza quisiera seguir despierta, como si quisiera que se mantuviese alerta, dispuesto a huir si la policía aparecía de pronto y empezaba a aporrear la puerta.

Lo invadió un nuevo motivo de temor. ¿Y el coche? ¿Y si alguien se fijó en su coche mientras estuvo delante de la casa? «Tranquilo, todo ha salido a pedir de boca. Esta vez, todo ha ido según el plan.» Trató de contar ovejas, tal como le había enseñado su criada cuando era pequeño. La vieja Elvira. Se preguntaba qué diría si supiera lo que estaba haciendo.

Su cabeza era un puro caos. Con un hondo suspiro, se incorporó en la cama y se quedó mirando la oscuridad. Al correr las cortinas, todo había quedado completamente a oscuras.

Al final, logró calmarse hasta el punto de que pudo conciliar el sueño, pero fue un sueño inquieto.

HACIA LAS CUATRO de la tarde se despertó con una sensación de irrealidad. ¿De verdad que le había quitado la vida a otra persona? ¿Era seguro que aquel anciano había muerto en la cama? Necesitaba una confirmación, saber que no había la menor duda de que había culminado su plan con éxito.

Se levantó de la cama, se dirigió al baño. Al verse en el espejo, se estremeció. Tenía la cara pálida y parecía haber envejecido diez años las últimas veinticuatro horas. Se había convertido en otra persona, en más de un sentido.

Cuando notó que disminuía la presión se refrescó la cara varias veces con agua fría. Tenía que espabilarse. Volver en sí. Comprender qué era lo que estaba ocurriendo. Después se dirigió a la pequeña *cocina de la habitación y preparó una taza de Nescafé, se la llevó a la cama junto con un poco de pan y encendió el televisor para ver las noticias. La próxima emisión estaba a punto de empezar.*

Acababa de comer un trozo de pan y se disponía a beber un trago del café caliente cuando apareció la imagen. La locutora era una mujer rubia con una chaqueta azul. Se le notaba en los ojos que la primera noticia sería triste. Dijo «buenas tardes» y, acto seguido, miró el papel que tenía en la mano. Hizo una pausa de un segundo y volvió a mirar a la cámara. Era como si estuviera tomando impulso.

Él bajó la mano en la que sostenía la taza, tensó las mandíbulas y contuvo la respiración. Se hizo un silencio absoluto en su cabeza cuando la periodista empezó a leer la primera noticia. Decía:

Hoy, a las dos de la tarde, se han encontrado los cadáveres de un hombre de ochenta y cinco años y de una niña de cuatro en una casa a las afueras de Marbella. La policía ha acudido al lugar del hallazgo y ha acordonado la zona, pero aún no está del todo claro qué ha podido causar la muerte de las dos víctimas.

Y luego empezó el reportaje con una imagen de parte de la casa, las montañas alrededor, el cordón policial y los agentes que se movían por fuera del muro. El mismo muro que él había saltado la noche anterior. La voz de una locutora que repetía lo que la periodista acababa de decir confirmaba las dos muertes. Un hombre de ochenta y cinco años y una niña de cuatro.

Y él soltó la taza, que se estrelló ruidosamente en el suelo.

CUANDO HÉCTOR VOLVIÓ al trabajo después de la conmovedora visita al lugar del crimen, ya habían dado las seis de la tarde.

Su jefa, Andrea Cuadros, había convocado una reunión a las siete con los investigadores y los policías judiciales, pero antes quería que él le hiciera un breve resumen de la situación. Llevaba dos tazas de café y le dio una a Héctor cuando se cruzó con él en el pasillo. Entraron en el despacho del agente y se sentó en el sofá.

—Ya se ha difundido el rumor y los medios han empezado a llamar por teléfono. Tenemos que dar una conferencia de prensa. ¿Qué tal en el lugar de los hechos?

Andrea fue tomándose el café mientras Héctor daba cuenta de lo que había ocurrido, y de la valoración de la forense acerca de la causa de la muerte.

—Madre mía, los han gaseado… Qué sangre fría. Eso quiere decir que el asesino estuvo allí fuera con el coche en marcha, esperando a que los gases tóxicos entraran en el dormitorio a través de la manguera, ¿no es eso? O sea, estuvo esperando a que murieran.

Andrea hizo una mueca de espanto y tomó otro trago de café, antes de continuar:

—A la mujer ya le hemos avisado y está en camino. La interrogaremos mañana, ahora está totalmente conmocionada. Con la nieta, que encontró muerta a su hija, tardaremos en poder hablar. Ahora la están atendiendo en el hospital.

Andrea meneó la cabeza.

—Es un horror.

—En el lugar del crimen han aparecido algunos rastros interesantes —intervino Héctor—. Los técnicos han encontrado un montoncillo de colillas junto a una arboleda, a unos metros de la casa. Alguien ha estado allí fumando sentado en un tronco no hace mucho. Lo mismo indican unas pisadas recientes y las marcas en la tierra, que está bastante húmeda, puesto que queda en la sombra. La pisada es del número cuarenta y dos, y pertenece a una zapatilla deportiva de la marca Nike. Exactamente igual que en Ronda.

—¡Madre mía! —exclamó Andrea—. Se trata del mismo asesino.

—Todo parece indicar que así es —convino Héctor—. Por lo demás, los resultados del análisis de ADN de las colillas que encontramos en Ronda deberían llegar hoy. O a lo sumo, mañana. ¿Has sabido algo?

Andrea negó con la cabeza.

—¿Y las rodadas? —preguntó la jefa.

—Sí, había varias recientes delante del muro —dijo Héctor—. Un turismo no muy grande con las ruedas muy desgastadas. El dibujo no coincide con ninguno de los coches del matrimonio.

—Oye, este asesino parece bastante torpe —observó Andrea—. Si es que es un hombre. Y si es que se trata del mismo. Pero sería de lo más improbable que haya dos asesinos distintos operando en la misma región, no muy lejos el uno del otro, con zapatos similares y que fumen la misma marca de tabaco anticuada.

—Si se trata del mismo asesino, no es ningún profesional, desde luego —respondió Héctor secamente—. Y el modo de proceder es totalmente distinto en un caso y en otro. Por cierto, he hablado con Marianne sobre el anillo que la limpiadora encontró en el retrete de la habitación del hotel. Reconoce que fue ella quien lo arrojó allí. Lo encontró entre las cosas de Florián cuando hacía las maletas en la habitación del hotel el sábado pasado, antes de que la llevaran al hospital. Estaba al corriente de la relación de su marido con Daniela, y fue Marianne la que le causó las heridas. Habían tenido una dramática escena antes del viaje a Ronda.

—De acuerdo —dijo Andrea—. Podría ser la mujer. Habría podido empujar a Florián para que cayera por el precipicio. Los celos se hallan detrás de muchos asesinatos. Cabe preguntarse por qué no nos habló de todo ello desde el principio, si es que es inocente.

—Tal vez se sintiera avergonzada o quisiera mantener las apariencias —sugirió Héctor.

—La cuestión es qué relación podría existir entre Florián Vega y el anciano doctor. Y qué puede tener que ver la mujer, si es que no es trigo limpio. Y cómo encaja la niña en todo esto. Tal vez murió por error —dijo Andrea, y se estremeció espantada.

Héctor recordó el cuerpecillo sin vida de la pequeña. Tan solo había llegado a vivir cuatro años. Los mismos que tenían sus nietos Hugo y Leo. Sintió una punzada en el corazón ante la sola idea.

—¿Has oído algo de las simpatías de Florián por la extrema derecha? ¿Podría ser ese el vínculo entre los dos casos?

—Lo hemos comprobado y no parece haber ningún móvil político detrás de la muerte de Florián Vega. Esos rumores han resultado ser un tanto exagerados.

—Vale —continuó Andrea—. ¿Qué sabemos de Carlos Ortega?

—Acabo de recibir en mano un primer informe de los criminalistas —dijo Héctor mientras miraba unos papeles que aún no había tenido tiempo de ojear siquiera—. Médico jubilado desde hace muchos años. Antes vivía en Málaga y trabajaba en el Hospital Civil, donde era jefe de planta.

—¿En qué especialidad?

—Tocólogo. Parece que estuvo más de cuarenta años trabajando allí. Siguió unos años más después de la jubilación, pero lo dejó definitivamente en la primavera de 2006. Entonces él y la mujer se mudaron de Málaga a la casa de Marbella. Con número de teléfono y domicilio secretos.

Héctor hizo una pausa mientras seguía leyendo.

—Espera.

Frunció el ceño.

—Un empleado del hospital declara que Ortega dejó el trabajo de forma repentina y que se apartó de todo contacto social, al menos de sus antiguos colegas y amigos. Ocurrió de forma abrupta. Al empleado le pareció que se comportaba como si estuviera huyendo de algo. Vivía en un lujoso chalet de El Limonar, pero se mudó a la soledad de las afueras, a la casa más o menos modesta en la que han vivido él y su mujer desde entonces.

—El Limonar —dijo Andrea despacio—. Ahí vivía también Florián Vega.

Héctor se la quedó mirando unos instantes, mientras pensaba a toda velocidad.

—Podría ser casualidad —dijo—. Pero no es nada seguro que lo sea.

HÉCTOR SE HABÍA echado a descansar un rato en el sofá de su despacho. Tenía que cerrar los ojos y ordenar sus pensamientos. Había sido un día duro, tanto mental como laboralmente. La policía había emitido un comunicado de prensa donde se confirmaban las sospechas de asesinato en el caso del anciano y la pequeña que hallaron muertos cerca de Marbella. Los medios aprovecharon enseguida la información y el doble asesinato apareció a lo grande en todos ellos. No paraban de especular sobre si el suceso podría vincularse con el asesinato de Florián Vega, que se había producido tan solo unos días atrás, a no más de cien kilómetros de allí. ¿Se trataría de un asesino en serie?

Seguían investigando la vida de Carlos Ortega. El punto de partida de la policía era que el asesino buscaba al médico, y que la nieta murió por accidente. El cuarto interior no se veía desde la ventana, y era obvio que el asesino no había entrado en la casa. Además, estaban investigando la posible relación entre las dos víctimas. Las colillas halladas en las inmediaciones de la casa las habían enviado para el análisis del ADN, y los resultados de las colillas de Ronda llegarían al día siguiente. También estaban comparando las pisadas de los dos lugares. La carretera entre Marbella y Mijas estaba bajo vigilancia, y controlaban a todos los vehículos que circulaban por ella.

Héctor era consciente de que tendría que quedarse allí la noche entera, y pensaba aprovechar para descansar alrededor de media hora, antes de que se celebrara la siguiente reunión con los técnicos criminalistas, que se habían pasado toda la tarde trabajando en el lugar del crimen.

Estaba a punto de dormirse cuando sonó el teléfono.

Buscó a tientas el iPhone. Vio en la pantalla que se trataba de Lisa Hagel. Héctor dudó un instante antes de responder. Le había sorprendido, cuando menos, verla aparecer en el lugar de los hechos. En Ronda también estuvo merodeando. Fue después de que hubieran concluido la investigación técnica y una vez retiraron el cordón policial, pero, de todos modos...

Les habló a sus colaboradores del soplo de Lisa sobre Cintia Ramos, la mujer de Ronda que detestaba a Florián Vega, pero aún no había conseguido localizarla. Cintia Ramos parecía haber desaparecido de la faz de la tierra desde hacía unos días, y nadie de su entorno sabía dónde se encontraba. Aquello no tenía por qué significar nada, pero seguían buscándola.

«Ojalá que Lisa no sea de esas personas que andan siempre husmeando —pensó Héctor—. Una de esas que, si les das la mano, se toman el brazo.» Esperaba que no, porque ella le gustaba.

—Hola —respondió—. Aquí Héctor Correa.

—Hola, soy Lisa. ¿Te pillo mal?

Parecía sin aliento.

—Bueno, la cosa está un poco complicada. Supongo que entiendes por qué.

—Claro. Solo quería decirte que comprendo que pienses que ha sido una tontería por mi parte hablar contigo hoy en el lugar del crimen. Ha sido pura casualidad que fuera con mi amiga, que es periodista, y tampoco sabía que se trataba de un asesinato. Siento mucho haberte molestado. No tengo ninguna intención de entrometerme en tu terreno, te lo aseguro. Y tampoco creas que te voy persiguiendo, por favor, que no es eso.

Héctor no pudo evitar una sonrisa.

—No, no lo había visto así, la verdad.

—Y tampoco voy a robarte tiempo ahora, solo quería darte cierta información.

Héctor soltó un suspiro de cansancio. Otro soplo.

—Dime —le respondió educado al tiempo que miraba el reloj.

Lisa le habló del chico con el que se cruzaron y del coche que estuvo a punto de atropellarlo.

—¿Qué coche era?

—Un Seat Ibiza amarillo. Dijo que parecía muy viejo, que estaba hecho un desastre.

—¿Y cuándo dices que tuvo el incidente?

—Anteayer, hacia las cinco.

—¿Y era la primera vez que veía ese coche?

—Sí.

—¿Vio a quien lo conducía?

—Bueno, de pasada. En todo caso, era un hombre.

Héctor se incorporó en el sofá. De pronto, se le había pasado el cansancio por completo.

—¿Y dices que era un coche viejo? ¿Tienes el nombre y el teléfono del chico?

La mujer que estaba sentada en la sala de interrogatorios era bajita y menuda. Vestía de luto y llevaba en la cabeza un casquete con un velo negro. Héctor no recordaba la última vez que había visto un sombrero así. Y con el calor que hacía... Pero era temprano, no eran más que las ocho de la mañana, y el aire acondicionado de la sala funcionaba de maravilla. Se alegraba de que así fuera. El aire fresco le ayudaba a mantenerse más o menos despabilado. Ni siquiera había ido a casa a dormir, solo había descansado unas horas en la comisaría.

Comenzó con el saludo de rigor y puso en marcha la grabadora. Luego miró compasivo a Inés Ruiz, la viuda de Carlos Ortega.

—Lamento muchísimo su pérdida.

—Gracias —respondió ella con un susurro.

Tenía las manos cruzadas en el regazo y lo miraba con los ojos enrojecidos por el llanto. Tenía la cara pequeña y extraordinariamente lisa para una mujer de su edad. La melena asomaba abundante y oscura bajo el sombrero. Inés Ruiz parecía mucho más joven de setenta y cinco, saltaba a la vista.

—¿Dónde se encontraba anoche?

—Estaba en Estepona, había ido a ver a mi hermana.

—¿Cuánto tiempo llevaba allí?

—Me fui el martes y pensaba quedarme toda la semana. Está enferma y necesitaba que le echara una mano.

—¿Cuándo fue la última vez que habló con su marido?

—El martes por la noche, antes de que se fuera a dormir. Siempre nos llamamos para darnos las buenas noches cuando alguno de los dos está fuera. O nos llamábamos...

Se le apagó la voz.

—¿Cómo lo encontró?

—Como siempre.

—¿Había notado algo extraño últimamente?

—Pues no...

—¿Ninguna amenaza? ¿Alguien sospechoso? ¿Alguna persona nueva que hubieran conocido?

—No, siempre estamos solos.

—¿Y Penélope?

A Inés Ruiz se le llenaron los ojos de lágrimas.

—Carlos iba a quedarse con ella una noche solamente. No se animaba a hacer de canguro cuando no estaba yo. Pero Aurelia estaba muy ansiosa por salir con los amigos y él no supo negarse.

La mujer se echó a llorar y Héctor esperó un instante antes de continuar.

—¿Carlos conocía a Florián Vega?

—¿A Florián Vega? —repitió Inés levantando la vista—. ¿El fiscal al que asesinaron en Ronda?

—Exacto.

—No que yo sepa. Jamás oí a Carlos hablar de él, y desde luego nunca nos hemos visto.

—Hace tiempo vivían en El Limonar, ¿verdad?

—Sí.

—A tan solo unas calles de Florián Vega. ¿Y me dice que nunca se vieron allí?

—Que yo recuerde, no.

—¿Su marido jugaba al golf?

—Antes sí, hace años. Antes de jubilarse. Pero luego empezó a hacer lo contrario que todos los jubilados. Cuando

240

por fin pudo dedicarse al golf, lo abandonó. Al mismo tiempo que dejó de trabajar en el hospital.

—¿Sabe por qué?

—Al jubilarse lo dejó todo. El Rotary, la asociación de médicos, todo.

—¿Conoce la razón?

—Dijo que quería tranquilidad. Cambiar de vida. Sí... —dijo Inés pensativa—. Eso fue lo que dijo, que quería cambiar de vida.

—Hemos comprobado que se mudaron de Málaga cuando Carlos se jubiló y dejó el trabajo en el hospital. ¿Ocurrió algo en particular para que se fueran a vivir a un lugar tan aislado?

—Fue Carlos quien lo decidió. A mí me pareció perfecto, la verdad. Así estábamos tranquilos y teníamos tiempo para dedicarnos el uno al otro.

La mujer tuvo que contenerse para no romper a llorar otra vez. Héctor sentía muchísima pena por ella.

——Solo me queda una última pregunta. ¿Hay alguien de la familia o algún conocido que tenga un Seat Ibiza amarillo?

A Inés Ruiz se le fue el color de la cara y se quedó mirando a Héctor.

—¿Un Seat amarillo, antiguo y en muy mal estado?

—Exacto —dijo Héctor sintiendo que se le aceleraba el corazón.

—Pues no, pero el otro día me fijé en un coche así.

—¿Y eso?

—Apareció detrás de nosotros cuando volvíamos a casa, después de ver a Aurelia en el restaurante de Marbella en el que trabaja. Vino hasta aquí. Nos estuvo siguiendo tanto tiempo que los dos nos dimos cuenta, nos pareció un tanto extraño. Pero luego desapareció y ya no volvimos a pensar en él.

Héctor miraba expectante a Inés.

—No se fijaría en la matrícula, ¿verdad?

—No, por desgracia, no lo recuerdo.

Héctor terminó el interrogatorio, le dio las gracias a la viuda y se aseguró de que la acompañaban a su casa. Cruzó el pasillo a toda prisa en dirección al despacho de Andrea para informarla antes de que empezara la reunión. Pero alguien lo llamó desde el fondo del pasillo.

Se volvió y vio a Daniel Torres que se acercaba medio a la carrera agitando en la mano un documento. Se le notaba en la cara que tenía algo importante que decirle. La frondosa melena de su compañero estaba aún más revuelta que de costumbre, y tenía la cara roja de excitación.

—Ya tenemos los resultados del ADN de las colillas halladas en Ronda. Y una coincidencia.

—¡Madre mía! —exclamó Héctor—. ¿En serio?

—Un tal Mateo Molina, que vive en El Palo.

Agosto de 2006

Rafaela estaba delante del espejo de su casa de El Palo. Se rizaba la melena y observaba su imagen. Nuevas arrugas habían venido a sumarse a las que ya le surcaban la cara. Se teñía el pelo de color castaño oscuro, del mismo tono que tuvo en su juventud. Si no lo hiciera, se apreciaría que lo tenía totalmente cubierto de canas. En realidad, aún era muy guapa, aunque algo mayor.

Precisamente hoy cumplía cincuenta y seis, y se estaba preparando para la fiesta que Mateo y su mujer, Adriana, le habían preparado. Antonio iba camino de recoger los cochinillos que luego asarían en el Canta el Gallo. Ahora ella era la propietaria, pues lo compró diez años atrás, cuando el dueño falleció.

Recordaba cuando empezó, entonces solo tenía veintidós años y estaba embarazada de los gemelos. Y Antonio hacía el servicio militar muy lejos de casa.

Oyó voces y risas al otro lado de la ventana. Los nietos corrían y jugaban con sus primos en la calle. Sonrió soñadora. Mateo y Adriana tenían dos hijos, una niña de doce años y un niño de diez. Cuando los veía correteando por allí pensaba en Agustín. En que si él también hubiera vivido... Si hubiera sobrevivido, también sus hijos estarían jugando allí fuera.

En ocasiones se imaginaba que estaba vivo, que andaba por ahí, por algún lugar del mundo, haciendo su vida.

Una vez acudió al hospital donde tuvo lugar el parto aquella tarde de octubre de 1972. Quería ver la documentación. Estuvieron horas buscando en los archivos, pero no encontraron nada. Dijeron que, como hacía tanto tiempo… Y que durante el proceso de digitalización desaparecieron algunos datos, algunas historias clínicas antiguas se extraviaron. Por desgracia, era lo que parecía haber ocurrido en su caso. Ninguna de las personas que trabajaban en el hospital en aquella época seguía allí. Cuando le contó a Antonio lo que había hecho, él pensó que estaba loca, y aseguraba que, en el fondo, lo único que pasaba era que ella se negaba a aceptar que su hijo había muerto.

El único que la escuchaba y que parecía entenderla era Mateo. Su hijo le había contado que también él sentía a veces que Agustín estaba vivo.

Ni siquiera le permitieron ver a Agustín después del parto, a pesar de lo mucho que suplicó. Al final se lo llevaron cuando aún se encontraba aturdida por los analgésicos y apenas consciente. Recordaba que estaba frío y rígido, helado, congelado, y que era mucho más grande que Mateo. Cuando preguntó por qué, alguien le dijo que el cadáver se hinchaba después del momento de la muerte.

A Agustín lo enterraron en el pequeño cementerio de San Juan, en El Palo, cerca de la playa. Allí estaban enterrados todos sus familiares. Dejar el ataúd abierto antes del entierro era impensable. Le dijeron que la visión solo le causaría dolor, el médico no podía responsabilizarse de las consecuencias, del sufrimiento psíquico que le provocaría. Era mucho mejor que el ataúd estuviera cerrado.

Durante todos aquellos años, Rafaela acudió a la tumba casi a diario, cuidaba con devoción las flores que la adornaban, pasaba allí horas hablando con él. Creía oír una vocecilla, sentía como si de verdad tuvieran algún tipo de contacto.

Unos golpecitos en la puerta la arrancaron de su ensoñación.

—Pasa —dijo.

En el espejo vio que Mateo aparecía a su espalda en el umbral de la puerta. Estaba tan guapo con ese traje tan bonito, moreno y delgado, como su padre.

—Ya mismo estoy —le dijo—. Me pinto los labios y listo. Todavía tardarán un rato en llegar los invitados, ¿no? ¿No podemos sentarnos y tomarnos una copa de cava antes de que empiece el jaleo? En fin, ya sabes, un poco de calma antes de la tormenta.

Se volvió hacia él. Cuando vio la cara de su hijo, se quedó de piedra. Estaba pálido y llevaba en la mano un ejemplar de *El País*.

—¿Qué es? —preguntó Rafaela—. ¿Qué ha pasado?

—Mira, mamá —le susurró Mateo—. Léelo.

Lisa se despertó con una sensación turbia en el estómago. Por primera vez en mucho tiempo, no fue la cara de Axel lo primero que le vino a la retina, sino la de Héctor. En cierto modo, suponía algo así como un avance, aunque no terminaba de sentirse cómoda. Esperaba no haber malogrado nada entre ellos al inmiscuirse tanto en su trabajo. Cabía la posibilidad de que él pensara que era una pesada y una entrometida. ¿Por qué tenía que andar siempre metiendo la nariz en todo? A veces no podía consigo misma y con su curiosidad.

Se levantó de la cama con un suspiro y se dirigió al cuarto de baño. Se miró en el espejo. Tenía la cara pálida y ojerosa. Últimamente dormía poco, y se le notaba.

Fue a la cocina y puso la cafetera. Observó los restos de la pared. Tenía muy buena pinta. Ya la tenía casi del todo derribada. Qué diferencia. Solo le quedaba un día de trabajo, dos, a lo sumo. Y podría ponerse a lijar, a dar masilla y a pintar.

En la radio empezaban las noticias, y prestó atención cuando oyó la música y dejó lo que estaba haciendo. Comenzaron la emisión con el hallazgo de los dos cadáveres en la casa de las afueras de Marbella. Decían que la policía sospechaba que se trataba de un asesinato, pero que aún no habían atrapado al culpable.

Lisa se preguntaba si no sería el mismo asesino que el de Ronda. Lógicamente, Héctor no le había dicho nada al

246

respecto cuando hablaron por teléfono la noche anterior. No sabía si la pista del coche amarillo habría dado algún resultado. Esperaba que sí, de ese modo le habría sido un poco útil por lo menos. Ya no volverían a llamarla para ejercer de intérprete, seguro, porque en el último doble asesinato no había implicado ningún sueco.

Salió y se sentó en la terraza con una taza de café. El sol de la mañana arrojaba una luz hermosísima sobre las montañas, los pájaros cantaban en medio del rico aroma que exhalaban las flores. A lo lejos resplandecía el azul del mar. Pensó en llamar a Annie y proponerle bajar a la playa, pero empezó a pensar en los dramáticos sucesos de la semana. Se había visto arrastrada por la sensación de hallarse en el centro de los acontecimientos, y sintió cierta envidia de Annie, que, después de que estuvieran en el lugar del crimen, se fue derecha a la redacción para escribir acerca de la noticia.

Estaba deseando volver a ver a su amiga. Habían quedado en salir de bares por la noche y Lisa se quedaría a dormir en su casa, puesto que vivía a poca distancia del centro y no resultaba caro volver en taxi. Sería estupendo relajarse sin más y no tener que pensar en Axel, en Héctor, en la reforma de la casa, en los asesinatos...

Aunque de eso precisamente, de los dos casos de asesinato, seguro que hablarían. Ahora estaban las dos involucradas, cada una a su manera. Y tenía que reconocer que le resultaba emocionante todo lo que había ocurrido últimamente. Si se trataba del mismo asesino, primero empujó al fiscal Florián Vega para que cayera al precipicio y, solo unos días después, intoxicó con gas al viejo médico jubilado. «Lo más probable es que la niña no entrara en el plan», pensó Lisa. Fue solo cuestión de mala suerte que se encontrara allí en ese momento.

Pero ¿qué tendrían en común esos dos hombres? Había entre los dos una diferencia de edad significativa, y en principio tampoco compartían ningún ámbito social. Lisa se pasó una hora buscando en la red algún contexto en el que coincidieran las dos víctimas. Averiguó bastante información sobre los dos, pero nada que indicara una conexión entre ellos.

Sin embargo, mientras ojeaba un artículo sobre Florián Vega, detectó un nombre que reconoció enseguida. Era una mujer que expresaba sus críticas contra el fiscal cuando este suspendió una investigación. En la página había incluso una foto de ella. A Lisa no le resultaba familiar la cara, pero sí el nombre. Sabía perfectamente dónde lo había oído antes: unos minutos después de que un perro negro gigantesco le saltara encima en los montes de Ronda.

La mujer del artículo se llamaba Cintia Ramos.

Enseguida enviaron patrullas de policía al taller donde trabajaba Mateo Molina y a su domicilio, un chalet de El Palo, donde, según el Registro Civil, vivía con su mujer y dos hijos. El hecho de que hubiera estado fumando en Ronda en las inmediaciones del lugar del crimen no implicaba, lógicamente, que pudieran vincularlo con el asesinato de Florián Vega, y aún tardarían unos días en recibir el resultado del ADN de las colillas halladas cerca del domicilio del médico jubilado. En todo caso, Molina era sospechoso, y si resultaba ser el asesino en serie que buscaba la policía, debían detenerlo de inmediato.

Cuando los agentes llegaron al taller, encontraron a Mateo Molina inclinado sobre el motor de un coche, enfrascado en reparar el árbol de levas. No tuvo la menor oportunidad de oponer resistencia, y lo condujeron de inmediato a la comisaría de Málaga para interrogarlo.

Cuando Héctor entró en la sala de interrogatorios, Mateo Molina parecía a la vez alterado y furioso. Era un hombre de unos cuarenta y cinco años, vestía un mono azul, llevaba una gorra de visera y tenía las manos sucias y manchadas de grasa.

—¿Por qué me han traído aquí? —preguntó indignado cuando Héctor entró en la sala—. ¿Qué es lo que pasa? Esto son poco menos que métodos fascistas, casi dan ganas de creer que hemos vuelto a tiempos de Franco.

—Tranquilo —dijo—. Enseguida se lo explico.

Encendió la grabadora.

—¿Qué número de pie calza?

Mateo Molina puso cara de no entender nada.

—¿Qué quiere decir? ¿Han venido a buscarme con las sirenas a todo trapo y me han traído aquí para preguntarme por mi número de pie?

—Exacto —respondió Héctor sin inmutarse.

—Madre mía… Pues un cuarenta y dos.

—¿Tiene un par de zapatillas Nike?

—Pues no, no creo. No que yo recuerde, vamos. Y es una marca que hace mucho que no uso.

—¿Qué hizo la noche del martes?

—¿De esta semana?

Héctor asintió. Mateo reflexionó unos instantes.

—Mi mujer y yo cenamos con unos amigos en el restaurante de mi madre, en la playa de El Palo. Al día siguiente era fiesta, el uno de mayo, así que no teníamos que ir a trabajar.

—¿Cómo se llama el restaurante?

—Canta el Gallo.

—¿Y durmieron en casa?

—Por supuesto. Con mi mujer, como siempre.

—¿Dónde se encontraba el viernes veintisiete de abril?

—Pero, madre mía, ¿qué es esto? ¿Es que soy sospechoso de algo?

—Responda a la pregunta —dijo Héctor con calma.

Mateo soltó un suspiro.

—En el taller.

—¿Cuándo?

—Desde las siete de la mañana hasta cerca de las diez de la noche.

—¿Tantas horas?

—Estuve cambiándole la caja de cambios a un Peugeot Boxer, me dio mucho trabajo.

—¿Alguien puede corroborar que eso es cierto?

—El dueño del coche. Se puso supercontento cuando vio que lo tenía listo a tiempo.

—Ya, pero en el taller no hubo nadie más en todo ese tiempo.

—Pues no sé, la gente entraba y salía. El negocio es mío y no tengo empleados fijos, así que la mayor parte del tiempo estoy solo.

—¿Ha estado en Ronda recientemente?

—¡No! ¿Por qué? —preguntó Mateo extrañado.

—¿Cuándo fue la última vez que estuvo en Ronda?

—Pues… Estuve allí en una ocasión, mi mujer y yo fuimos antes de casarnos. Hará veinte años.

Héctor hizo una pausa y observó atentamente a Mateo. ¿Por qué aseguraba que no había estado en Ronda? Las colillas no llevaban allí más de veinticuatro horas cuando las encontraron.

—Si le digo que sé que ha estado en Ronda hace menos de una semana, ¿qué me responde?

Mateo miró atónito a Héctor.

—Pero ¿qué narices está diciendo? ¿Qué clase de conspiración es esta? Le digo que hace veinte años que estuve en Ronda.

—Tenemos pruebas de que ha visitado la ciudad recientemente. Pruebas técnicas irrefutables.

Al oír aquello, Mateo soltó una risa histérica.

—Será una broma, ¿no? Lo que yo diga no importa, está claro. Se empeña en que he estado en Ronda, da igual que no sea verdad.

—Le vuelvo a preguntar, ¿hay alguien que pueda corroborar que pasó en el taller todo el día y toda la tarde del viernes?

—Durante el día fueron entrando clientes —dijo Mateo irritado—, pero claro, allí no va nadie un viernes por la tarde. La gente tiene cosas más entretenidas que hacer.

—¿Cuándo estuvo allí el último cliente?

—Pues no lo recuerdo bien, poco antes de la hora de comer. Sobre las dos, más o menos.

—¿Almorzó con alguien?

—No. Como sabía que cambiar la caja de cambios del Peugeot Boxer iba a ser complicado, porque son muy estrechos, y que me llevaría mucho tiempo, me llevé la comida y almorcé en el taller. El cliente necesitaba el coche la mañana siguiente. Se iba de viaje el fin de semana.

—Ya. ¿Conoce a Florián Vega?

—¿El fiscal ese que murió en Ronda? Pues no.

—¿Y a Carlos Ortega?

—¿Quién demonios es Carlos Ortega? Es la primera vez que oigo ese nombre.

—Lo hallaron muerto anoche en su casa, cerca de Marbella. Junto con su bisnieta, una niña de cuatro años.

—Sí, lo he oído, una mierda. Pero ¿qué tiene que ver todo eso conmigo?

Mateo guardó silencio de pronto. Se quedó pálido.

—¿Por qué me han traído aquí? ¿Es que soy sospechoso?

—Sí, es sospechoso de los asesinatos de Florián Vega, de Carlos Ortega y de su bisnieta Penélope Rodríguez.

Se abrió la puerta, entraron dos guardias y esposaron a Mateo Molina.

Antes de que alcanzara a protestar, lo sacaron de la sala.

SEIS MESES ATRÁS, todo estaba como siempre.

La residencia de ancianos se encontraba en uno de los edificios más bellos y suntuosos de Estocolmo. Un edificio espléndido que parecía un palacio de ladrillo rojo oscuro con torres y almenas, maravillosamente situado cerca del golfo de Waldemarsviken, en los jardines reales de Djurgården, con unas vistas impresionantes al tráfico de embarcaciones en la bocana de entrada a Estocolmo. Contaban que una escuadra italiana de visita en Estocolmo en 1920 lanzó unas salvas al ver el edificio de Danvikshem, creyendo que se trataba del palacio real. Seguramente sería una invención, pensaba él, pero de lo más verosímil. Podría creerse que era una residencia de ancianos para gente acaudalada y bien situada, con medios para pagar una vivienda tan elegante en el otoño de sus días, pero en realidad se trataba de una fundación que se ocupaba de ancianos y necesitados según el viejo sistema sueco de lista de espera. Nadie podía adelantarse en la cola por tener dinero, lo que contaba era la necesidad, no la cartera. Era la esencia misma de Suecia, ni más ni menos, pensó mientras giraba por el parque camino de la entrada del majestuoso edificio. «Only in Sweden», como solía decirse.

Se acercó a la puerta presa de un aluvión de sentimientos encontrados, con un ramo de flores en una mano y una bolsa de uvas y el dulce favorito de su madre en la otra. Hacía tiempo que no iba por allí. La habían ingresado por demencia, la pérdida de memoria había empezado unos años atrás, y después de una serie de revisiones resultó que, a causa del Alzheimer que sufría, se le

253

deterioraban paulatinamente la capacidad retentiva y la visión de la realidad.

Su padre llevaba muerto diez años y, desde que él falleció, la memoria de su madre no había hecho sino empeorar. Al principio lo anotaba todo en unos cuadernos que tenía aquí y allá por todo el piso de Södermalm al que se mudó al enviudar. Luego empezó a pegar notas recordatorias por todas partes: en las puertas de los armarios, en el mueble del baño, junto a la cama. Tenía por doquier largas listas de cosas que debía hacer, o de cosas que debía recordar a sus hijos o amigos, para que las hicieran por ella. En una ocasión él encontró en mayo un regalo de Navidad con una nota en la que se leía: «¿Para quién?». O fotografías fijadas aquí y allá con cinta adhesiva, por lo general con una nota al lado: «¿Qué es esto?» «¿Quién es?». Iba a comprar los mismos víveres continuamente. Podía acumular en el frigorífico tres paquetes de mantequilla y cuatro quesos sin abrir. Empezó a mostrarse agresiva y a imaginar que tenía en contra a alguno de sus hijos, que había un vecino que hablaba mal de ella o que una de sus amigas había hecho algo a sus espaldas. Se volvió suspicaz contra todo y contra todos, y donde quiera que miraba veía una conspiración.

Cuando ingresó en la residencia, todo cambió. Era como si se hubiera convertido en otra persona. Allí vivía en un entorno maravilloso, le adaptaban las actividades, estaba rodeada de gente con la que podía alternar cuando quisiera. Le administraban medicación contra la ansiedad y la depresión.

Puesto que era alegre y amable si se le antojaba y, además, cantaba de maravilla y tocaba el piano, era muy querida en la residencia. Y cuando se sentía bien, resultaba más fácil de tratar, al mismo tiempo que la memoria parecía empeorar.

Como de costumbre, se quedó boquiabierto ante las preciosas vistas al mar y a la bocana del puerto que daba acceso a la capital, al jardín de la residencia, que parecía un parque, y a la fastuosa entrada. Se alegraba muchísimo de que su madre pudiera vivir en un lugar tan bonito, desde luego, no todos tenían esa suerte. Además, ella estaba acostumbrada a tener cosas bonitas a su alrededor. Dijo su nombre en la recepción y tomó el ascensor para subir a su planta. Ya había hablado con el personal para avisar de que iría. Ellos le advirtieron de que su madre había empeorado últimamente, que cada vez mezclaba más pasado y presente, y que parecía haber caído en un estado de creciente confusión. Él trató de prepararse mentalmente. Siempre suponía un esfuerzo verla, había que amoldarse, pero en esta ocasión estaba preparado para que fuera más duro que nunca.

La encontró sentada en el sofá, al fondo del salón, mirando por la ventana con expresión ausente y las manos entrelazadas en el regazo. Como de costumbre, impecablemente vestida con una falda plisada de color gris, blusa blanca y rebeca roja, con el pelo recogido en un moño. Quien no lo supiera jamás habría imaginado que aquella señora tan elegante tenía demencia. Su madre tenía setenta y cinco años y aún era una mujer hermosa. Llevaba la cara sin maquillar, pero en la residencia le cortaba el pelo, se lo teñía y se lo arreglaba una peluquera, y además disfrutaba periódicamente de masajes, podólogo, pedicura y manicura. Daba paseos por el jardín y participaba en la gimnasia y el baile común. A ella siempre le había gustado moverse, y continuaba haciéndolo también de mayor. Seguramente, se trataba de un recuerdo que tenía grabado en el cuerpo, no en la cabeza, pensó. Como siempre, sintió cómo se le encogía el estómago al verla incluso a distancia.

En ese momento se encontraba sola en aquel salón elegante, tan amplio y luminoso, con grandes ventanas que daban al jardín en pendiente y al mar. Parecía el salón de cualquier casa de la alta burguesía, con arañas de cristal, suntuosos cortinajes, sillas antiguas colocadas alrededor de la pared, el escritorio, un piano, un reloj de pared, un pedestal con una frondosa azalea… En el amplio poyete del hueco de las ventanas había estatuillas de bronce y de mármol, flores en maceteros de museo Waldemarsudde y algún

255

elegante jarrón que parecía directamente salido de la boutique *de diseño Svenskt Tenn, al igual que el papel de las paredes, en cuyo estampado de flores reconoció la marca Josef Frank.*

Empezó a acercarse, y el parqué de roble en forma de espiga crujió bajo sus pies. Ella no se había percatado aún de su presencia, sino que seguía sentada totalmente inmóvil, mirando por la ventana.

—Hola, mami —la saludó en español, antes de haber llegado siquiera adonde ella se encontraba, para ver cómo reaccionaba.

Su madre dio un respingo casi imperceptible y se volvió hacia él.

—¿Cómo?

—Hola, soy yo —le dijo, se inclinó y le dio un beso en la mejilla—. Tu hijo. ¿Cómo estás, mamá?

Ella no respondió, sino que lo miró con expresión ausente. Él se sentó despacio a su lado en el sofá.

—Acabo de llegar a Suecia. Aterricé esta mañana y he venido aquí casi directamente. Hace bastante que no nos vemos. ¿Estás bien? —le preguntó sin esperar respuesta—. ¿Quieres un café?

Ella asintió apenas. Retuvo entre las suyas la mano de él sin decir nada. En ese momento entró una cuidadora a comprobar que todo iba bien.

—¿Necesitan algo?

—Sí, gracias, ¿podría poner las flores en agua, por favor? —le dijo él al tiempo que le daba el ramo—. Y si pudiéramos tomarnos un café, sería estupendo. He traído dulces —añadió, y levantó en el aire la bolsa para que la viera—. A mi madre le encantan los pastelitos de almendra.

—Pues claro —dijo la cuidadora complaciente, y se llevó las flores y la bolsa—. Pondré los pastelitos en un plato, así se verán más apetitosos y no se llenará todo de migas. Vuelvo enseguida.

—Muchas gracias, muy amable.

Se volvió hacia su madre y le apretó la mano entre las suyas. Era tan menuda como la de un pajarillo. Observó su cara, las finas arrugas diminutas, la barbilla, la boca, un tanto apretada, como con un gesto severo. Le mostró la bolsa de las uvas.

—Mira, mamá, también he traído uvas, que tanto te gustan.

Ella cortó enseguida un racimo y empezó a comer sin inmutarse y sin decir nada.

La cuidadora volvió con el café en una bandeja. Lo puso todo en la mesa y se marchó con una amable sonrisa. Las tazas tintineaban en el plato, a su madre le temblaba la mano. Él le ofreció un pastelito y ella lo aceptó. Para su sorpresa, lo mojó cuidadosamente en el café, cosa que jamás la había visto hacer con anterioridad.

Le habló de lo que había estado haciendo últimamente, de esto y de aquello. Ella no decía nada. De hecho, no parecía ser consciente de que le estuviera hablando, sino que lo observaba con la mirada vacía, asintiendo ligeramente de vez en cuando.

Pero de pronto le notó algo en la cara. Se le formó una arruga en la frente y adquirió una expresión decidida, enérgica. Como si estuviera a punto de decir algo importante.

—Tú eras mi hijo más querido —declaró en voz alta y cristalina.

Él se sobresaltó sorprendido y derramó un poco de café. Lo secó enseguida. ¿Qué quería decir? En lo más hondo de su alma brilló un fugaz destello de esperanza. Su madre, tan fría y distante… ¿Lo habría querido en el fondo pese a todo? ¿Fue solo que no tuvo la capacidad de demostrarlo? Un escalofrío de felicidad y satisfacción en el pecho.

—Tú eras mi hijo más querido —repitió ella.

—Mamá —susurró él, y sintió que se le inundaban los ojos de lágrimas—. Mamá querida.

Le estrechó la mano entre las suyas y vio que ella se preparaba para continuar.

—*Por ti tuvimos que pagar. Las niñas eran nuestras, pero tú no. Así que tuvimos que pagar por ti. Y fue mucho dinero —continuó con los ojos clavados en él.*

Tenía la boca tensa, formando una fina línea.

—*En aquella época era muchísimo dinero.*

Lo dijo recalcándolo y lo miró acusadora, como si fuera culpa suya.

— *Pero ¡qué ibas tú a valer todo ese dinero! Ni mucho menos —continuó burlona.*

Estupefacto y mudo, se quedó mirando a su madre. ¿Qué demonios quería decir? Sintió que empezaba a temblarle todo el cuerpo mientras se le llenaba la cabeza de ideas confusas. No lograba entender lo que acababa de decir. ¿Estaría loca? ¿Habría perdido el juicio por completo?

—*Pero ¿qué dices? —le preguntó con voz sorda—. ¿Qué demonios estás diciendo?*

—*Saliste caro —repitió ella duramente—. Muy caro. Demasiado caro. Y no recibimos nada a cambio de todo lo que pusimos. No, nada. Y papá estaba muy decepcionado. Nunca llegaste a ser el hijo que él quería. Tuvimos a las niñas, pero el parto de Laura fue tan duro que los médicos dijeron que no podía tener más hijos. Y deseábamos tanto tener un varón… sobre todo tu padre. Era lo que más ansiaba en el mundo. Pero tú no llegaste a ser nada de lo que él quería. Al contrario. Un debilucho es lo que eras, sin agallas. ¡Y lo sigues siendo!*

Cuanto más decía, más se iba encendiendo. Ya casi hablaba con voz chillona.

Él se levantó, y todo le daba vueltas de tal modo que estuvo a punto de desmayarse. Echó mano de la americana y salió tambaleándose. Se cruzó con la cuidadora que les había servido el café y que, con cara de preocupación, salía a toda prisa de una de las habitaciones para acudir al salón.

Seguramente la voz de su madre, alterada por la indignación, se había oído hasta en el pasillo. La cuidadora le dijo algo y trató de detenerlo, pero él la apartó de un empujón y continuó hacia la salida, para cruzar de nuevo aquella puerta del infierno.

En ese preciso momento comprendió que nunca volvería. Que nunca más vería a su madre.

Nunca más, mientras viviera.

LA NOCHE DEL jueves, ya tarde, Héctor estaba sentado con Andrea en su despacho de la comisaría. Necesitaban recapitular toda la información que tenían y aprovecharon para comer algo. Habían pedido pizza y un par de cervezas. Por el momento ni se planteaban celebrar el haber atrapado al asesino.

Héctor la miraba con curiosidad. Su jefa parecía cansada, agotada.

—¿Qué tal estás? —le preguntó.

—He estado mejor —respondió ella con una mueca.

—¿Aún no se han arreglado las cosas con Sofía? ¿Seguís enfadadas?

—Tenemos un tema de discusión que no se zanja así como así.

—¿Quieres contármelo?

Andrea soltó un suspiro y abrió el cartón de la pizza. No se habían molestado en buscar platos, sino que empezaron a comer con la mano, directamente de la caja. Con una cuña en la mano, dijo:

—Sofía quiere tener hijos. Pero yo no estoy tan segura. El trabajo exige demasiado tiempo.

A Héctor se le iluminó la cara de alivio. Se alegraba de que el problema no fuera más grave.

—Pero, Andrea, eso es estupendo —exclamó entusiasmado—. Pues claro que debéis tener hijos, ¡es la mayor alegría en este mundo! El trabajo siempre estará ahí.

—Ya, claro —dijo ella sonriendo apenas—. Ya lo sé, pero es que también me da un poco de miedo. Ya no soy ninguna niña. Voy a cumplir cuarenta y dos, pero Sofía solo tiene treinta y cinco. Para ella es distinto.

—No puedes permitir que tu edad sea un obstáculo —objetó Héctor—. ¿Quién iba a tener al niño, ella o tú?

—Dará a luz ella, lo desea de verdad. Y yo no siento ninguna necesidad de parir a una criatura. Además, pronto seré vieja para ese menester.

—¡Qué va! Pero, en fin, en ese caso, no hay ningún problema. ¿Y cómo encontráis al padre?

—A través de un donante de esperma.

—Pues a mí me parece fenomenal. ¿Qué es lo que te frena?

Y no pudieron continuar, porque en ese momento llamaron a la puerta y por ella entró Daniel Torres.

—Perdonad que os interrumpa, pero acabo de analizar un resto de cinta adhesiva plateada que el torpe del asesino dejó alrededor de la rejilla, en la casa del anciano.

—¿Y qué hay? —dijeron Héctor y Andrea a coro mirándolo con expectación.

—Lo más probable es que llevara guantes cuando cometió el delito, pero al parecer le costó poner la cinta adhesiva alrededor de la rejilla, y en algún momento se quitó los guantes y dejó una huella. Esa huella dactilar no coincide con la de Mateo Molina.

—Lo que significa que…

—Que tenemos dos asesinos diferentes. Mateo Molina no cometió el último asesinato. Fue otra persona. A menos que tuviera un cómplice.

—¡Pero hombre, por Dios! —exclamó Héctor—. Esto es desesperante.

Se levantó y se puso a dar vueltas por el despacho mientras se masajeaba las sienes.

—Entonces, ¿en qué punto nos encontramos ahora? —preguntó—. ¿En la casilla número uno? No conseguimos avanzar nada en esta dichosa investigación. Y el asesino siempre va un paso por delante de nosotros, a pesar de que no para de cometer errores. Es como la liebre en la carrera de galgos, nunca le damos alcance.

—Tranquilo —le dijo Andrea—. Vamos a repasarlo todo juntos, venga, intentemos ordenar lo que tenemos. Estructura, concentración y mantener la cabeza fría, como siempre digo. ¿Qué tenemos hasta ahora? Siéntate y come, vamos a ir por partes. Hemos interrogado a la mujer de Mateo Molina, que le ha dado coartada a su marido para la noche en la que asesinaron al anciano y a la pequeña. Parecía muy creíble, debo decir. Y su historia se ve confirmada por lo que cuentas de la cinta adhesiva —añadió mirando al técnico criminalista—. Todo lo que dijo coincidía con la versión de Mateo. También comprobamos lo del restaurante Canta el Gallo, que, por lo demás, es propiedad de Rafaela Molina, madre de Mateo, y varios de los empleados confirman que Mateo y su familia pasaron allí toda la tarde.

—Puede que tuviera un cómplice, quizá se ayudaron mutuamente en los dos asesinatos —propuso Daniel.

—Sí, eso es cierto, el hecho de que Mateo Molina cenase fuera no tiene por qué implicar que luego no fuera en coche a la casa del anciano —dijo Héctor, que ya se había tranquilizado y había vuelto a su silla—. No se tarda más de una hora por carretera, al menos por la noche. Es una franja horaria en la que no hay tráfico.

—No, pero su mujer asegura que durmieron juntos toda la noche. Si es que concedemos valor a su testimonio —dijo Andrea.

—¿Cómo se explica entonces que hubiera ADN suyo en las colillas halladas en Ronda? —preguntó Héctor—. Además, cabe la posibilidad de que su mujer nos haya mentido para protegerlo, o incluso que él le diera un somnífero para que no notara nada…

—Claro, pero ¿y el móvil? —objetó Andrea—. ¿Cuál sería el móvil?

—Bueno, tiene antecedentes, por eso encontramos su ADN en el registro —apuntó Daniel, que seguía en la puerta, mirando con avidez las olorosas pizzas que había en la mesa—. Una agresión menor hace diez años, alguna pelea a la puerta de un restaurante, pero puede haber cometido otros delitos que no conozcamos. Tal vez tuviera algún tipo de trato con el fiscal.

—¿Y el médico jubilado? —dijo Andrea al tiempo que hacía un gesto al técnico—: Sírvete.

—Bueno, me llevo un trozo, si no os importa —dijo Daniel—. Tengo que volver al laboratorio.

—Claro, llévate dos —dijo Andrea tendiéndole una servilleta.

Daniel le dio las gracias y se marchó con la pizza en la mano. Héctor suspiró y se llevó a la boca el botellín de cerveza.

—Vamos a ver, entonces, ¿se trata de dos asesinos distintos? ¿Y los dos fuman Ducados? ¿Cuándo tendremos el análisis de las colillas halladas junto a la casa del anciano? —preguntó irritado.

Andrea se detuvo con la pizza a medio camino hacia la boca.

—¿Qué ocurrió exactamente en 2006, cuando Ortega cortó todos los lazos con su vida anterior?

Dejó la pizza en el plato, se limpió las manos en una servilleta de papel, encendió el ordenador y entró en el registro de la policía. Se quedó mirando la pantalla muy concentrada.

—¡Ahí está! —exclamó de pronto—. Una denuncia policial de 2006 contra Carlos Ortega. Lo acusan de haber robado un niño a sus padres y de haberlo vendido. ¿Será eso?

—¿Qué quieres decir? —preguntó Héctor con interés.

—Los niños que robaron durante la época de Franco. Fue el dictador quien lo inició todo como una especie de depuración política. Robaban sobre todo niños de jóvenes solteras simpatizantes de izquierdas y se los entregaban a matrimonios sin hijos partidarios de Franco. A la madre le decían que su hijo había fallecido en el parto, cuando lo que hacían en realidad era venderlo.

—Ya, y con el tiempo resultó ser un negocio muy lucrativo que fue creciendo, y tanto los médicos como las enfermeras y los empleados de los hospitales maternoinfantiles se vieron involucrados —asintió Héctor con una expresión de amargura.

Andrea siguió buscando en el ordenador.

—Mira —dijo exaltada, y giró la pantalla hacia su colega—. El Hospital Civil ha salido a relucir varias veces en relación con el asunto de los niños robados. Se sabe que a muchas de las mujeres que dieron a luz allí les decían que sus hijos habían nacido muertos, pero lo que hacían en realidad era venderlos a matrimonios sin hijos.

—Pero ¿cómo conectas eso con…?

—Carlos Ortega fue jefe de planta del Hospital Civil durante la década de los sesenta y los setenta, los años de más actividad del negocio. Esa puede ser la explicación de que se retirase de forma tan repentina cuando se jubiló hace quince años. Coincidió con la época en que estas historias empezaron a conocerse.

—Estaría avergonzado —dijo Héctor dudoso.

—Desde luego —respondió Andrea—. Y, seguramente, querría apartarse de todo.

—¿Y Florián Vega?

—Muchas de las personas que han averiguado después que fueron robados al nacer han querido denunciar a los implicados —continuó Andrea mientras seguía leyendo en la pantalla—. Hasta ahora solo han llevado a juicio a una persona, un ginecólogo de Madrid, pero salió absuelto. El problema es que se considera que los delitos han prescrito, que no hay documentación suficiente y que muchos de los implicados están muertos. Pero el hecho de que tantos casos se cierren sin investigar ha provocado una gran indignación —dijo sin apartar la vista del ordenador.

De pronto se detuvo y soltó un silbido.

—Adivina a qué fiscal de Málaga le llovieron las críticas por haber cerrado muchos de esos casos.

Héctor la observó concentrado.

—Florián Vega.

—Correcto.

—Es decir, el asesino buscaba venganza. Es uno de los niños robados —afirmó Héctor con amargura.

—Exacto.

—Pero ¿y las pruebas de ADN? Según los resultados, corresponde a Mateo Molina. El número de pie coincide y mintió al afirmar que no había estado en Ronda.

Andrea se retrepó en el sillón y le lanzó una mirada insondable.

—¿Y si es verdad que no estuvo allí?

—¿Cómo?

—Muchos de los niños robados eran gemelos. Dejaban que la madre conservara a uno de los dos y decían que el otro no había superado el parto.

—Pero eso significa que…

—Que Mateo tiene un hermano gemelo. Es decir, tienen el mismo ADN.

—¿Y las huellas de la cinta adhesiva?

—Los gemelos tienen el mismo ADN, pero las huellas dactilares son distintas.

Agosto de 2006

RAFAELA ABRIÓ EL periódico que le entregaba Mateo, y en el mismo momento en que vio el titular sintió como si fuera a parársele el corazón. En negrita, se leía:

> Se cree que durante la época de Franco se robaron miles de recién nacidos.

Miró horrorizada a su hijo antes de seguir leyendo el artículo.

Trataba de un hombre cuyo padre, en su lecho de muerte, le contó que su madre y él lo compraron en 1969 por ciento cincuenta mil pesetas a un sacerdote y a una monja de una clínica de Zaragoza. La noticia conmocionó al hombre, que, tras unos análisis de ADN, constató que todo era cierto. Asimismo, se demostró que habían falsificado la documentación del hospital, y que a los padres biológicos les dijeron que su hijo había muerto en el parto.

Rafaela siguió leyendo mientras se le aceleraba el pulso y cada vez le resultaba más difícil respirar. En el artículo decía que estaban investigando a varios hospitales del país por casos similares, puesto que el de los niños robados resultó ser un negocio muy extendido, y que había gran número de víctimas entre las madres de gemelos. Por lo general, en el hospital les decían que solo había sobrevivido uno de los hijos, mientras vendían al otro.

Rafaela dejó caer las manos sobre el regazo cuando terminó de leer. Le costaba respirar. Se volvió hacia Mateo y susurró con voz temblorosa:

—¿Imagínate que…?

—Sí, mamá —dijo Mateo, que estaba totalmente pálido—. Imagínate…

A Rafaela le daba vueltas la cabeza. Todos esos años, todo ese dolor, la impotencia, las lágrimas derramadas por el hijo muerto. ¿Y si Agustín estaba vivo, después de todo?

No le permitieron ver a su bebé cuando iban a enterrarlo. ¿Y si no estaba en el ataúd? ¿Y si todo fue una mentira? Si les había ocurrido a otras personas, también pudo ocurrirle a ella.

Las semanas siguientes volvieron a contactar con el Hospital Civil de Málaga, que resultó estar investigado por otros casos similares. En Cádiz se creó una asociación llamada AÑADIR, que ayudaba a las víctimas a continuar con la búsqueda. En el hospital no habían archivado ningún tipo de documentación. Rafaela y Antonio exigieron que se abriera la tumba para que pudieran averiguar la verdad de lo que le había ocurrido a su hijo.

Finalmente, consiguieron el permiso necesario, y el día que se reunieron ante la tumba en el cementerio de San Juan de El Palo el ambiente no podía ser más dramático: Rafaela y Antonio, de la mano, con Mateo y su mujer, Adriana. Nadie pronunció una palabra mientras los dos conserjes del cementerio abrían la tumba en presencia de un sacerdote, un representante del hospital y un miembro de la asociación AÑADIR. Había llegado la hora, por fin lo comprobarían todo. ¿Estarían allí los restos mortales de Agustín?

Rafaela apenas podía tenerse en pie ni mantenerse derecha. Cuando levantaron despacio la tapa del minúsculo ataúd sintió como si se le parase el corazón.

Un rumor de asombro se elevó entre los allí reunidos cuando abrieron el féretro. No estaba vacío: dentro había un esqueleto.

En tan solo unos segundos, todos comprendieron que no pertenecía a un ser humano.

Era el esqueleto de un gato.

Aparcó unas manzanas *más allá, encendió un cigarrillo y fue paseando hasta el convento, que se encontraba en el centro de Málaga. La ciudad aún dormía. Había decidido acudir de madrugada y esperar allí mismo a que amaneciera. Lo hizo por si acaso, para no caer en la tentación de abandonar en el último instante. En esos momentos, no se fiaba de sí mismo. Aún estaba conmocionado tras comprender que había matado a una niña inocente.*

Se había pasado veinticuatro horas tiritando de frío, dando vueltas y más vueltas al curso de los acontecimientos. Se había asegurado de que Carlos Ortega estuviera solo en casa esa noche. No había ninguna pista, nada que indicara que allí fuera a pasar la noche una criatura. Debieron de decidirlo en el último minuto.

Se esforzó por ahuyentar la idea de la pequeña. Ahora tenía que centrarse. Se había sentido tan mal que incluso había sopesado la posibilidad de abandonar la empresa, de no concluir lo que había pasado seis meses planeando. Tenía pensado actuar con rapidez y contundencia en un breve espacio de tiempo. Luego, desaparecería del mapa. Sus planes se vieron alterados desde el principio, cuando se le presentó una oportunidad inesperada mientras seguía al fiscal en Ronda. Y él aprovechó aquella oportunidad y actuó. No era ese el orden en el que había decidido ejecutar su venganza, pero salió bien de todos modos. Lo había acompañado la suerte. Hasta la otra noche. La muerte de aquella niña fue algo que no pudo prever. Si llegó incluso a mirar dentro de la habitación, qué demonios... Allí solo estaba el viejo. ¿Cómo iba a saber que había una niña durmiendo en una parte del cuarto que él no podía ver por la ventana? No se le ocurrió entrar en la casa. Ahora que ya era tarde comprendía que debería haberlo hecho. Probó suerte. Y perdió.

Al final llegó a la conclusión de que lo mejor sería culminar lo que se había propuesto. De lo contrario, la pequeña habría muerto para nada y todo sería en vano.

De modo que ahora se encontraba allí, y estaba listo. Había decidido sacudirse la desesperación por la niña muerta y pensar en que lo hacía por ella. Por todos los niños perdidos.

A aquella hora tan temprana apenas había gente por la calle. Un perro solitario corría unos metros delante de él por la acera pobremente iluminada. Por lo demás, todo estaba desierto.

Cuando llegó al enorme y viejo edificio del convento, cuyos altos muros lo separaban de la calle, descubrió que la verja, que durante el día siempre estaba abierta, ahora se encontraba cerrada. Conducía a un jardín en forma de plaza, con la iglesia a un lado y la entrada al convento en el otro. No le quedaría más remedio que escalar para pasar al otro lado.

Había estado allí varias veces y había averiguado cuál era exactamente la rutina diaria de las monjas. Se levantaban a las seis y media y, treinta minutos después, se reunían para la oración matinal. Luego tenían una hora de oración individual antes de celebrar la misa con comunión en la iglesia del convento. Luego desayunaban y se dedicaban a las tareas cotidianas.

Él había pensado actuar antes de la misa. Entonces, la hermana Soledad Guzmán estaba casi siempre sola en el jardín, en la parte trasera del convento. Por allí corría un perro pequeño de pelo ralo, que parecía estar a su cuidado. Lo llamaba Cicerón. Seguramente se tratara de un perro callejero que había logrado colarse en el jardín. La hermana salía al jardín todas las mañanas para darle de comer. Siempre tenía una expresión muy severa, pero cuando se sentaba en un banco y el animal se le acurrucaba en el regazo ella se ablandaba, y se le volvía la voz suave y cantarina. Allí pasaba la hora de rezo individual, con el perro en las rodillas. Y *siempre recogía algunas hierbas aromáticas del huerto para el desayuno antes de irse.*

Él había encontrado un lugar en la parte trasera del convento que daba al patio de un taller cerrado por el que podría acceder al interior. Entró sigilosamente en la zona del taller, trepó al tejado y lanzó la cuerda. Resonó un leve tintineo cuando el gancho de metal agarró al otro lado del muro. Trepó y lo saltó rápidamente. Ya había accedido al convento.

El corazón le latía desbocado mientras notaba la navaja en el bolsillo. En esta ocasión, iría más allá. Aún estaba oscuro, y fue avanzando a hurtadillas por los senderos del jardín. Era más grande de lo que se había imaginado. Entre los árboles y los frondosos arbustos era casi como estar en el campo. En particular a esas horas en las que no había nada de tráfico.

Se dirigió al huerto. Echó una rápida ojeada al reloj. Las seis y cuarto. Enseguida llegaría la hora de levantarse.

Aquel sería el principal reto hasta el momento. Por suerte, esa zona del jardín se encontraba bastante apartada, fuera de la vista de la entrada al convento, pero cerca del muro que daba a la calle, de modo que podría saltarlo rápidamente. Se escondió detrás de un par de árboles de tronco grueso. Se sentó detrás, contra el muro, y trató de respirar tranquilamente y centrarse. Apretó la navaja en el bolsillo dispuesto a esperar. Llegó el alba y empezó a clarear poco a poco. Pronto saldría el sol.

Al cabo de un rato se oyó un ruido entre los arbustos, un leve jadeo y el ruido de unas patas en el camino de piedra. Se quedó helado. Enseguida apareció a su lado el perrito de pelo áspero meneando el rabo, chilló un poco, se le subió de un salto y le lamió la cara. Tenía el hocico puntiagudo y brillante, dulces ojos marrones y las orejas colgando a los lados. No era muy grande, pero podría desvelar su escondite y la monja tendría tiempo de gritar o de dar la voz de alarma. El perro seguía lamiéndolo entusiasmado y no daba señales de perder el interés, más bien al contrario, era como *si su rechazo lo alentara. Empezó a invadirlo el nerviosismo y sintió que el sudor le corría por la frente, y que el perro estaba a punto de estropear todo aquello que él había planeado. ¿Qué demonios podía hacer?*

Con el rabillo del ojo vio cómo se iban iluminando las ventanas en el convento. Ya no tardaría mucho en aparecer la monja, a menos que ocurriera algo inesperado.

Notaba el peso de la navaja en el bolsillo. Se le ocurrió una idea. Miró al animalito que movía el rabo tan contento y se le subía a las piernas. Se sentó en cuclillas. El perro se apoyó en sus rodillas con las patas delanteras y le lamió entusiasmado la cara y el cuello. Sin dudar un instante, lo agarró de la piel del cogote y le clavó la navaja en el cuello mientras volvía la cara y cerraba los ojos con fuerza. En realidad, a él le gustaban los animales, y claro, no le resultó nada fácil. El perro soltó un lamento, pero calló enseguida.

Arrojó el cadáver en un arbusto, se acercó a toda prisa a un grifo que había en el muro y se lavó toda la sangre que pudo. El corazón le latía salvajemente en el pecho.

De nuevo se escondió junto a la fachada detrás de unos árboles. Estaba tan alterado que necesitaba fumarse un cigarro. No le importaba correr ese riesgo. Con las manos temblorosas, logró sacar uno del paquete, lo encendió y dio varias caladas bien profundas.

Dirigió la mirada hacia las ventanas iluminadas del convento, vio cómo empezaban a moverse las monjas allí dentro. En realidad, lo único que quería ahora era salir de allí, tuvo que hacer acopio de todas sus fuerzas para mantenerse donde estaba y culminar lo que se había propuesto hacer. Nada podía detenerlo ahora, se decía.

«Venga, compórtate. Trata de centrarte.»

Al cabo de unos minutos se abrieron las puertas de cristal que daban al jardín. Con el mayor sigilo, se inclinó hacia delante y miró entre las ramas y el follaje. Allí estaba la monja, en la escalera de piedra que daba al jardín. La anciana sostenía un cuenco en una mano y se inclinó un poco hacia delante silbando bajito:

—Cicerón, ven. Toma, mira qué comida más rica. Cicerón bonito, ven, perrito lindo, ven aquí —lo llamaba con voz cantarina para atraerlo.

Aguardó unos instantes antes de volver a silbar y cerró la puerta. Comprendió que no permitían que el perro entrara. La monja continuó:

—Cicerón, ven aquí, ven.

La observaba fijamente. El que fuera menuda y flaca facilitaba las cosas, reducirla sería pan comido. Esperaba que siguiera andando y saliera al jardín, como solía. Donde ahora se encontraba le resultaría imposible acercársele, lo descubrirían enseguida. Oía sus propios latidos, que parecían retumbar en aquel ambiente apacible y tranquilo. El sol estaba subiendo en el cielo, cada vez se aclaraba más el día.

La monja dejó el cuenco de comida en el suelo y se alisó el largo delantal, que le llegaba hasta el borde del hábito. Muy despacio, la religiosa fue bajando por el camino sin dejar de mirar a ambos lados, llamando al perro o silbando bajito para atraerlo.

Él se levantó del escondite y se acercó sigilosamente por detrás navaja en mano. Soledad Guzmán se detuvo y se agachó, miró entre unos arbustos que había al lado del camino. Él la oyó contener la respiración, horrorizada. Seguramente, habría visto el rastro de sangre. Unos segundos después, descubrió en el suelo el cuerpecillo del animal.

Alcanzó a soltar un grito antes de que él se le abalanzara. Le empujó contra el muro y le tapó la boca con una mano. Allí estaba la monja que le había arrebatado a su familia, su país, su vida. Había llegado la hora de que él se la arrebatara a ella.

Mientras le sujetaba la cara con una mano, sacó la navaja y se la clavó en el bajo vientre con todas sus fuerzas. Notó cómo le hincaba los dientes en el brazo cuando le hizo un profundo corte

274

transversal en el estómago. La cortó igual que cortaron a su madre antes de robarle a su hijo. A él lo declararon muerto después de ese corte. Ahora era él quien declaraba una muerte.

Y, en esa ocasión, era una muerte de verdad.

Soledad Guzmán soltó un aullido que se ahogó en la mano que le cerraba la boca. Se le hundió la mirada mientras, por la herida, se le escapaban la sangre y las entrañas. Se le escapaba la vida.

Al mismo tiempo salió el sol, y los primeros rayos lo alcanzaron y le calentaron las mejillas cuando sacó la navaja del cuerpo de la monja, que se desplomó en el suelo. Tiene que ser una señal, pensó él.

Un rayo de luz, como un signo del mismísimo Dios.

HÉCTOR SE HABÍA pasado la noche trabajando y no había podido pegar ojo. Ahora acababa de salir el sol y pensaba ir enseguida a desayunar al Café Cinema. No tenía sentido irse a casa a dormir. Todavía no. De todos modos, no lograría conciliar el sueño.

Andrea y él habían vuelto a interrogar a Mateo, que les refirió con amargura la lucha de la familia por averiguar la verdad sobre lo ocurrido a su hermano gemelo, y dónde se encontraba. Tanto él como su madre tenían la sospecha de que estaba vivo y habían tratado de conseguir que el hospital les facilitara la documentación, sin éxito. Resultó que la tumba de su gemelo contenía el esqueleto de un animal. Por el momento, la búsqueda había resultado infructuosa, pero la familia no se había dado por vencida.

La policía dedicó el resto de la tarde y de la noche a tratar de localizar al hermano, pero no era fácil, pues no quedaba ningún documento del parto.

Informaron también a la madre, Rafaela Molina, y la llamaron para interrogarla. La mujer se vino abajo cuando supo de las sospechas de la policía. Les confirmó que los hermanos eran gemelos. En el hospital les dijeron que solo tenía una placenta y que las membranas que rodeaban los fetos indicaban que así era. De ahí que tuvieran idéntico ADN.

Unos toquecitos en la puerta interrumpieron los pensamientos de Héctor, y enseguida asomó la cabeza uno de los investigadores que trabajaba en el caso.

—Por fin he localizado en Ronda a Cintia Ramos —aseguró—. Resulta que está haciendo senderismo en Sierra Nevada y por algunas zonas había poca cobertura. Ella fue un bebé robado y ha tratado de denunciar al Estado español, pero Florián Vega suspendió la instrucción de la causa. Por eso habla tan mal de él.

Héctor asintió.

Ya empezaban a encajar las piezas, y el móvil de los asesinatos iba perfilándose cada vez con más claridad.

Todo indicaba que el asesino era el gemelo desconocido de Mateo Molina. Lo robaron después del parto, se lo arrebataron a su familia, y los asesinatos que estaba llevando a cabo serían seguramente algún tipo de venganza.

La cuestión era si habría más víctimas. Héctor apenas había terminado el razonamiento cuando sonó el teléfono. Oyó en el auricular la voz sin resuello de Andrea.

—Han encontrado muerta a una hermana en el convento de Santa Clara. La han apuñalado, y parece que ha ocurrido hace muy poco.

—¡Madre mía! —exclamó Héctor—. Es él.

Echó mano de la chaqueta y del arma reglamentaria y salió del despacho a toda prisa.

Después de salir corriendo de la residencia con las palabras de su madre resonándole en la cabeza, solo albergó una idea: averiguar qué era lo que había ocurrido.

Recordó el día que aterrizó en Suecia. A sus pies, desde el avión, se extendía un paisaje gris donde empezaba a hacerse de noche pese a que era poco más de mediodía. Un bosque en apariencia infinito, con abetos cargados de nieve, alguna granja aislada aquí y allá, pero nada de movimiento, ningún signo de vida. Un mundo congelado... Como si todo estuviera inmóvil, se hubiera paralizado y hubiera muerto.

Se metieron como pudieron en un taxi y recorrieron kilómetros y kilómetros por autovías encharcadas de nieve medio derretida que cruzaban un paisaje plano y sombrío, hasta que llegaron a una ciudad cuyos habitantes, encogidos ante el azote del frío viento y la nieve, recorrían presurosos las calles sin detenerse, sin mirarse.

El taxi continuó hasta salir de la ciudad y a su alrededor se intensificó más aún la oscuridad. Las casas se veían cada vez más dispersas, cruzaban puentes rodeados de agua. Iba adivinando la existencia de pequeñas islas con algún punto de luz en la bruma gris, testimonio de la presencia de edificios, hasta que llegaron a la isla en la que se encontraba la finca.

Él había estado allí con anterioridad, pero en verano, cuando todo resultaba muy distinto. Ahora solo había oscuridad a lo largo del interminable paseo, antes de que se detuvieran por fin en la explanada, delante del edificio principal, vagamente iluminado.

Los recibió Elvira, la criada, y luego lo condujo al que sería su cuarto. Se encontraba en el piso de arriba y estaba amueblado con una cama bien ancha con el cabecero de madera oscura y barrotes a los pies. Había un armario en el que podía entrar entero de pies a cabeza, un baño propio y un escritorio de estilo rústico junto a la ventana.

Todo en aquella casa era grande, lujoso y anticuado, como si se movieran por un viejo museo. Le resultaba ajeno y desagradable, entraba un aire frío por las ventanas y todo olía raro.

Después de Navidad, empezó el colegio. Entró en sexto curso en el segundo cuatrimestre, cuando todos se conocían ya. Además, él era distinto. En el colegio del archipiélago no estaban acostumbrados a ver niños de otros países. Tuvo que aguantar que le dijeran que tenía que aprender a hablar correctamente. «Español de mierda. Vete a tu casa.»

Su madre no había hecho el menor esfuerzo por enseñar sueco a sus hijos, así que el idioma le costaba. Recibía clases particulares, y además tenía clases de lengua materna, con lo que se veía obligado a salir del aula con frecuencia y, en numerosas ocasiones, se perdía los trabajos de grupo con los compañeros. Pasaba los recreos solo, y nadie se esforzaba por integrarlo en el grupo. Lo consideraban un chico bien de clase alta, puesto que vivía en la elegante casa solariega, lejos de los demás. No lo acosaban ni le gastaban jugarretas. Simplemente, le hacían el vacío. Como si no existiera.

Ni siquiera el fútbol le servía para mejorar su estatus. Cuando intentó mostrarles sus habilidades con el balón, lo acusaron de ser un engreído, de creerse alguien. Lo que tenía que hacer era no pasarse de la raya y no llamar la atención.

No tenía nada en común con los chicos de la clase, que lo veían como un memo. Las chicas tampoco se fijaban en él, era bastante flaco y nada bravucón.

El bus del colegio no llegaba hasta la misma casa, de modo que, en invierno, cuando hacía demasiado frío para ir en bicicleta no le quedaba más remedio que ir en trineo de pie, si había nieve suficiente, o caminar cuatro kilómetros hasta la parada donde se detenía el autobús. Y la misma historia para volver a casa, entonces tenía que recorrer solo el camino desierto y oscuro, rodeado de negros campos y bosques. A nadie le importaba que le diera miedo la oscuridad. A sus hermanas mayores, Laura y Alicia, las llevaban en coche adonde quiera que iban. Era peligroso para las chicas andar por ahí solas después de que cayera la noche, le decía su madre.

Un año después de que se mudaran seguía sin tener compañeros. Cómo echaba de menos a los amigos, el colegio, el fútbol y en general la vida en el sur de España, muy distinta de la que llevaba allí: aquello era como vivir en otro planeta. Allí podía bajar a la playa después del colegio, jugar al fútbol y bañarse hasta que se ponía el sol. Casi siempre cenaban fuera, con vecinos, amigos, primos, tíos y tías, sin un montón de obligaciones y reglas raras. Sin que las cosas tuvieran que suceder de una forma y en un orden determinados. En Suecia había tantas reglas tácitas que uno se perdía en ellas.

Siempre lo invadía la sensación de que no formaba parte de aquel lugar. Era como si él fuera el único que añoraba la vida en España, los demás nunca hablaban del tema. Escribía cartas a sus amigos, pero cada vez le respondían menos. El contacto se fue debilitando, y él estaba deseando hacerse lo bastante mayor como para irse de allí.

Al mudarse a Suecia, se había perdido a sí mismo.

LISA SE QUEDÓ a dormir en casa de Annie después de salir aquella noche, pero no volvieron muy tarde, de modo que pudo madrugar y estaba deseando volver a casa para continuar con la pared. Quería tenerla lista para el sábado por la mañana, cuando irían a verla Annie y Louise. Pensaba enseñarles la casa, y tenían planes de hacer una barbacoa en la terraza y quedarse allí a dormir. De camino a casa, tendría que parar a hacerse con unos colchones hinchables. No había tenido tiempo de comprar más muebles.

Desde que llegó a Málaga hacía una semana, no había parado un minuto y apenas había tenido tiempo de hablar con sus hijos por teléfono. A Victor y a Olivia llegó a preocuparles que se sintiera sola, pero a aquellas alturas se les habría pasado. La habían llamado en varias ocasiones, pero ella siempre estaba ocupada y nunca tenía tiempo de hablar.

Ahora estaba deseando llegar a casa, ponerse a trabajar con el mazo unas horas y luego sentarse tranquilamente en la terraza para mantener con ellos una larga conversación por FaceTime. Aunque había tenido mucho que hacer, los echaba de menos y estaba deseando que fueran a verla.

Cuando se despidió de Annie, y ya camino del coche bajo la luz del sol matinal, cayó en la cuenta de que llevaba varios días sin pensar apenas en Axel. Era un alivio.

Había aparcado cerca del mar. Unas gaviotas cabeceaban en el agua, y le entraron ganas de bañarse. «El domingo, quizá —se dijo—. Quizá entonces pueda pasar el día de playa con el que tanto llevo soñando.»

Se sentó al volante y salió de su plaza en el aparcamiento. En el preciso momento en que iba a tomar la carretera de la costa para dejar la ciudad pasó un coche que la dejó pensativa. Era un modelo antiguo de Seat Ibiza de color amarillo, exactamente como el coche que el chico vio junto a la casa del hombre asesinado. Alcanzó a distinguir que el conductor era un hombre y que iba solo. «Pero, madre mía —pensó—. ¿Será él?»

Lisa pisó el acelerador.

Cuando Héctor llegó al convento, la calle contigua estaba cortada y delante del muro había varios coches de policía. Los curiosos empezaban a reunirse delante de la cinta policial, y el agente reconoció a varios periodistas. Lo condujeron hasta el huerto donde habían hallado a la monja muerta. El forense aún no había llegado, pero Daniel ya se encontraba allí.

La monja se encontraba junto al muro. El cadáver se veía totalmente cubierto de sangre, y Héctor tuvo que volver la cara al ver el profundo corte que le cruzaba el bajo vientre de lado a lado.

—Qué demonios —dijo sin pensar—. Es un espanto.

—Desde luego —respondió Daniel—. Es la hermana Soledad Guzmán, ochenta y tres años. Lleva cuarenta en el convento. La acaban de apuñalar.

Héctor se quedó mirando a la mujer ensangrentada con el horror en los ojos.

—¿Qué me dices de las heridas? —continuó.

—Presenta un corte longitudinal de diez centímetros. Como puedes ver, se trata de un corte abierto y lo que asoma es el intestino delgado. Parece que le han sajado la aorta, porque hay una cantidad ingente de sangre en la cavidad abdominal. Y mucho más no te puedo decir, pero el forense está en camino.

—¿Cómo se puede cortar así el hábito? —preguntó Héctor con la voz ahogada y volviendo a medias la cara—. ¿No es un tejido demasiado grueso?

283

—Bueno, no si vas con la decisión suficiente —respondió Daniel—. Además, la anciana es muy delgada, eso facilita las cosas. Si hubiera tenido el abdomen muy grueso habría sido más difícil.

—Madre mía —dijo Héctor—. Si se trata del mismo asesino, está claro que va a más.

A poca distancia, en el suelo, había un perro al que también habían apuñalado. Héctor sintió que el suelo se tambaleaba bajo sus pies. Incluso para él, un investigador de asesinatos experimentado, resultaba excesivo. «Mira que llegar al punto de matar a una monja», pensó. ¿Qué no era capaz de hacer el ser humano?

Una extraña serenidad dominaba el huerto, lleno de flores de mil colores, plantas trepadoras, limoneros y especias. Un sendero con un precioso banco, una fuentecilla que manaba junto a una imagen de la Virgen, una bicicleta antigua cuajada de rosas trepadoras y olorosos jazmines.

Y, en medio de todo aquello, la monja muerta.

—Tenemos que organizarnos. Tenemos que atraparlo —dijo Héctor—. Tú encárgate de organizar la parte técnica. ¿Sabes a cuál de los forenses nos han enviado?

—Nos lo acaban de decir —respondió Daniel—. Por suerte, es Elena Muñoz.

—Bien —dijo Héctor—. Doy por hecho que se trata del mismo asesino que en los dos crímenes anteriores. Solo que en esta ocasión ha ido un paso más allá. Dios sabe de qué será capaz la próxima vez.

Se alejó rápidamente y, en ese mismo instante, Andrea lo llamó por teléfono.

—Nos han avisado de que el asesino va camino de El Palo en un Seat Ibiza amarillo.

—¿Es fiable la información? —preguntó Héctor.

—Compruébalo tú mismo, no tienes más que llamar a quien ha dado el aviso, ha sido la intérprete a la que ya conoces, Lisa Hagel.

Héctor no daba crédito. Otra vez Lisa. ¿Quién se creía que era, James Bond? La llamó de inmediato.

—¡Hola! Ahora mismo estoy siguiendo al asesino —le dijo alterada—. Va en un Seat Ibiza amarillo, lo vi cuando salía de casa de Annie. Me he enterado de lo de la monja, es una barbaridad. Me lo tengo que haber cruzado justo cuando salía de allí...

Hablaba sin parar y, antes de que él pudiera decir algo, le soltó el número de matrícula.

—No hagas ninguna tontería, Lisa. Vamos para allá —le advirtió Héctor antes de que ella colgara.

«*Tú* ERAS MI HIJO *más querido.*» *Aquellas palabras le resonaban en la cabeza mientras se acercaba a la casa solariega que fue el hogar de la infancia de su madre y el lugar donde vivieron durante sus años adolescentes. Se mudaron a ella desde España cuando fallecieron los abuelos maternos. Ahora hacía ya mucho tiempo que la madre no vivía allí, llevaba unos años ingresada en una residencia de mayores, pero se negaba a vender la casa. A la asistenta le permitió que se quedara: Elvira llevaba más de treinta años con la familia y no tenía a nadie más en el mundo. Por eso podía quedarse en la mansión, al menos, mientras viviera su madre.*

Por dentro se lo llevaban los demonios en tanto que trataba de ordenar sus pensamientos. ¿Se habría vuelto su madre completamente loca? Al mismo tiempo, se le había antojado de pronto clara como el cristal, como si las cortinas de la demencia se hubieran retirado por un instante. Le habló con la voz de siempre, firme y bien articulada. Resultó aterrador. No paraba de dar vueltas en la cabeza a las palabras que pronunció.

¿Qué era lo que había insinuado su madre? Un inquietante presentimiento había arraigado en su subconsciente, pero no se atrevía a expresarlo con palabras. Tenía que averiguar los datos objetivos.

Tomó la autopista en dirección sur y trató de calmarse. Respiró hondo, marcó el número de su casa de la infancia. Enseguida reconoció la voz de Elvira, que atendió el teléfono. La mujer lo lamentaba mucho, pero precisamente estaba a punto de salir de viaje, iba a pasar el fin de semana con una amiga.

Él dejó escapar un suspiro de alivio cuando colgó. Así podría rebuscar tranquilamente por toda la casa.

Tenía que tratar de encontrar alguna prueba, algo que pudiera confirmar sus sospechas, lo que su madre le acababa de decir. ¿O no serían sus palabras más que la percepción de la realidad de una anciana demente? A aquellas alturas su estado podía experimentar cambios rápidamente, y el personal le había avisado de que su madre inventaba cosas. Tenía su propia versión de la realidad, y él debía tenerlo presente.

Pero ¿habría algo de verdad en sus afirmaciones?

Cuando por fin llegó, sintió que volvía a invadirlo la angustia de la infancia. Una vez dentro, no pudo resistir la tentación de entrar en el cuarto de cuando era niño antes de dirigirse al despacho de su padre. Allí no tardó en encontrar los documentos en el archivo, uno por cada hijo de la familia. Seleccionó la carpeta que llevaba su nombre y, con el corazón latiéndole acelerado en el pecho, empezó a revisar calificaciones escolares, fotos del colegio y partes médicos.

Entre los documentos había una carta de España. La habían devuelto a la dirección de origen en Cádiz. Estaba claro que el destinatario era desconocido. Con dedos temblorosos, sacó la carta del sobre y empezó a leer. El sudor le inundó la frente y sintió que se le doblaban las rodillas a medida que avanzaba en la lectura.

Resultó que era una carta de agradecimiento dirigida a un tal Carlos Ortega, médico y jefe de planta del Hospital Civil, en el centro de Málaga, con fecha de abril de 1973, medio año después de que él naciera.

Querido doctor Ortega:

Yo, Manuel García Reyes, y mi mujer, Madeleine, queremos darle las gracias de corazón por toda la ayuda prestada en relación con la adopción de nuestro hijo Alejandro. Es un niño sano y hermoso, y somos muy felices.

Transmítale por favor nuestro agradecimiento también a Soledad Guzmán por su implicación en todo el proceso.

Con todos mis respetos,

Manuel García Reyes

Mientras sostenía en las manos el papel ya amarillento de la carta, notó que le temblaban las piernas. Se le venían a la cabeza las ideas más desconcertantes. Había oído hablar de los casos de recién nacidos que vendían a familias sin hijos después de haberlos robado a sus verdaderas madres.

La práctica comenzó durante el régimen de Franco como un medio de purga política, pues robaban niños cuyas familias eran opositores a Franco o activistas de izquierdas, y los vendían a simpatizantes del régimen. Podía tratarse hasta de trescientos mil niños. Cuando se descubrió el escándalo, el país entero se alzó en un clamor de indignación. Empezaron a abrir las tumbas, que resultaron estar vacías o contener el esqueleto de un animal, en lugar del cadáver del supuesto niño muerto; encontraron documentos falsificados, personas declaradas estériles tenían hijos de pronto, y monjas, médicos y empleados de los cementerios acabaron confesando finalmente que estuvieron involucrados en el tráfico de niños. Se convocaron manifestaciones multitudinarias en distintas ciudades a lo largo de todo el país para protestar por el hecho de que se archivaran las diligencias previas de esos delitos a pesar de la existencia de pruebas, y de que el Estado español no actuara a pesar de que se hubiera destapado el asunto.

Fue bajando la mano en la que sostenía la carta y clavó en el horizonte una mirada vacía.

¿Sería él uno de ellos? ¿Sería él uno de aquellos niños robados?

Lisa vio que el coche amarillo abandonaba la carretera de la costa y giraba en dirección a la playa de El Palo. Puesto que había dos vehículos entre el suyo y el Seat, no le parecía arriesgado seguirlo, a pesar de que suponía que, si no hubiera colgado a tiempo, Héctor le habría aconsejado que interrumpiera la persecución. El vehículo avanzaba por una de las calles más próximas a la playa, justo por encima de los restaurantes, y allí aparcó. Lisa pasó a su lado y tuvo ocasión de ver bien al hombre, que estaba saliendo del vehículo en ese momento. Él se bajó enseguida la visera de la gorra, se encajó unas gafas de sol oscuras, abrió el maletero y se puso a revolver como si buscara algo. Lisa aparcó rápidamente en un hueco que había más adelante.

El hombre parecía haber encontrado lo que buscaba, una camisa blanca, un par de pantalones cortos y una toalla, que metió en una bolsa de plástico. Echó un vistazo a su alrededor antes de bajar a la playa.

Lo seguía a una distancia prudencial. Le escribió a Héctor un mensaje de texto para informarle de dónde se encontraban ella y el sospechoso.

El hombre bajó hasta a la orilla con paso resuelto. Se quitó los zapatos, la camiseta negra y los pantalones oscuros y se refrescó la cara, las manos y el torso. De vez en cuando echaba una ojeada arriba y por la playa, como para controlar si alguien lo seguía. Lisa hizo como que contemplaba el mar y que miraba a lo lejos, hacia Málaga, como una turista.

Él se vistió rápidamente con el pantalón corto y la camisa blanca, se pasó la mano por el pelo, se puso las zapatillas y se alejó de la playa. Se dirigió hacia la hilera de restaurantes y tiró a una papelera la ropa, la toalla y la bolsa de plástico. Luego giró por una calle entre los edificios del barrio más próximo al mar. A lo largo de la calleja había estrechos pasajes que daban a la playa.

Lisa lo seguía tan de cerca como podía, por nada del mundo quería perderse ver en qué portal entraba. El hombre caminaba rápido y parecía saber muy bien adónde se dirigía.

De pronto se detuvo ante un sencillo edificio independiente, que quedaba como encajado entre los demás. Estaba pintado de gris con la mitad inferior de la fachada cubierta de azulejos y rejas blancas en las ventanas. Alrededor del edificio había maceteros de flores de distintos colores y tamaños, colocados directamente en la calle. Se veía muy bonito y estaba situado en un lugar abierto entre los edificios cercanos, con un banco y una fuente delante.

El hombre dudó un instante, luego respiró hondo y llamó a la puerta. No tardó en abrir una mujer, que lanzó una exclamación, un breve grito de sorpresa que no tardó en ahogarse por completo.

Se trataba de una visita inesperada, no cabía duda.

Rafaela miraba muda de asombro al hombre que acababa de aparecer en la entrada. Fue como si el tiempo se hubiera detenido. Enseguida supo que era él, no solo porque era idéntico a su hermano: la expresión sensible y el cuerpo enjuto, con una camisa blanca arrugada y pantalón corto. Las piernas no la sostenían mientras paseaba la mirada por el rostro de Agustín: el pelo negro, con algo de gris en las sienes, un tanto húmedo y revuelto, la frente despejada, la forma de las cejas, los ojos grandes, como los de Antonio, y la nariz y los labios finos de ella. La barba incipiente le crecía algo canosa. ¿De verdad que era su Agustín, al que llevaba añorando cuarenta y siete años?

Se le llenaron los ojos de lágrimas, la embargó un alud de sentimientos que borró el presente de un plumazo. No importaba lo que hubiera hecho. Se le doblaban las piernas y tuvo que apoyarse en la jamba de la puerta, se le ablandó el corazón, lleno de cariño y de ternura. Extendió los brazos hacia su hijo.

—Mi niño —susurró—. Mi hijo. ¿Por fin has venido a casa?

Mientras lo abrazaba, sentía el corazón rebosante de amor. Rafaela se hundió en el suelo con su hijo ya adulto entre sus brazos. Lo mecía como nunca pudo mecerlo cuando era niño, sosteniendo su bello rostro entre las manos, le besaba la frente, las mejillas, la barbilla. Pegó su cara a la de él, la frente contra la suya. Le acariciaba las manos palpando suavemente las venas. Lo abrazaba, le rodeaba los hombros, le besaba el pelo… Él lloraba y ella también. Durante un buen rato, no se dijeron nada.

—Lo sabía —susurró al fin Rafaela—. Nunca quise dejar de tener fe. Algo dentro de mí me decía que estabas vivo. Y así era. No te puedes figurar lo inmensamente feliz que me hace el hecho de que existas, que hayas existido todo el tiempo. Al mismo tiempo que me entristece profundamente no haber podido estar contigo, hijo mío, no haber podido darte todo lo que deseaba darte. Lo que deberías haber tenido, lo que te correspondía por derecho. Mi niño querido.

De pronto se detuvo, como si acabara de ocurrírsele una idea.

—¿Cómo te llamas?

—Alejandro —respondió él—. Mamá, me llamo Alejandro.

—Qué bonito —susurró ella—. También empieza por A, como Agustín. Para mí siempre has sido Agustín.

—Ese será mi nombre a partir de ahora —le dijo él acariciándole la mejilla.

Rafaela estalló en un llanto desesperado y abrazó a Agustín tan fuerte como pudo, aferrándose a él.

—Nunca te dejaré ir —le susurró—. Nunca.

Mientras tanto, los coches de policía recorrían el barrio de El Palo. Lisa le había comunicado a Héctor dónde se encontraba el asesino.

La gran cantidad de agentes uniformados que se acercaban a la casa en silencio y con el arma preparada por la estrecha calle daba la sensación de que la ciudad estuviera bajo asedio, y la gente se escondía y seguía los sucesos desde las ventanas, los balcones y las terrazas.

Héctor llegó por fin y parecía sereno, aunque preocupado. Le dijo a Lisa que se fuera de allí. Los policías rodearon la casa, y cuando todos se encontraban en sus posiciones, indicó a sus colegas que entraran. Se le aceleró el pulso y se le cubrió la frente de sudor. ¿De verdad había llegado por fin el momento? ¿Iban a atrapar al hombre que, en tan solo una semana, había matado a sangre fría a cuatro personas?

Un policía empujó el picaporte y la puerta se abrió. Todos tenían los nervios en tensión y la mirada fija en la puerta de aquella casa pequeña y oscura.

Allí dentro estaba Rafaela, en el sofá, rodeando a Agustín entre sus brazos. La mujer miró a Héctor, que fue el primero en aparecer en la entrada, en medio de un grupo de agentes armados. Con la cara ensombrecida por el dolor susurró:

—¿Tengo que perder a mi hijo una vez más?

LA PLAYA DE El Palo se extendía llena de gente a esa hora de aquel domingo de mayo que brindaba un tiempo espléndido. El aparcamiento estaba lleno, y Lisa se pasó un buen rato buscando dónde dejar el coche, hasta que por fin dio con un hueco a un buen trecho de donde se encontraba, al otro lado de la avenida. Llevaba una fina falda de algodón y una camiseta, pero ya iba empapada de sudor mientras corría hacia la esquina donde había quedado con Héctor.

Él la estaba esperando a la sombra de una palmera: alto y relajado, con el pelo abundante y canoso algo revuelto como siempre, con una camisa blanca y pantalón de algodón azul.

—Hola —lo saludó Lisa dándole dos besos.

Sintió una oleada de su agradable loción para después del afeitado, un tanto seca y áspera, como él mismo.

—¿Cómo estás? —le preguntó.

—Cansadísimo, pero bien —dijo Héctor—. He tenido que suspender el almuerzo de hoy con mis hijos. Necesitaba dormir y descansar un poco. Ha sido una semana infernal.

—Desde luego, lo comprendo —respondió ella—. ¿Damos un paseo?

—Claro.

Fueron caminando por el paseo marítimo, las mesas de los chiringuitos estaban llenas de gente. El aroma de pescado a la brasa se mezclaba con el de la brisa salada del mar. Paseaban a la sombra de las palmeras mientras iban comentando todo lo ocurrido durante la semana. El asesino en serie al que había atrapado la policía, Alejandro García Reyes, estaba detenido como sospechoso del asesinato de cuatro personas. La última de la lista, la hermana Soledad Guzmán, que hallaron muerta en el huerto del convento, trabajaba en el Hospital Civil en 1972 cuando nacieron los gemelos. Mostraron a Rafaela Molina una foto de la hermana y ella la reconoció enseguida. Fue ella quien, cuarenta y siete años atrás, le dio la noticia de que su hijo había muerto.

—Pobre mujer —dijo Lisa—. Cuando por fin recupera a su hijo, lo encierran de por vida, supongo.

—Sí, es una historia terrible —aseguró Héctor meneando la cabeza—. Muy triste. Pero al menos podrá verlo en la cárcel.

—Hay una cosa que no entiendo. ¿Cómo supo Agustín que era uno de los niños robados, y cómo sabía quién era la monja implicada?

—Bueno, en realidad tú no deberías andar haciendo preguntas sobre la investigación, *miss* Curiosidad —observó Héctor, y le dio suavemente con el codo en el costado—. Aún está en marcha, aunque hayamos atrapado al culpable. El auto de procesamiento no se ha dictado todavía. Pero si me prometes que no dirás una palabra, y mucho menos a tu amiga periodista… ¿Me lo prometes?

—Por supuesto —respondió Lisa muy solemne—. Te lo prometo.

—Pues resulta que Alejandro se crio en Suecia. Encontró una carta que desvelaba toda la historia, y en la que aparecían los nombres del médico y de la hermana.

—Ah, ahora lo entiendo. Pobre Alejandro, menuda impresión se llevaría.

—Desde luego. La familia vivió en Cádiz hasta que él cumplió los doce años, pero entonces se mudó a Suecia, país de nacimiento de su madre, cuando sus padres murieron y ella heredó una propiedad. Durante el interrogatorio nos dijo que nunca se sintió miembro de la familia, que su madre era fría y su padre siempre lo miraba con cara de decepción. Y también nos ha contado que soñaba a menudo con que era adoptado, y que su verdadera familia lo estaba esperando en algún lugar. Tenía la sensación de que algo no encajaba.

—Uf, qué horror —dijo Lisa—. Casi puedo decir que lo comprendo.

—Claro que sí —dijo Héctor—. Pero eso no justifica lo que ha hecho.

Guardó silencio de pronto, se detuvo y señaló el letrero color lila que había en la fachada, donde se leía CANTA EL GALLO. Delante del restaurante, que tenía vistas al mar, había sombrillas blancas y un puñado de mesas sencillas con manteles de papel blanco y sillas de color marrón.

—Mira, ahí está el restaurante en el que Rafaela Molina lleva toda la vida trabajando.

—Fíjate… —dijo Lisa—. Todo aquello ocurrió hace casi cincuenta años y el restaurante aún sigue en pie.

—Y hoy en día ella es la propietaria. Incluso puede que esté ahí en estos momentos. ¿Nos sentamos a tomar algo? —propuso Héctor.

—¿Nos dará tiempo? —preguntó Lisa echando un vistazo al reloj.

—Pues claro —respondió Héctor sonriendo—. Son las cinco y media. La clase de flamenco no empieza hasta las siete.

Agradecimientos

Ante todo, quiero dar las gracias a *Björn Westin*, Rocky Adventure (Gran Canaria), por la idea y por la insuperable investigación orográfica que hicimos.

Gracias a mis queridos hijos, Bella y Sebastian Jungstedt, por sus aportaciones y su implicación en la lectura previa.

Gracias a mi pareja, Jonas Storm, por su colaboración en la búsqueda de información y la lectura, y por aportar ideas.

Gracias a Helene Atterling, mi maravillosa editora, a mi editora de mesa Ulrika Åkerlund, mi mayor apoyo, y a la espléndida Sara Arvidsson, también redactora del libro.

Gracias a Sofia Scheutz, mi excelente diseñadora, y a la actriz Katarina Ewerlöf, por la brillante lectura que realizó del libro.

Y también quiero expresar aquí mi agradecimiento a:

Lena Allerstam, periodista.

Jerónimo Flores, investigador criminal de la Comisaría Provincial de Málaga.

Martin Csatlos, médico jefe de la Dirección General de Medicina Forense sueca.

Johan Gardelius, técnico criminalista de la Policía de Visby.

Magnus Frank, excomisario criminalista de la Policía de Visby.

Ulf Åsgård, experto en perfiles criminales.

Jonas e Ida Svensson, padres de gemelos.

Ralf Persson, periodista.

Louise Yourstone Tegborg.

Peter Jankert.

Terry y Gilly Pawson.

Alexandra Zazzi.

Gracias a la profesionalidad de todos los colaboradores de la editorial Albert Bonniers Förlag, en particular, a Martin Ahlström, por su cariño y su entrega, a Senka Hasanovic, mi maravillosa responsable de promoción, y a Sissel Hedqvist.

A mi agente en Bonniers Rights, Elisabet Brännström, y a la fotógrafa Sarah Saverstam, de Málaga.

También quiero dar las gracias a Anna-Karin Eldensjö, de ATN, por su inestimable ayuda.

Aquí puedes comenzar a leer el
nuevo libro de la Serie Málaga

Prólogo

ESTOCOLMO SE HALLABA *envuelta en una bruma difusa, como si hubieran extendido sobre la ciudad una cubierta hermética. Todos los colores habían palidecido, el ritmo se había ralentizado. La metrópolis, por lo general tan palpitante, había perdido fuelle. Todo signo de vida, todo movimiento, todo aquello que antes indicaba actividad y energía, parecía haberse detenido. Los habitantes de la ciudad marchaban por las aceras como robots de rostro inexpresivo y vacío, pasaban de largo a toda prisa por delante de los comercios, los restaurantes, los bares y los cafés del barrio de Hornstull.*

La gente iba encogida por el frío, evitaba mirarse a los ojos, sin ánimo para detenerse y, en el peor de los casos, verse obligada a conversar un rato si tenía la mala suerte de cruzarse con un conocido. Incluso los perros caminaban pegados a las fachadas de color gris sucio y hacían sus necesidades deprisa antes de poner de nuevo rumbo a la luz y el calor del hogar, para volver al portal a toda prisa.

Estaban por debajo de los cero grados y la lluvia de las últimas semanas se había convertido en granizo. Los duros cristales de hielo mezclado con nieve que dañaban los ojos y arañaban las mejillas se convertían en sucia aguanieve en cuanto tocaban el reluciente asfalto empapado de humedad. Ya se estaba poniendo el sol, a pesar de que no eran más que las tres de la tarde.

Hanna dio el primer paso para encaramarse al puente de Västerbron. A sus pies se extendía la isla de Långholmen, con el estrecho de Pålsundet, donde tantas veces había hecho prácticas en canoa mientras admiraba las hermosas embarcaciones de caoba que se alineaban una tras otra en el canal. Al oeste continuaba el lago Mälaren, que se extendía hasta el horizonte. En una ocasión, su madre y ella hicieron una travesía en barco hasta el palacio de Drottningholm. Hanna recordaba cómo levantó la vista hacia el puente cuando pasaron por debajo de los imponentes pilares que lo sostenían. Jamás había visto nada tan alto. Dejó a su espalda el barrio de Södermalm; al otro lado de la bahía de Riddarfjärden se encontraba el de Kungsholmen, con sus suntuosos edificios a lo largo de toda la orilla. Ahora estaban semiocultos tras la humedad gris de la bruma. Tanto mejor. No tenía el menor interés en ver nada. No quería que nada le recordara que había una vida más allá. Todo estaba a punto de terminarse, y lo único que experimentaba al pensar en ello era un sentimiento de liberación.

A esa hora el puente estaba casi vacío, alguna que otra persona circulaba en bicicleta por la otra acera, pero ningún peatón. El viento soplaba más fresco a medida que Hanna iba subiendo. Por fin llegó a la cima del arco abovedado. Los coches pasaban de largo sin cesar, pues allí el tráfico no se detenía nunca.

Lanzó una última ojeada a ambos lados. Nada. Nadie se acercaba. Entonces se aferró a la barandilla. Estaba alta, pero ella era fuerte y ágil. Con una mano se agarró a una señal de tráfico. El metal se le clavó en la palma cuando se impulsó para pasar la pierna por encima. En un segundo ya estaba al otro lado, donde solo había un estrecho borde sobre el que apoyarse. Y allí mismo, a sus pies, las profundidades.

Una ráfaga de viento se apoderó de su chaqueta hasta el punto de que perdió el equilibrio por un instante, pero se agarró fuerte a la baranda. Ya había oscurecido y solo podía intuir que el agua se hallaba allá abajo. ¿Qué altura habría? ¿Veinticinco, treinta metros? De pronto, con repentina intensidad, la duda la asaltó y la embargó de pies a cabeza.

¿De verdad quería morir de ese modo? ¿De verdad quería morir?

El agua se extendía negra y helada, el resplandor de las farolas centelleaba en la superficie. Miró a su alrededor. Seguía sin ver a *nadie. Ahora casi deseaba que viniera alguien, que alguien, daba igual quién, la detuviera. Ahora que se encontraba allí de verdad, a un milímetro de la muerte, sintió miedo. El lugar en el que se encontraba estaba resbaladizo y le costaba mantener firmes los pies. Deslizó la mirada por la fachada de los edificios de Norr Mälarstrand. Había luz en las ventanas. Allí dentro, al calor, había gente que vivía en hogares acogedores, rodeada de sus seres queridos. La vida seguía su curso. Y ahí estaba ella, en el borde alto y aterrador del puente de Västerbron. Con el viento que hacía, no sería capaz de mantenerse agarrada mucho más tiempo. El granizo caía con más fuerza y le azotaba el rostro. El frío y la humedad le atravesaban la ropa: estaba calada hasta los huesos.*

Tiritaba de pies a cabeza y las piernas empezaron a temblarle de pronto sin control. Ya se le habían dormido los brazos. Los coches pasaban zumbando uno tras otro, pero ninguno parecía reparar en ella. Miró con desesperación el camino peatonal que estaba al otro lado de la barandilla. No quería. Quería dar marcha atrás. Pero ¿cómo?

Se le encogió el estómago al contemplar las aguas oscuras y, justo cuando iba a darse la vuelta para pasar de nuevo al otro lado, al lado seguro, vino una ráfaga de viento más fuerte aún que la anterior. Primero resbaló. Luego se le soltó una mano ya gélida de la barandilla; luego, la otra. Dejó escapar un grito. Un escalofrío le atravesó el cuerpo como un rayo.

Ya no podía elegir. Allá abajo, el agua. La oscuridad. Un jadeo. Y Hanna cayó.

DÍA 1

Viernes, 31 de diciembre

En cuanto salieron de la terminal del aeropuerto sintieron el azote del aire helador. Laura entornó los ojos ante el fuerte sol invernal. A pesar de que Ulrik la había prevenido diciéndole que se abrigara todo lo posible, ella no había logrado imaginarse cómo sería el frío. Ahora se alegraba de haber caído en la tentación de comprarse en el aeropuerto de Arlanda una larga bufanda de lana. Se la enrolló alrededor de la cara, cubriéndose la nariz y la boca, de modo que solo los ojos quedaron al descubierto. Los termómetros indicaban diecinueve grados bajo cero. Casi cuarenta grados de diferencia con respecto a Málaga, de donde habían salido aquella misma mañana.

Le dio la mano a Ulrik y los dos caminaron lo más rápido posible hacia el aparcamiento de larga estancia del aeropuerto de Örnsköldsvik. Ulrik la había invitado a su casa de Suecia, que se encontraba en el campo, en una zona que llamaban Costa Alta.

Una vez junto al coche, comprobaron que solo se podía ver el contorno bajo una gruesa capa de nieve. Ulrik limpió como pudo el Land Rover, antes de abrir las puertas con esfuerzo. Laura se dejó caer agradecida en el asiento del copiloto.

—Madre mía, ¿cómo aguanta la gente este frío? Lo de vivir tan al norte no puede estar pensado para los seres humanos. ¿Hay osos polares?

Ulrik sonrió con indulgencia.

—No, nada de osos polares, pero sí hay osos pardos en el bosque, así que más vale que tengas cuidado.

Extendió los brazos como si fuera a agarrarla y soltó un alarido aterrador.

—Pues de eso no me habías dicho nada —respondió ella riendo—. Yo solo he oído hablar de nieve reluciente, sauna y champán.

—Sí, sí —le dijo Ulrik con un guiño—. Tendrás que ser paciente. Vamos a parar a comprar antes de seguir hacia Docksta. Una vez en la granja, no habrá rastro de tiendas, solo tú y yo en una zona desierta.

Ulrik alargó la mano y le dio un cariñoso apretón en la rodilla. A Laura le encantaba su compañía, era un chico alegre y de trato fácil. Auténtico, por así decir. Fiable, muy distinto de los hombres que había conocido hasta ahora.

Lo único que le preocupaba era que parecía apesadumbrado, como si hubiera algo que lo reconcomiera. A veces era como si se perdiera en sus pensamientos, como si estuviera ausente. Laura suponía que tendría que ver con el divorcio. O quizá con el hecho de no poder tener consigo a sus hijos con más frecuencia. Se preguntaba a qué se debía, si habría alguna razón concreta. No había querido presionarlo preguntándole, le parecía demasiado pronto.

Se habían conocido en un bar de Marbella unos meses atrás, y a ella le gustó desde el primer momento. Ulrik destacaba entre los españoles en medio del establecimiento a rebosar: alto, rubio y con unos ojos de un azul intenso. Tenía en la cara un punto de ternura que le atrajo enseguida. Llevaba vaqueros y una camiseta, un estilo sencillo y relajado.

Le sonrió a Laura con cierta timidez y le preguntó si quería tomar algo, y así empezaron a charlar. La conversación fluía entre ellos.

Después de aquella primera noche siguieron viéndose. Ella vivía en Fuengirola, y Ulrik, en Nerja, dos localidades turísticas de la Costa del Sol. Había un trecho entre una y otra. Nerja se encontraba a cincuenta kilómetros al este de Málaga, y Fuengirola estaba al otro lado de la ciudad, a treinta kilómetros al oeste del centro. Por lo general, se veían en casa de él. «Mejor así», pensaba Laura. Allí ella no conocía a nadie. A nadie que pudiera llegar y entrometerse.

El apartamento de Ulrik se encontraba sobre una pequeña playa, con unas espectaculares vistas al mar. Solía servirle el desayuno en la terraza, y Laura no había comido jamás unas tortillas más ricas que las suyas.

Poco a poco, empezó a soñar con un futuro común. Cierto que él era algo mayor y ya tenía dos hijos adolescentes, pero a ella no le importaba. Estaba deseando conocer a los chicos. Por lo general vivían con su madre, en la casa que la familia tenía a orillas del mar, no muy lejos de la granja de Ulrik.

Laura iba mirando por la ventanilla del coche. Era como un paisaje de cuento. A ambos lados de la carretera se extendía un bosque de abetos, vencidos por el peso de la nieve. De vez en cuando pasaban ante una cabaña de madera pintada de rojo en cuyas ventanas brillaba cálida la luz. Una mujer con un anorak largo y un gorro de piel venía por el arcén en un medio de transporte que Laura no había visto jamás. Parecía una silla de madera que se deslizaba sobre largas guías de acero.

En un campo cubierto de nieve trotaban a grandes zancadas un par de alces. Laura se sorprendió de lo grandes que eran aquellos magníficos animales. Tenían las patas muy largas, y la cabeza con una forma peculiar y de gran tamaño. Los animales cruzaron el lindero del bosque y desaparecieron.

Ya había empezado a oscurecer. Aquí y allá había montículos de nieve que flanqueaban la carretera.

Laura se volvió hacia Ulrik y se quedó mirándolo de perfil. Alargó el brazo y le acarició la nuca. Cuando él se volvió hacia ella con una sonrisa, sintió un escalofrío.

Sentía que aquello era el principio de algo nuevo.

Lisa estaba sentada en la terraza contemplando el montañoso paisaje, los caballos en el cercado del valle y la carretera que se alejaba serpenteando entre las colinas cubiertas de verdor. La casa a la que se había mudado hacía apenas un año se encontraba a las afueras del pueblecito de Benagalbón. Aunque la localidad se encontraba a tan solo unos veinte kilómetros de Málaga, la ciudad se sentía lejana. Cuando empezó a buscar una vivienda para comprar después del divorcio, aquella casa le encantó enseguida. Tenía una sola planta, con un porche al que se accedía desde la cocina. Fuera había una escalera de caracol que conducía a una azotea, con unas vistas increíbles a las montañas, las casitas blancas que salpicaban las colinas verdes y, de fondo, el mar azul cobalto.

La casa era espaciosa y de techos altos, pero necesitaba una buena reforma. Las paredes tenían la pintura desconchada, las tuberías estaban oxidadas, la salida de humo de la chimenea se había resquebrajado y había que cambiar la cocina entera.

Eso sí, se encontraba en un lugar tranquilo al final de la callejuela, a un tiro de piedra del corazón del pueblo. El canto de un gallo se oyó cruzando el valle, a pesar de que ya era más de mediodía. El sol brillaba, y hacía calor para aquella época del año. Lisa no tenía frío, aunque solo llevaba una falda de algodón, una camiseta y una chaqueta fina. Se apartó un rizo de la cara. Llevaba la larga melena rubia recogida en un moño y, por una vez, se había pintado los labios y se había puesto un toque de sombra de ojos y rímel. En honor a aquel día, el último del año. Y se alegraba de que ese año hubiera llegado a su fin. A partir de ahora, trataría de mirar al futuro en lugar de pensar en el pasado. Aunque era difícil.

Aún se le antojaba irreal el hecho de estar viviendo allí de verdad, de que aquel fuera su nuevo hogar.

Benagalbón era un pueblo tranquilo, no muy alejado de las localidades costeras donde las playas de arena se sucedían unas a otras camino de la gran ciudad de Málaga. Allí arriba, en las montañas, el turismo de masas resultaba un fenómeno lejano. Algún que otro turista pasaba por el pueblo, pero lo que más se oía hablar por las calles era español.

El pueblo apenas contaba con mil habitantes y tenía una iglesia, un colegio, una panadería, varios comercios y restaurantes, pero poco más. Las casas se sucedían unas a otras a lo largo de las calles empedradas, y en las aceras había maceteros con flores. Muchas fachadas lucían platos de cerámica y retratos de la Virgen, y la decoración navideña adornaba todos los rincones.

Podría haber sido lo más idílico y agradable del mundo, de no ser por la tristeza que la afligía. Apenas había transcurrido un año desde que recibió la noticia que echó por tierra su vida entera de un golpe único y brutal. Su marido y compañero le contó un día al llegar a casa que se había enamorado de una de sus alumnas. Y que quería separarse.

Aquello pilló a Lisa por sorpresa. Axel llevaba seis meses viajando a Londres todas las semanas por exigencias de su cargo como profesor universitario, cierto, pero pasaban juntos los fines de semana y ella pensaba que su relación iba bien. Después de todos aquellos años, seguía enamorada de él. Pero Axel se mostró inamovible y ella no pudo hacer nada.

Solo quedaba ocuparse de los aspectos prácticos. Y entonces todo fue muy rápido.

En tan solo unas semanas, vendieron la casa familiar de Enskede en la que tantos años habían pasado juntos y en la que habían crecido sus hijos. Lisa se despidió de su puesto de profesora de instituto y se mudó a la Costa del Sol. Hizo realidad un sueño y se compró una casa en el idílico pueblo de Benagalbón.

A aquellas alturas, su exmarido había llegado a prometerse con su novia británica y a Lisa no le extrañaría que el día menos pensado la joven se quedara embarazada. Era evidente que Axel pensaba empezar de nuevo. Como si la historia de ellos dos no significara nada.

Lisa suspiró con amargura y tomó un trago de vino de la copa que tenía en la mesa de plástico blanca, al lado de un plato de aceitunas, cacahuetes, pepinillos y unas rodajas de salchichón. Eran las cuatro y todavía no tenía ningún plan para Fin de Año. La única amiga de verdad que tenía en España, Annie, su amiga de la infancia, pasaba Navidad y Fin de Año con unos amigos en Gran Canaria. Las demás personas a las que había conocido eran relaciones superficiales y, puesto que no la habían invitado a ninguna fiesta, no quería ir a molestar a ningún sitio.

Había una persona a la que sí habría podido preguntarle. El policía español Héctor Correa.

Recordó su figura: alto, en vaqueros y camisa con un pañuelo en el cuello, el pelo entrecano, ondulado y abundante, y una barba bien cuidada. Tenía una cara atractiva, con un ojo castaño y otro verde.

Se habían conocido en un curso de flamenco en el casco antiguo de Málaga y empezaron a hablar. Resultó que Héctor se había quedado viudo cinco años atrás, y era investigador de homicidios en la Policía de Málaga. Justo cuando acababan de conocerse, se produjo en la ciudad de Ronda un asesinato en cuya investigación se vieron involucrados varios suecos, y Héctor le pidió a Lisa que se encargara de hacer la interpretación durante los interrogatorios. La colaboración salió bien y, a partir de entonces, empezaron a hacerle encargos de interpretación de vez en cuando, además de que los dos siguieron yendo a bailar al club. Y eso era todo.

A veces Lisa tenía la impresión de que había surgido una tensión entre ambos, pero un segundo después desaparecía por completo. Héctor era interesante, pero ella se preguntaba si había superado la muerte de su mujer. Parecía que le costaba olvidar a Carmen, y quizá no estuviera preparado para seguir adelante. Tal vez ella tampoco. Tenía el corazón destrozado y necesitaba tiempo para sanar. Treinta años de amor no se borraban así como así.

Se llevó a la boca un par de aceitunas y contempló el valle. De pronto, sonó el teléfono.

—Hola, mamá, feliz Año Nuevo —oyó que decía su hija Olivia.

Parecía sin resuello. Se oían voces y risas de fondo.

—Feliz Año Nuevo —dijo Lisa—. ¿Cómo lo estáis pasando?

—De maravilla —respondió Olivia entusiasmada—. Hemos estado todo el día esquiando, hay un montón de nieve y no hace demasiado frío. Incluso ha salido el sol.

—Vaya, estupendo —dijo Lisa con un punto de envidia y de añoranza en el pecho.

Sus hijos habían pasado con ella el día de Navidad, pero el Año Nuevo lo celebraban con su padre. Se encontraban en Åre, con Axel y Elaine, que tenía la misma edad que Olivia: veintinueve años.

A Lisa le encantaba esquiar. Recordaba cuando iban todos juntos a Trysil, en Noruega. Los días en las pistas, la alegría en los ojos de los niños, Axel haciendo el payaso con los esquís y haciendo reír a todo el mundo, el almuerzo que llevaban preparado y que consumían en alguna cabaña de descanso, el chocolate caliente delante de la chimenea cuando llegaban a casa, jugar a las cartas por la noche toda la familia…

Contempló la terraza y su solitaria copa de vino, y se controló para mantener firme la voz.

—Y tú, ¿qué haces? —preguntó Olivia.

—Aquí sentada disfrutando de las vistas —dijo Lisa haciendo un esfuerzo por sonar satisfecha—. Esto es maravilloso, tenemos casi veinte grados.

—Qué bien. ¿Y cómo vas a celebrar el Fin de Año?

Lisa dudó un segundo. No quería decirle la verdad, no quería darles a Axel y a Elaine la imagen de una mujer sola y rechazada, por auténtica que fuera esa imagen.

—Voy a cenar con un grupo de amigos en el restaurante del pueblo —mintió—. Se puede comer fuera, ¿sabes?, y luego habrá fuegos artificiales y fiesta en la plaza.

—Vaya, qué bien —dijo Olivia. Lisa oyó que la llamaban—. Tengo que irme, vamos a la sauna. Bueno, un beso, mamá. Victor y los demás te mandan muchos recuerdos. Pásalo bien esta noche, y buen final de año.

Lisa se despidió y colgó con una sensación de abismo en el pecho. «Buen final», pensó. Más o menos como si la vida terminara con las doce campanadas. «Que tengas un buen final en medio de tu soledad.»

Pensar en sus hijos sentados en la sauna con el hombre que era el amor de su vida y la joven novia que se había buscado le provocaba náuseas.

Continúa en tu librería

El arte del asesino

Anders Knutas descubre lo mucho que pueden engañar las apariencias mientras investiga el asesinato de un galerista.

Un inquietante amanecer

Una oscura historia de venganza podría ser la causa del asesinato de un empresario de dudosa reputación.

La falsa sonrisa

Anders Knutas sospecha que una amante vengativa es la culpable de un asesinato, y descubre que a veces no se puede confiar en quien más queremos.

Doble silencio

Tres parejas de amigos que lo comparten casi todo deciden ir tras las huellas de Ingmar Bergman en la enigmática isla de Fårö.

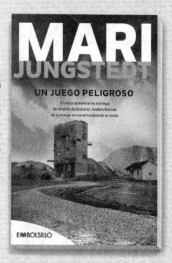

Un juego peligroso

Cuando alguien tiene un particular sentido de la justicia, el precio de la fama puede ser... la muerte.

La cuarta víctima

Un crimen nunca resuelto es la clave para identificar a los autores de un robo a mano armada que acaba de manera trágica.

El último acto

Anders Knutas y su ayudante
Karin Jacobsson tendrán que
seguir a un asesino que está
decidido a dictar su propio final.

No estás sola

Nunca superamos del
todo el miedo infantil a que nos
dejen solos. La subcomisaria
Karin Jacobsson se enfrenta
sola a un caso difícil.

Las trampas del afecto

La controvertida herencia de una
propiedad de gran valor desencadena
disputas familiares y acontecimientos
inesperados en la isla de Gotland.

La cara oculta

La traición puede tener
un precio muy alto.
Los hombres infieles son el objetivo de
una asesina implacable que se disfraza
para seducir a sus víctimas.

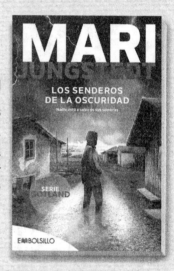

Los senderos de la oscuridad

Todas las vidas proyectan sombras
que esconden secretos.
¿Quién podría tener motivos para
asesinar a un profesor
de vida intachable?

No te pierdo de vista

En la remota isla de Lilla Karlsö,
tres estudiantes mueren en extrañas
circunstancias, y la única superviviente
es incapaz de recordar nada.

La maldad acecha en los rincones más ocultos

La esperada nueva novela de la Serie Málaga, de Mari Jungstedt

Tras el éxito de *Antes de que lleguen las nubes*, el inspector Héctor Correa y la profesora sueca Lisa Hagel regresan a la Costa del Sol.

En un gélido día de Año Nuevo, una pareja de enamorados aparece asesinada en un *jacuzzi* en una solitaria granja de Ångermanland, al norte de Suecia. Él es sueco, ella, española. Ambos residían en Málaga y habían decidido pasar unos días de descanso en ese enclave idílico.

Lo más llamativo del suceso es el arma elegida por el asesino, que les ha lanzado flechas con un arco.

Aunque las primeras sospechas apuntan hacia el dueño de un club nocturno en Puerto Banús, el inspector Héctor Correa, responsable de la investigación en España, viaja al lugar del crimen para recabar más información.

En esta ocasión, también contará con la ayuda de Lisa Hagel.